Dr. Betty Kamen

Der Chrom-Faktor

**Woran Chrommangel schuld ist,
und was richtige Ernährung bewirkt**

WILHELM HEYNE VERLAG
MÜNCHEN

HEYNE RATGEBER
08/5115

Umwelthinweis:
Dieses Buch wurde auf chlor- und säurefreiem Papier gedruckt.

Copyright © 1990 by Nutrition Encounter, Inc.
Die Originalausgabe erschien 1994 bei Nutrition Encounter Connection,
Novato, California unter dem Titel »The Chromium Connection«
Aus dem Amerikanischen von Anne Follmann und Uwe Weber
Copyright © der deutschen Ausgabe by Ariston Verlag, Genf 1995
Genehmigte Lizenzausgabe 1997
by Wilhelm Heyne Verlag GmbH & Co. KG, München
Printed in Germany 1997
Umschlaggestaltung: Atelier Adolf Bachmann, Reischach
Umschlagabbildung: David Madison/Tony Stone Bilderwelten, München
Satz: Layer, Ostfildern
Druck und Verarbeitung: Ebner Ulm

ISBN 3-453-11806-5

Inhalt

Vorwort von Dr. med. Michael E. Rosenbaum 9

Vorbemerkungen der Autorin 10

Zur zweiten Auflage 13

Zur dritten Auflage 16

Erstes Kapitel: Chrom
Was es ist, was es bewirkt, wo es vorkommt 17
Glossar 18
Chrom als Adaptogen 20
Was ist Chrom? 20
Was Chrom bewirkt 24
Wo Chrom vorkommt 36

Zweites Kapitel: Energie
Was sie ist, wie Sie sie aus Nahrungsmitteln,
Sport und Zusatzstoffen bekommen 55
Glossar 56
Chrom als Verbesserer der Energieumwandlung 57
Was ist Energie? 57
Wie Sie Energie aus Nahrungsmitteln gewinnen 71
Wie Sie Energie durch Sport bekommen 79
Wie man Energie durch Zusatzstoffe erhält 81

Drittes Kapitel: Fitneß
**Was sie ist, was sie beeinflußt, wie Bodybuilder
sie sich erhalten** 85
Glossar 86
Chrom als Fitneßförderer 86
Was ist Fitneß? 86
Was Fitneß beeinflußt 90
Wie Bodybuilder Fitneß erlangen 93

Viertes Kapitel: Gewicht
**Wie Sie zunehmen, wie Sie abnehmen,
wie Sie Ihr Gewicht halten** 111
Glossar 112
Chrom als Mittel zur Fettbekämpfung 113
Warum Sie zunehmen 113
Wie Sie abnehmen können 123
Wie Sie Ihr Gewicht halten 128

Fünftes Kapitel: Streß
Was Streß ist, und wie Sie mit ihm umgehen können 135
Glossar 136
Chrom als Mittel gegen Streß 136
Was Streß ist 137
Wie Sie mit Streß umgehen können 143

Sechstes Kapitel: Gesundheit des Herzens
Warum Sie sie verlieren, wie Sie sie behalten können 155
Glossar 156
Chrom als Helfer, Ihr Herz gesund zu erhalten 157
Was Gesundheit des Herzens bedeutet 157

Siebtes Kapitel: Blutzucker
Was er ist, und wie Sie ihn kontrollieren können 171
Glossar 172
Chrom als Blutzuckerstabilisator 173
Was ist Blutzucker? 174
Den Blutzuckerspiegel kontrollieren 181

Achtes Kapitel: Strategie
Was sollen wir essen, welche Zusatzstoffe nehmen, wie Sport treiben? 199
Glossar 200
Strategie 200
Was sollten wir essen? 200
Wie man Chrom als Zusatzstoff einnehmen kann 219
Wie Sie sich Bewegung verschaffen können 225

Register 229

Vorwort

Glucosetoleranzfaktor. Anabolisch. Kohlenhydratspeicher. Komplexe Kohlenhydrate. Vor wenigen Jahren waren diese Begriffe ausschließlich in der medizinischen Welt gebräuchlich. Obwohl Sie auch heute noch nicht allgemein verbreitet sind, erscheinen sie doch immer häufiger in populären Veröffentlichungen.

In diesem Buch erläutert Dr. Betty Kamen, warum und inwiefern Chrom der gemeinsame Nenner für all diese »neuen« biologischen Schlagworte ist. Sie gibt einen historischen Abriß der Bedeutung, die das Spurenelement Chrom, das im Jahre 1959 als essentieller Mineralstoff identifiziert wurde, für die Ernährung hat. Diese Entdeckung, die wir Dr. Walter Mertz vom amerikanischen Ministerium für Landwirtschaft verdanken, ist als eine der bedeutendsten und weitreichendsten Entdeckungen in der Mitte des zwanzigsten Jahrhunderts in bezug auf die Krankheiten, bei denen Ernährung eine Rolle spielt, gepriesen worden.

Bis Betty Kamen die Forschungsergebnisse zusammengetragen hatte, waren Informationen über dieses lebenswichtige Spurenelement jedoch nahezu in Vergessenheit geraten.

Chrom, das im Körper der meisten Kinder und Kleinkinder in der erforderlichen Menge vorhanden ist, läßt sich bei rund zwanzig Prozent der Amerikaner im Alter von über fünfzig Jahren überhaupt nicht mehr nachweisen. In Mittel- und Westeuropa ist es kaum anders. Und – so wurde festgestellt – bei einem beträchtlichen Teil der Bevölkerung führt Chrommangel nahezu ausnahmslos zu zahlreichen subtilen bis schwerwiegenden Problemen.

Neue Studien haben zusätzliche Beweise dafür erbracht, daß Chrommangel beim Menschen eine unglaubliche Herausforderung darstellt. Chrommangel ist ein ätiologischer (ursächlicher) Faktor, der bei einer ganzen Reihe von Krankheiten in Betracht gezogen werden muß. Immer häufiger treten ein gestörter Glucosestoffwechsel und herabgesetzte Energie aufgrund von Chrommangel auf. Erhöhte Sterblichkeitsraten und eine niedrigere Lebenserwartung gehören zu den gravierenderen Folgen. Betty Kamen hat das Problem und seine möglichen Lösungen ausdrücklich definiert. Sie werden erfahren, daß Chrom in einem speziellen niacingebundenen organischen Komplex wirkt, der Glucosetoleranzfaktor (GTF) genannt wird und der den Stoffwechsel von Kohlenhydraten, Fetten und Proteinen bei der Energieproduktion und der Muskelentwicklung reguliert. Anorganisches Chrom wird schlecht resorbiert und ist biologisch nur begrenzt aktiv. GTF-Chrom verbessert Insulin, eines der stärksten anabolischen Hormone in Ihrem Körper.

Betty Kamen erklärt, daß zweifellos viele Aspekte einer guten Gesundheit von einer diätetischen GTF-Chromquelle abhängen. In diesem Buch geht es um Ernährung und darum, wie Sie mehr Energie gewinnen, bessere Leistungen beim Sport, einen besseren Blutzuckerstoffwechsel, Reduzierung von Übergewicht, einen stabileren Cholesterinspiegel und ein gesundes Herz erreichen und wie Sie außerdem besser mit Streß fertig werden können. Laien und Fachleute werden dieses Buch außerordentlich hilfreich finden.

Dr. med. Michael E. Rosenbaum

Vorbemerkungen der Autorin

Ich blicke mit Ehrfurcht auf die Myriaden von Zellen im menschlichen Körper. Einige dieser unzähligen Zellen arbeiten für sich alleine, während andere mittels eines komplexen Systems chemischer Signale, die in dichten, voneinander abhängigen Zellverbänden existieren, Verantwortung füreinander übernehmen. Die meisten Zellen arbeiten mit anderen zusammen und passen sich an. Trotzdem ist jede von ihnen, unabhängig von ihrer Funktion, ein eigener Mikrokosmos – mit einer ihm innewohnenden Geschäftigkeit, die das Lebenstempo von New York City im Vergleich dazu verblassen läßt.

Unsere Ernährung ist nicht mehr natürlich. Dieser äußere Einfluß beeinträchtigt die Funktionsweise unseres Körpers und wirkt sich störend darauf aus, wie unsere Zellen einander Nachrichten übermitteln. Auf diese Weise werden die Zellen bei der ihnen zugewiesenen Arbeit behindert.

Die großen Wissenschaftler dieser Welt helfen uns, aus diesem Dilemma herauszukommen. Es gibt besonders einen, der im Bereich des *Blutzuckerstoffwechsels* geforscht hat, eines Prozesses, der durch die Umwelt in solchem Maße beeinflußt wird, daß viele Menschen auf unterschiedliche Weise darunter leiden.

In den späten fünfziger Jahren hat der Wissenschaftler Dr. Walter Mertz, der im Auftrag der amerikanischen Regierung arbeitet, eine wichtige Entdeckung gemacht. Er hat herausgefunden, daß Tiere, die er mit nicht chromhaltiger Torulahefe fütterte, diabetesähnliche Symptome entwickelten. Wenn er ihnen jedoch chromreiche Bierhefe verabreichte, verschwanden die Symptome. Dr. Mertz' Entdeckung führte zur Identifizierung des *Glucosetoleranzfaktors* oder GTF, wie er dann später genannt wurde. GTF ist ein organischer Chromkomplex, der Insulin an die Rezeptoren der Zellmembran bindet. An diesen Rezeptoren transportiert Insulin Blutzucker (Glucose) und lebenswichtige Aminosäuren in die Zellen für die Energiegewinnung und die Proteinsynthese.

Obwohl Dr. Mertz nicht in der Lage war, die genaue Molekülstruktur von GTF zu identifizieren, hat er festgestellt, daß die wesentliche Komponente des Komplexes die *Chrom-Niacin-Verbindung* war.

Um dies zu beweisen, führte er Experimente durch, in denen er die Insulinempfindlichkeit sowohl bei niacingebundenem Chrom als auch bei Chrom, das an Chrom*isomere* gebunden ist, messen konnte. (Niacinisomere sind chemische Verbindungen, die nahezu identisch mit Niacin sind.) Dann verglich er die insulinaktivierenden Wirkungen dieser Verbindungen mit reinem GTF, den er aus Bierhefe gewonnen hatte. Der Chrom-Niacin-Komplex aktivierte sowohl Insulin als auch reinen GTF, aber die Chromisomerverbindungen stellten sich als unwirksam heraus.

Obwohl die Moleküle der Isomere mit den Molekülen des Niacins nahezu identisch sind, funktioniert das *nahezu Identische* in der Natur nicht. *Nahezu identisch* ist die Struktur des DNS-Moleküls (das den genetischen Kode trägt) bei Menschen und Menschenaffen oder die DNS, die ein normales Kind von einem mit Down-Syndrom unterscheidet, um nur einige Beispiele zu nennen.

Als Ergebnis jüngster Forschungen haben wir jetzt wesentliche Einsichten in den Mechanismus des Glucosetoleranzfaktors gewinnen können und darüber hinaus auch in die Entwicklung interessanter neuer Zusatzstoffe. Eine wichtige wissenschaftliche Studie hat erwiesen, daß die Chrom-Niacin-Verbindung, die *Chrom-Polynicotinssäure,* den Cholesterinspiegel bedeutend senkt.

Andere Forschungsergebnisse zeigen, daß Zusatzstoffe aus niacingebundenem Chrom auch in mehreren anderen Bereichen hilfreich sein können. Fragen Sie Ihren Arzt, um festzustellen, ob es hilfreich für Sie sein kann, Chrom-Polynicotinsäure einzunehmen, wenn Sie:

- kein Gewicht verlieren können
- mehr Energie haben möchten
- unter Streß stehen
- in normalen Situationen überreagieren
- irgendeine Form von Leichtathletik oder Aerobics ausüben
- Probleme mit dem Blutzuckerstoffwechsel haben
- schon länger einen erhöhten Cholesterinspiegel haben

- an einer Herzkrankheit leiden
- einfach nur etwas für Ihre Gesundheit tun möchten

Ja, durch die Umweltverschmutzung sind die lebenswichtigen Chromvorräte vermindert und die Zellen beeinträchtigt worden, die an allen oben aufgeführten Prozessen beteiligt sind. Bei der Kommunikation der Zellen miteinander sind einige der Nachrichten, die sie einander übermitteln, verzerrt worden, weil das Spurenelement Chrom, das sie für ihr richtiges Funktionieren benötigen, fehlt! In diesem Buch wird erläutert, wie Sie solche Probleme lösen können.

Ich schreibe mit großer Begeisterung über Chrom-Polynicotinsäure. Als Mittel gegen Gewichtszunahme und die Folgeerscheinungen von zu niedrigem Blutzucker hat dieser Zusatzstoff die Hoffnungen, die ich persönlich in ihn gesetzt hatte, mehr als erfüllt.

Der Energiebedarf ist quantitativ der größte Faktor bei der Ernährung (mit Ausnahme von Wasser). Obwohl andere Faktoren ebenfalls wichtig sind, ist ihr Fehlen nicht ganz so auffällig. *Chrom-Polynicotinsäure kann dazu beitragen, das Energiepotential zu maximieren.*

Zur zweiten Auflage

In der medizinischen Fachliteratur werden die in diesem Buch vorgestellten Informationen laufend verifiziert. Beachten Sie folgende Forschungsergebnisse:

Chrom-Polynicotinsäure: Eine neue, bisher unveröffentlichte Studie zeigt, daß niacingebundene Chrom-Polynicotinsäure bedeutend schneller und besser resorbiert wird als Chromchlorid oder Chrom-Picolinsäure. Forscher haben radioaktive Isotope der untersuchten Chromverbindungen verwendet, um ihre Resorption, Verhaltung und Ausscheidungsraten zu messen. Diese Tests wurden in sieben verschiedenen Gewebegruppen an Versuchstieren im Labor durchgeführt.

Insulin, Diabetes, niedriger Blutzucker: Wenn optimale Mengen biologisch aktiven Chroms vorhanden sind, dann werden sehr viel geringere Mengen Insulin benötigt. Glucoseintoleranz, die mit unzureichendem, durch Nahrung zugeführtem Chrom zusammenhängt, scheint weit verbreitet zu sein. Eine verbesserte Chromernährung führt bei Hypoglykämikern, Hyperglykämikern und Diabetikern zu verbessertem Zuckerstoffwechsel (*Biological Trace Element Research*, 1992).

Triglyceride, Cholesterin: 76 Patienten mit Arteriosklerose wurden innerhalb eines Zeitraums von sieben Monaten bis zu einem Jahr und vier Monaten täglich oral mit 250 Mikrogramm Chrom beziehungsweise einem Placebo behandelt. Bei den Patienten, die Chrom erhielten, waren die Triglyceridwerte niedriger und die Werte für Lipoprotein hoher Dichte höher (*Metabolism*, 1992).

Notwendigkeit zusätzlichen Chroms wissenschaftlich abgesichert: Dreiwertiges Chrom senkt den Anteil der Lipoproteine niedriger Dichte (LDL) im Blut, es erhöht die Konzentration der Lipoproteine hoher Dichte (HDL) und verbessert die Glucosetoleranz. Chrommangel liegt vor, wenn die Konzentration von Lipoproteinen niedriger Dichte erhöht ist. Diesem Prozeß wird durch die Verabreichung dreiwertigen Chroms entgegengewirkt. Diese Hinweise können durch das Wissen oder den Verdacht eines Mangels in der Ernährung erhärtet werden, wie er *häufig bei denjenigen vorkommt, die stark verarbeitete Getreideprodukte zu sich nehmen*. Man ist der Ansicht, daß die positiven Effekte zusätzlichen

Chroms mittlerweile so gut dokumentiert und die dreiwertige Form so ungiftig ist, daß es jetzt in der klinischen Medizin zum Nutzen derer angewendet werden sollte, die an Diabetes und seinen Komplikationen oder an Arteriosklerose leiden (*Central African Journal of Medicine*, 1991).

Sport: Da die Normalbevölkerung nicht genügend Chrom zu sich nimmt, besteht die Möglichkeit, daß Sportler unter einem Mangel leiden. Sport kann aufgrund erhöhter Ausscheidung im Urin zu Chromverlusten führen. Schlechte Ernährung ist vielleicht der Hauptgrund für Mineralstoffmangel bei Sportlern, obwohl in einigen Fällen auch die sportliche Betätigung selbst zu dem Mangel beitragen kann. Eine zusätzliche Aufnahme von Mineralstoffen kann deshalb für die Aufrechterhaltung der Gesundheit wichtig sein (*Journal of Sports Sciences*, 1991).

Verarbeitung von Getreide: Chrom wird bei der Verfeinerung von Getreide entfernt. Es gibt jetzt immer mehr Hinweise darauf, daß viele Menschen zu einer Ernährungsform zurückkehren, in der komplexe Kohlenhydrate vorherrschen. Bei denjenigen, die sich weigern oder nicht in der Lage sind, das zu tun, kann die Aufnahme zusätzlichen Chroms von Nutzen sein (*Central African Journal of Medicine*, 1991).

Die Wirkung von Betablockern bei Männern: Die zweimonatige Einnahme zusätzlichen Chroms führte bei Männern, die Betablocker einnehmen, zu einem signifikanten Anstieg des HDL-Cholesterinspiegels (*Annals of Internal Medicine*, 1991).

Das sind nur einige der aktuellen Studien.

Zur dritten Auflage

Als dieses Buch im Jahre 1990 erstmals erschien, war es seiner Zeit voraus. Inzwischen hat das Chrom gezeigt, was in ihm steckt. Es wird endgültig als einer der wichtigsten Nährstoffe anerkannt. Sowohl konservative als auch alternative Ärzte empfehlen zusätzliche Chromgaben. Jetzt, mit der dritten Auflage, werden die zitierten Ergebnisse durch weitere Studien bekräftigt.

Die Abteilung für Ernährungswissenschaften der Universität von Kalifornien in Davis hat herausgefunden, daß Chrom-Polynicotinsäure (ChromeMate) einige hundertmal besser resorbiert wird als andere Chromformen.

Das amerikanische Ministerium für Landwirtschaft stellte fest, daß die Menge an Chromnicotinsäure, die im Gewebe gespeichert wird, ebenfalls bedeutend höher ist als diejenige, die bei anderen (Chrom-)Formen gespeichert wird.

In einer Studie der Universität von Auburn wurde nachgewiesen, daß niacingebundenes Chrom den Cholesterinspiegel um durchschnittlich vierzehn Prozent senkte und das gesamte Cholesterin-HDL-Verhältnis um sieben Prozent verbesserte.

Diese Ergebnisse stützen die zwanzigjährige Forschung auf diesem Gebiet, die mit Dr. Mertz' Entdeckung der Chrom-Niacin-Verbindung in Bierhefe begann. Niacin ist ein für Menschen essentielles B-Vitamin, das als Ligand für Chrom in biologisch aktivem Chrom erkannt worden ist.

Dr. Betty Kamen

Erstes Kapitel

Chrom
Was es ist, was es bewirkt, wo es vorkommt

Glossar

Adaptogen: Substanz, die Funktionen indirekt normalisiert.

Bierhefe: Hefekultur, die beim Brauvorgang beteiligt ist und danach abgeschieden wird, enthält eine hohe Konzentration an Chrom.

Biologische Aktivität: Prozesse, die mit lebenden Organismen verbunden sind.

Bioverfügbarkeit: der Grad, bis zu dem eine Substanz von einem bestimmten Gewebe verwertet wird, nachdem sie verabreicht worden ist.

Blutzucker: Glucose, die im Blut zirkuliert; Hauptenergiespender für die meisten Körperzellen (siehe unten *Glucose*).

Chrom: Spurenelement, das – in seiner dreiwertigen Form – in geringen Konzentrationen für den Blutzuckerstoffwechsel erforderlich und für viele andere Funktionen von Bedeutung ist.

Chrom-Niacin-Komplex: Hauptvorläufer des biologischen GTF.

Glucose: Hauptprodukt des Kohlenhydratstoffwechsels; Einfachzucker, der im Blut und in anderen Geweben vorhanden ist; dient als Hauptquelle der direkten Energiezufuhr in Zellen.

Grauer Star: Trübung der Augenlinse; durch sie wird die einfallende Lichtmenge reduziert.

GTF-Chrom: Glucosetoleranzfaktor, organischer Chrom-Komplex, der für die Bindung von Insulin an die Zellmembranrezeptoren verantwortlich ist; aktiver Bestandteil in der Bierhefe.

Insulinrezeptoren: Moleküle, die auf der äußeren Oberfläche an den internen Zellmembranen lokalisiert sind und Insulin binden, um den Transport von Glucose durch die Membranen zu ermöglichen.

Lipide: Fette; der Begriff wird in der Biochemie von Fetten verwendet, wobei das Wort »Fett« in der Regel im Zusammenhang mit Nahrung und Geweben verwendet wird; beide Begriffe sind mehr oder weniger austauschbar.

Niacin: gehört zum Vitamin-B-Komplex; wird auch als Vitamin B_3 bezeichnet.

Spurenelement: anorganisches chemisches Element, das als Mikronährstoff nur in sehr geringen Konzentrationen im Körper benötigt wird und ihm von außen (mit der Nahrung) zugeführt werden muß.

Stoffwechsel: Oberbegriff für alle physikalischen und chemischen Vorgänge, die in lebenden Organismen stattfinden, wobei lebenswichtige Prozesse der Zellen betroffen sind.

Vorläufer: Substanz, die für die Herstellung einer anderen Substanz benötigt wird; die Quelle einer anderen Substanz.

Chrom als Adaptogen

Ein beschleunigter Alterungsprozeß ist vielleicht häufig die Regel, er ist aber nicht notwendigerweise normal.

Was ist Chrom?

Essentielle Spurenelemente

Es ist schwer vorstellbar, daß in Ihrem Körper einige essentielle Spurenelemente in so geringer Konzentration wie 0,01 Prozent (0,1 Promille) oder in sogar noch viel geringeren Konzentrationen vorhanden sind. Trotzdem ist diese verschwindend geringe Menge für Ihre Gesundheit entscheidend! Die Wirkung dieser Spurenelemente ist sogar so tiefgreifend, daß es schon zu ernsthaften Störungen kommen kann, wenn Ihr Körper nur eine etwas zu geringe Menge eines dieser Spurenelemente aufweist.

Bis heute sind sechzehn solcher Metalle als essentiell für die menschliche Ernährung erkannt worden. Diese *essentiellen Spurenelemente* müssen Sie mit Ihrer Nahrung aufnehmen, weil Ihr Körper sie, falls überhaupt, nicht in ausreichender Menge selbst produzieren kann.

Einige von ihnen hat man als *Ultraspurelemente* bezeichnet, weil sie in außerordentlich geringen Konzentrationen vorkommen.

Eisen – das erste essentielle Spurenelement, das entdeckt wurde – ist seit dem siebzehnten Jahrhundert als für unseren Organismus wesentlich bekannt. Im Mittelalter spickte man Äpfel mit Eisennägeln und ließ diese rosten, um so zusätzliches Eisen für die Ernährung von Kindern zu gewinnen. Die Griechen hatten die Bedeutung von Eisen bereits einige

Jahrhunderte früher erkannt. Einer antiken Erzählung zufolge soll Melampus, der Schiffsarzt Jasons und der Argonauten, dem Wein Eisenspäne, die von Schwertern stammten, zugesetzt haben, um Blutverluste bei seiner Mannschaft zu verhindern und deren sexuelle Potenz zu steigern.

Cadmium ist die jüngste Entdeckung im Bereich dieser begrenzten Gruppe von essentiellen Spurenelementen – erst im Jahre 1976 entdeckte man, daß es ein notwendiges Mineral für die menschliche Ernährung ist. In den vergangenen Jahren sind immer wieder Berichte über die Gefahren von Cadmiumvergiftungen aufgrund von Umweltverschmutzung veröffentlicht worden, aber wir wissen jetzt, daß möglicherweise eine cadmiumarme Ernährung hierfür verantwortlich ist, die auch mit Kleinwüchsigkeit und anderen Problemen in Zusammenhang gebracht wird.

Da uns die heutige Spitzentechnologie die Möglichkeit gibt, fast alles mit großer Genauigkeit zu berechnen, hat man den Vorschlag gemacht, den Begriff *essentielle Spurenelemente* nicht mehr zu verwenden, da *alle* diese Elemente als »essentielle biologische Elemente« zu verstehen sind. Die Bezeichnung *Spurenelemente* wurde bis jetzt jedoch beibehalten.

Im allgemeinen weisen solche Elemente auf eine gewisse Gleichförmigkeit in der Natur hin: Diejenigen, die in hoher Konzentration beim Menschen gefunden werden, sind auch bei Pflanzen und Tieren in reichlicher Menge vorhanden; diejenigen, die beim Menschen nur in Spuren auftreten, finden sich auch bei Pflanzen und Tieren in nur geringen Mengen.

Ein Spurenelement ist jedoch eine überaus notwendige Substanz, die nur in geringen Mengen vorhanden ist. Im folgenden einige zusätzliche Kriterien:

- Ein Spurenelement muß in allen gesunden Geweben von Lebewesen vorkommen, obwohl die Mengen in den ver-

schiedenen Geweben beträchtlich variieren können. (Chrom zum Beispiel ist in manchen Organen Ihres Körpers in zehnfach höherer Konzentration vorhanden als in anderen.)
- *Egal, welcher Spezies* ein Spurenelement entzogen wird, es zeigen sich immer *dieselben* Anomalien als Folge seines Fehlens.
- Wenn das Spurenelement zugesetzt wird, dann werden diese Anomalien entweder verhindert oder rückgängig gemacht.
- Ein Spurenelement kann toxisch sein, wenn es in sehr hohen Mengen verabreicht wird; mittlere Dosierungen sind jedoch ungefährlich.
- Die gesundheitlichen Vorteile von Spurenelementen lassen sich am besten aufzeigen, wenn ein Mangel besteht; wenn das Element dann verabreicht wird, läßt sich ablesen, wie viele Prozesse von ihm abhängen.

> Chrom ist ein typisches Beispiel für ein essentielles Spurenelement.

Adaptogene

Substanzen, die indirekt zur Normalisierung der Körperfunktionen beitragen, sind unter dem Namen *Adaptogene* bekannt. Ein Adaptogen im eigentlichen Sinne hat nur geringen Einfluß auf das gesunde Funktionieren des Körpers; es beeinflußt jedoch in wesentlichem Maße diejenigen Reaktionen günstig, die aus dem Gleichgewicht geraten sind. Aufgrund dieser Fähigkeit *kann ein Adaptogen dazu beitragen, degenerative Krankheiten zu verhindern und den Alterungsprozeß zu verlangsamen*.

Wenn Adaptogene gesunden Jungtieren verabreicht werden, dann lassen sich kaum positive Wirkungen feststellen.

Es wäre aber ein Fehler, Adaptogene deshalb als unwirksam anzusehen. Es ist nicht schwierig, gesunde Versuchstiere zu züchten. In unserer heutigen umweltverschmutzten Plastikwelt gibt es nicht viele Menschen, die sich optimaler Gesundheit erfreuen, *gleich welchen Alters*. Deshalb können *fast alle Menschen Adaptogene für ihre Gesundheit nutzen*.

Adaptogene sind im allgemeinen Nährstoffe und unterscheiden sich von Medikamenten durch folgende Kriterien:

- Sie sind nicht rezeptpflichtig. Adaptogene sind die Antwort auf die Frage »Was kann ich zu Hause tun, damit ich nicht zum Arzt gehen muß?« Oder »Was kann ich tun, um die schädlichen Nebenwirkungen der Arzneimittel zu verringern, die mir mein Arzt verschrieben hat?«
- Adaptogene sind benutzerfreundlich. Um sie einzunehmen, brauchen Sie weder Fachwissen noch komplizierte Apparate, weder Nadeln noch Spritzen, vorausgesetzt, Sie halten sich an die empfohlenen Mengenangaben.
- Adaptogene sind billiger als die meisten Medikamente.
- Adaptogene führen nicht zu gewohnheitsmäßigem Gebrauch.
- Ein Medikament wirkt auch dann noch weiter, wenn ein Zustand der Normalität erreicht ist. Adaptogene regulieren Anomalien und ruhen, wenn sie sich dieser Herausforderung erfolgreich gestellt haben.

GTF-Chrom als Adaptogen

Zunächst ein Musterbeispiel für ein Adaptogen: Eine Untersuchung, über die im *American Journal of Clinical Nutrition* berichtet wurde, hat ergeben, daß unterernährte Kinder in der Türkei, in Jordanien und Nigeria chromarme Nahrung zu sich genommen hatten. Auf zusätzliche Chromgaben reagierten die Kinder mit Verbesserungen in der Glucosetoleranz (Blutzuckerverwertung und Blutzuckersteuerung). Unterernährte Kinder in Ägypten dagegen, die chromreiche Nahrung zu sich nahmen, reagierten nicht auf zusätzliche Chromgaben.

Ein organischer Chromkomplex, der *GTF-Chrom* genannt wird, ist ein *Adaptogen* (GTF steht für *Glucosetoleranzfaktor*). Er trägt dazu bei, chromabhängige Funktionen zu normalisieren, allerdings nur dann, wenn tatsächlich ein Chrommangel besteht.

Sie werden lernen, daß *GTF-Chrom eine Reaktion in Gang setzt, die von Ihren Bedürfnissen abhängt*. Dies gilt auch für viele andere bekannte natürliche Substanzen. Lassen Sie uns in bezug auf Chrom klare Verhältnisse schaffen: Wir sprechen hier nicht darüber, wie Sie Ihre Eingeweide hell und glänzend polieren können – das ist in etwa die Funktion, die die kommerzielle Verchromung von Produkten hat. Chrom als Industrieprodukt – auch als *sechswertiges* Chrom bekannt – ist außerordentlich giftig und unterscheidet sich grundlegend von dem Chrom, das in der Natur vorkommt. Natürliches oder biologisches Chrom ist *dreiwertig*. Es kommt häufiger vor als sechswertiges Chrom. (Die Valenz einer Substanz ist das Maß für die Fähigkeit dieser Substanz, eine Verbindung mit anderen Elementen einzugehen. Sechswertiges Chrom [Cr^{6+}] hat sechs, dreiwertiges Chrom [Cr^{3+}] hat drei Bindungsstellen.)

Was Chrom bewirkt

Chrom hat viele Funktionen

Es ist nur natürlich, daß wir skeptisch sind, wenn wir hören, daß einer einzelnen Substanz unzählige spektakuläre Erfolge zugeschrieben werden. Von jedem Medikament, jedem Nährstoff, ja sogar jedem Nahrungsmittel, das sich auf mehr als einen Aspekt unserer Gesundheit auswirkt, ist seine Wirkungsweise schwer nachzuvollziehen. In unserem Kulturkreis gelten solche Substanzen normalerweise als obskure Mittelchen und ihre Überbringer als Quacksalber. Diese Sichtweise basiert auf der allopathischen Spezialisierung der Medizin. Beim allopathischen Ansatz wird oft davon ausgegangen, daß Krankheit oder anomales Funktionieren des Körpers auf eine einzige Ursache und Wirkung zurückzuführen seien, die mit keinem anderen Krankheitszustand in Zusammenhang stünde. Deshalb wird eine bestimmte Krankheit jeweils mit nur einem einzigen Mittel behandelt, das ausschließlich auf die gerade auftretende Störung ausgerichtet ist. Man hat mir beigebracht, daß Vitamin A gut für meine Augen sei und daß ich Calcium für meine Knochen bräuchte, und damit hatte es sich dann. Neue Strömungen in der Medizin schwemmen jetzt diese alten deskriptiven Zuordnungen weg. Die Medizin wird nicht länger als enges, auf einzelnen Organen basierendes pathologisches System angesehen. In modernen Ansätzen wird der Standpunkt vertreten, daß Krankheit und Gesundheit Teile eines Spektrums sind, dessen Grenzen ein viel weiteres Feld abstecken, als in bisherigen Theorien angenommen wurde.

Vitamin A dient der Stärkung Ihrer Sehkraft, und Calcium ist tatsächlich zur Gesunderhaltung der Knochen unerläßlich, aber diese Tatsachen sind nur ein Teil der Wahrheit. Obwohl jeder dieser Nährstoffe bei unzähligen anderen Funktionen eine wichtige Rolle spielt, kann keiner seine ihm zugewiesene Aufgabe alleine ausführen Eine einzige Note kann keine ganze Melodie erschaffen. In der biochemischen Forschung werden heute Studien sowohl mit Zellen als auch mit ganzen Organismen, wie zum Beispiel mit Tieren, durchgeführt. Neue Einsichten sind beispiellosen Fortschritten im wissenschaftlichen Denken und in der modernen Technologie zu verdanken.

Unterschiedliche Wirkungsweisen des Chroms

Die oben beschriebenen Veränderungen in der medizinischen Sichtweise haben dazu geführt, daß die Bedeutung von Chrom anerkannt wurde. Mit ihrer Hilfe kann man auch erklären, wie und warum ein Spurenelement an so vielen unterschiedlichen Reaktionen beteiligt sein kann. Über die Prozesse hinaus, die in der folgenden Übersicht aufgeführt sind, hat Chrom Auswirkungen auf Ihr Immunsystem, und – passen Sie gut auf! – *es trägt zur Verzögerung Ihres Alterungsprozesses bei. Beschleunigtes Altern ist vielleicht die Regel, aber es ist nicht notwendigerweise normal.*

Prozesse und Zustände, die durch Chrom beeinflußt werden:

- Verlangen nach raffiniertem Zucker und anderen Kohlenhydraten
- Energieniveau am Nachmittag
- Energiereaktion bei Sportarten, bei denen Sauerstoff verbraucht wird
- Reaktionen bei der Vorbereitung auf einen Leichtathletik-Wettkampf
- Wachstum und Aufbau von Muskelfleisch
- Stimmungsschwankungen; Reaktionen auf Streß
- Blutzuckerstoffwechsel
- Zustand Ihres Herzens
- Cholesterinspiegel und andere Blutfettwerte
- Körpergewicht
- Stabilität von RNS und DNS
- Gedächtnis

All diese Prozesse werden durch Chrom beeinflußt und können von Ihnen ohne Schwierigkeit positiv gelenkt werden, denn Sie brauchen nur eine winzige Menge an Chrom, damit all diese lebenswichtigen Funktionen ablaufen können.

Schließlich hat man uns beigebracht, daß viele Nahrungsmittel Spurenelemente enthielten. Wir sollten also eigentlich mehr als genug von ihnen bekommen, stimmt's? Leider ist das nicht so. Bitte lesen Sie weiter.

Wie es zum »Durchbruch« kam

Obwohl das chemische Element, das Metall Chrom vor mehr als zweihundert Jahren entdeckt wurde, stellte man erst im Jahre 1959 fest, daß es für den menschlichen Organismus lebensnotwendig ist. Wie in angesehenen biologischen und biochemischen Fachzeitschriften zu lesen ist, waren Wissenschaftler vorher bereits in der Lage, Chrom zu verwenden, um Enzymsysteme im Reagenzglas zu stimulieren bzw. zu hemmen. Den Forschern war bewußt, daß etwas Entscheidendes geschah, aber die Einzelheiten waren noch nicht bekannt. Da Chrom in so geringen Mengen aktiv ist, war es schwierig, bei Versuchstieren künstlich einen Chrommangel herbeizuführen.

Zu einem Durchbruch kam es erst, als Dr. Walter Mertz vom National Institute of Health in Bethesda, Maryland beobachtete, daß es bei Versuchstieren zu starken Beeinträchtigungen in der Fähigkeit, *Glucose* zu metabolisieren, kam, als er den Tieren chromarme Nahrung verabreichte. Da ein Teil dessen, was Sie zu sich nehmen, in diesen Einfachzucker umgewandelt wird, war diese Entdeckung bahnbrechend.

Nachdem erst einmal die Bedeutung von Chrom erkannt worden war, kam es auch bald zur Entdeckung des *Glucosetoleranzfaktors* (GTF), eines organischen Chromkomplexes, der Insulin an die Rezeptoren der Zellmembran bindet. (In späteren Kapiteln werden Sie erfahren, was das bedeutet und warum es so wichtig ist.)

Dreiwertiges Chrom ist das Zentrum dieses Komplexes, der darüber hinaus auch noch aus Niacinmolekülen und einigen wenigen Aminosäuren besteht. Dr. Mertz hat diesen

Niacin-Chrom-Komplex als aktiven Bestandteil in Bierhefe identifiziert. Man nimmt an, daß Aminosäuren mitverantwortlich dafür sind, Nährstoffe durch Ihren Körper zu transportieren.

GTF-Chrom – die überragende Bedeutung des Glucosetoleranzfaktors

Indem er die Unterschiede zwischen GTF und einfachem Chrom erforschte, hat Dr. Mertz Parameter festgesetzt, durch die GTF-Chrom von der inaktiven Variante unterschieden werden konnte. Seine Erklärung dafür, warum er diese Parameter festgesetzt habe, lautet folgendermaßen: Da die genaue Struktur von GTF nicht bekannt ist, sollte GTF-Chrom durch Eigenschaften identifizierbar sein, die anzeigen, *was es bewirkt* und nicht, *was es ist*, das heißt, durch seine *biologische Aktivität* und nicht durch seine *chemische Struktur*. (Die biologische Aktivität ist derjenige Teil des Elements in einem Nahrungsmittel, der resorbiert und verwertet wird.) Wie bei so vielen anderen Phänomenen in der modernen Wissenschaft können wir hier Nutzen aus unserem begrenzten Wissen ziehen. Wenn wir auf ein vollständiges Verstehen der Elektrizität hätten warten wollen, dann säßen wir heute noch im Dunkeln. Das gleiche gilt für die Schwerkraft und die Raumfahrt.

Parameter für die Identifizierung von GTF-Chrom

- Es hilft Glucose aufgrund seiner Wirkung auf Insulin, in die Zellen zu gelangen,
- wird besser resorbiert als einfache Chromverbindungen,
- hat Zugang zu speziellen Speichern in Geweben,
- durchquert die Plazenta und gelangt so in den Fötus,
- ist wesentlich weniger giftig als einfache Chromverbindungen.

Andere Forscher gelangten später zu denselben Ergebnissen wie Dr. Mertz. *Der allgemeinen Meinung zufolge wird Chrom gut resorbiert, wenn es oral in dreiwertiger Form in einer besonderen Infrastruktur verabreicht wird; die Resorption wird ebenfalls durch die Funktionstüchtigkeit Ihres Darms beeinflußt; es kann zwar als spezifischer natürlicher Komplex die Plazenta durchqueren, nicht aber als einfaches Salz; und die Spanne zwischen seiner essentiellen Bedeutung und seiner Giftigkeit ist beträchtlich, so daß große Dosen ohne Bedenken verabreicht werden können.*

Chrom – Forschungsergebnisse aus Vergangenheit und Gegenwart

Sir William Osler, ein Arzt von überaus großem Ansehen, warnte seine Kollegen davor, die arrogante Überzeugung zu pflegen, daß nur moderne medizinische Praktiken einem Patienten nützen könnten. Wenn neue Informationen effektiv weiterverbreitet werden, dann wissen alle besser Bescheid, und wir können die Kluft zwischen der Forschung und der Anwendung des neuen Wissens verkleinern.

Forscher und Kliniker haben seit den Forschungen von Dr. Mertz im Bereich des Chroms (die übrigens noch andauern) große Mengen an brandneuen Informationen enthüllt. Im folgenden finden Sie relevante Forschungsergebnisse aus Vergangenheit und Gegenwart:

- *GTF-Chrom* ist eine Verbindung, die den Hormonen ähnelt. Eine seiner Hauptfunktionen besteht darin, den Zuckerstoffwechsel zu regulieren. Selbst wenn in Ihrer Ernährung raffinierter Zucker vollkommen fehlt, ist Chrom notwendig, da Nahrungsmittel schließlich zu einfacher Glucose verarbeitet werden, die die Hauptenergiequelle Ihres Körpers darstellt.
- Nukleinsäuren enthalten sehr hohe Chromkonzentratio-

nen. Im *Journal of Biology and Chemistry* und in *Physiology Review* wird ausgeführt, daß Chrom für den Stoffwechsel, die Struktur und den Zusammenhalt der DNS-Stränge wichtig ist. Nukleinsäuren befinden sich im Kern lebender Zellen. Sie sind lebensnotwendig und sind Träger der genetischen Information.

- Die höchsten Mengen an Chrom hat ein Mensch bei seiner Geburt; sie nehmen mit zunehmendem Alter ab.

> Bei Männern sind die Hoden die Organe, die am häufigsten durch eine Reduktion des Chromgehalts infolge des Alterungsprozesses betroffen sind.

In einem Buch über Metalle in der Medizin findet sich ein Bericht von einer umfangreichen Untersuchung der Verteilung von Spurenelementen im menschlichen Körper. Die Untersuchung zeigt, daß Chrom das einzige Metall ist, das mit zunehmendem Alter stark abnimmt. Diese Studie, die vor dreißig Jahren durchgeführt wurde, kam zu der Schlußfolgerung, daß Chrom das *einzige* Spurenelement ist, daß mit fortschreitendem Lebensalter im Körper geringer wird. Eine genauere Aussage würde lauten: *Der Chromverlust ist mit zunehmendem Alter beträchtlicher als der Verlust jedes anderen Spurenelements.*

- Es ist nicht leicht, die Quantität von Chrom in bestimmten Lebensmitteln zu messen. Die begrenzt vorhandenen Mengen variieren je nach der im Boden vorhandenen Menge und dem Grad der Lebensmittelraffinierung.
- Ein anderer Grund, warum Chrom in Lebensmittel nicht so leicht meßbar ist, ist der, daß Unterschiede in der Bioverfügbarkeit von GTF und von anorganischem Chrom bestehen. Die Bioverfügbarkeit bezieht sich auf eine Substanz, die für die Verwertung durch das Gewebe, für das sie be-

stimmt ist, verfügbar ist. Das Auslaugen von anorganischem Chrom aus rostfreien Stahltöpfen und den Messern eines Mixgerätes in Essen und Getränken ist gut dokumentiert. Anorganisches Chrom ist bereits auf analytischem Wege nachgewiesen worden, Ihr Körper kann anorganisches Chrom jedoch nicht immer in seine verwertbare Form umwandeln. Diese Umwandlung hängt von dem Vorhandensein synergistischer Nährstoffe ab – *das sind weitere Nährstoffe, die für die Umwandlung notwendig sind*. Die Fähigkeit zur Umwandlung sinkt mit zunehmendem Alter.
- Dr. Henry Schroeder beschreibt in *The Trace Elements and Man*, wie Chrom dazu beiträgt, die schädliche Wirkung bestimmter toxischer Substanzen abzumildern. Wenn Versuchstieren, die unter Chrommangel leiden, eine Überdosis Blei verabreicht wird, dann sterben einige Tiere aufgrund von Infektionen. Wenn den Tieren, denen Blei verabreicht wurde, zusätzliches Chrom gegeben wird, dann überleben alle Tiere. Niedrige Chromwerte im Blut werden mit akuten Infektionskrankheiten in Zusammenhang gebracht, wie Berichte, die in *Federal Proceedings* veröffentlicht wurden, bestätigen.
- Aus diesem Grund geht man davon aus, daß die Einnahme von zusätzlichem Chrom zu Beginn einer Erkältung dazu beitragen kann, die Erkrankung Ihrer Atemwege bereits im Keim zu ersticken.
- Der Bedarf an Chrom ist unter bestimmten Umständen höher.

Umstände, unter denen der Bedarf an Chrom ansteigt:

- Sportliche Betätigung und Aktivitäten, bei denen vermehrt Sauerstoff verbraucht wird
- gestörter Glucosestoffwechsel
  a) Diabetes, b) niedriger Blutzuckerspiegel
- Stillzeit

- durch Arteriosklerose bedingte Herzkrankheiten
- niedriges Geburtsgewicht
- Es wird dann weniger Insulin benötigt, wenn die Konzentration an Chrom hoch ist. Obwohl Chrom die Wirkung von Insulin steigert, kann es Insulin nicht ersetzen. In diesem Sinne gilt, daß ein leistungsfähigerer Motor zwar weniger Benzin verbraucht, durch seine Leistungsfähigkeit Benzin jedoch nicht ersetzt werden kann. Durch die aktive Chromform erhalten Sie »mehr Kilometer pro Liter«. Die Wirkung von Insulin wird optimiert.
- Glucose ist eine lebenswichtige Energiequelle für das normale Wachstum und die Entwicklung des Fötus. Da für den Transport durch die Plazenta große Mengen an Glucose erforderlich sind, bleibt Chrom nicht lange bei der Mutter. Diese Informationen habe ich einem internationalen Rundschreiben, das ich aus Hyderabad bekam, entnommen. Da Chrom die Plazenta nur in seiner GTF-Form durchqueren kann, wurde es als »Vitamin« für den Fötus angesehen. In dem *American Journal of Obstetrics and Gynecology* wird bestätigt, daß die bestmögliche Versorgung des Fötus von einer angemessenen Ernährung der Mutter abhängt.

> Wenn eine werdende Mutter ihren siebten Schwangerschaftsmonat erreicht, ist ihr Chromspiegel durchschnittlich niedriger als der von nichtschwangeren Frauen.

Zweifellos besteht eine Relation zwischen Frühgeburten und einer unzureichenden Konzentration an Chrom.
- Ein anderer Schauplatz für die Wirkungsweise von Chrom ist Ihr Auge. Versuchstiere, die chromarme und proteinreiche Nahrung zu sich nahmen, erlitten eine Hornhauttrübung und einen Blutstau in der Iris.
- Chrom ist erfolgreich bei der Behandlung von grauem Star und bei degenerativen Hautverfärbungen eingesetzt wor-

den. Dr. Garry Price Todd aus Waynesville in North Carolina ist es gelungen, grauen Star dadurch bereits im Frühstadium zu heilen.

- Der Nationale Forschungsrat der Vereinigten Staaten sieht eine Menge von 50 bis 200 Mikrogramm Chrom als sicher und angemessen an und empfiehlt, diese Menge täglich einzunehmen. (Ein Mikrogramm entspricht einem tausendstel Milligramm; ein Milligramm entspricht einem tausendstel Gramm.)
- Wenn dem Essen kleine Mengen Chrom zugefügt werden, dann verbessert sich der Vitamin-C-Stoffwechsel. Da Vitamin C ein sehr empfindlicher Nährstoff ist, der beim Kochen und Verarbeiten leicht zerstört wird, hat jede gesteigerte Zufuhr positive Auswirkungen.
- Wie Chrom jedoch resorbiert wird, ist unbekannt. Seine Resorption scheint von körpereigenen Speichern, der Nahrungszufuhr und der Bioverfügbarkeit der konsumierten Form abhängig zu sein. Im Unterschied zu anderen Spurenelementen wirkt Chrom nicht als reines Metall. Es scheint, daß die Bildung eines hochspezialisierten organischen Komplexes erforderlich ist, der Niacin, ein Vitamin der B-Gruppe, einschließt. Dr. Mertz wies nach, daß niacingebundenes GTF-Chrom die Bioverfügbarkeit steigert.
- Die Chromresorption hängt auch von den anderen Nahrungsmitteln, die während derselben Mahlzeit verzehrt werden, ab.

Oxalate verbessern die Chromresorption, Phytate verschlechtern die Chromresorption.

Oxalsäurehaltige Lebensmittel
- Spinat
- ungeschälter Sesam
- Wurzelgemüse

Phytinsäurehaltige Lebensmittel
- Käse
- andere Milchprodukte
- nichtalkoholische Getränke

- Petersilie
- Lebensmittel, die technologischen Prozessen unterworfen wurden.

- Neue Studien belegen, daß Zucker dadurch, daß er die Chromresorption beeinträchtigt, einen Hauptstörfaktor für die Wirkungen von Insulin darstellt. Es ist wie Tauziehen: Lebensmittel, die im allgemeinen als gesund angesehen werden, verbessern den Chromspiegel, genauso wie diejenigen, die ungesund sind, ihn verschlechtern.
- Studien haben gezeigt, daß Chrom die Proteinsynthese in Ihrer Leber verbessert.
- Dr. Richard Anderson schreibt in *Metabolism*, daß Chrommangel durch Krankheiten der Herzkranzgefäße hervorgerufen werden kann ebenso wie durch Sport, Verletzungen, Erkrankungen und andere Formen von Streß. Er kommt auch häufig bei Kindern vor, deren Mütter Diabetikerinnen sind.
- Wenn einmal aus irgendeinem Grund Chrommangel aufgetreten ist, dann können als Folge davon eine ganze Reihe von Krankheitszuständen und Symptomen auftreten, wie zum Beispiel Diabetes, Hypoglykämie, Arteriosklerose, Ermüdungserscheinungen, Gewichtsprobleme, verlangsamtes Wachstum, Ablagerungen in den großen Blutgefäßen, krankhafte Veränderungen der Hornhaut, verkürzte Lebenserwartung, eine niedrigere Spermienzahl, ein hoher Cholesterinspiegel und Probleme beim Fettstoffwechsel. Und das ist noch nicht einmal alles, denn die Aufzählung könnte noch viel weiter gehen.
- Die Auswirkungen eines leichten Chrommangels zeigen sich nur langsam. Mehrere Jahre mögen vergehen, bevor offensichtliche Mangelerscheinungen so deutlich sind, daß sie gemessen werden können. Häufig auftretende Anzeichen eines leichten Chrommangels, die durch eine erhöhte Einnahme von Chrom während der Mahlzeiten

gemildert werden können, sind eine gestörte Glucosetoleranz, größere Mengen von im Blut zirkulierendem Insulin, Abnahme der Anzahl der Rezeptoren und der Stoffe, die Insulin binden, erhöhte Werte für Cholesterin und Triglyceride sowie ein Rückgang von HDL-Cholesterin-Komplexen.

Entweder als Ursache oder als Folge dieser Erkrankung weisen Personen, die an rheumatischer Arthritis leiden, einen sehr niedrigen Chromspiegel auf, wie im *Journal of Chronic Diseases* berichtet wird.

- Durch die Verabreichung von chromarmer Nahrung vergrößert sich die Bauchspeicheldrüse von Versuchstieren, was zeigt, daß sich die Funktion der Bauchspeicheldrüse durch Chrommangel verändert.
- Der Chromanteil im Blut sinkt rapide ab, wenn Glucose intravenös zugeführt wird. Wenn ein Patient nach einer Operation an einer Virusinfektion erkrankt, dann kann es sein, daß die Menge an Chrom im Blut noch weiter absinkt. Das kann katastrophale Folgen haben. Zusätzliches GTF-Chrom wurde deshalb für Patienten empfohlen, die Glucoselösungen benötigen.
- Im Vergleich zu gesunden Menschen ist die Durchschnittsmenge an Chrom in der Leber bei denjenigen, die an erhöhtem Blutdruck, Arteriosklerose und Diabetes sterben, bedeutend niedriger. Bei erhöhtem Blutdruck ist die Chrommenge um achtzehn Prozent niedriger, bei Arteriosklerose um fünfundzwanzig Prozent und bei Diabetes um dreiunddreißig Prozent.

Es ist möglich, daß Ihre Lebensqualität beeinträchtigt wird, wenn Ihnen diese geringe Menge an Chrom fehlt.

Das ist beeindruckend und auch beängstigend, nicht wahr? Aber ganz egal, wie alt Sie sind, Ihre Gesundheit kann enorm verbessert werden. An keinem Punkt in seinem Leben ist ein Mensch so sehr seinem Krankheitszustand ausgeliefert, daß – unter der Voraussetzung, die entsprechenden Mittel sind vorhanden – nicht zumindest einige Maßnahmen ergriffen werden können, die seinen Zustand zum Positiven hin verändern.

Wo Chrom vorkommt

Unsere Lebensweise und Chrommangel

Da sich herausgestellt hat, daß Chrom ein essentielles Spurenelement in Pilzen und Wirbeltieren ist, sind Anthropologen der Meinung, es sei während der gesamten Evolution von Pflanzen und Tieren in der Luft und im Wasser vorhanden gewesen. Heute können Spuren von Chrom auch in Luftproben aus abgelegenen Gebieten, in denen keine Menschen leben, nachgewiesen werden. Analysen dieser Proben zeigen, daß einige Teile des in der Luft vorhandenen Chroms von Boden stammt, der vom Wind fortgetragen wurde.

Vielleicht ist es daher keine Überraschung für Sie, wenn Sie erfahren, daß bei Menschen ein niedriger Chromspiegel gemessen wurde als bei Tieren in freier Wildbahn. Erstaunlich ist, daß Amerikaner weniger Chrom in ihren Zellen haben als Menschen in vielen anderen Teilen der Erde. Nach Aussagen des amerikanischen Ministeriums für Landwirtschaft ist eine *unterhalb des Optimums liegende Chrommenge in den Vereinigten Staaten die Regel*. Bei den Amerikanern über fünfzig haben sogar fünfundzwanzig Prozent einen zu niedrigen Chromspiegel, und neunzig Prozent derjenigen, die amerikanische Durchschnittskost zu sich nehmen, bekommen weniger als die tägliche von der Regierung empfohlene Chrommenge, die ohnehin schon niedrig angesetzt ist. Auch die europäische Ernährungsweise nähert sich bekanntlich diesen Verhältnissen an. Die durchschnittliche Zufuhr von Chrom wurde an sieben Tagen bei wohlhabenden Amerikanern ohne Krankheitssymptome beobachtet. Diese Gruppe behauptete von sich, überdurchschnittliche Kenntnisse in bezug auf gesunde Ernährungspraktiken zu haben. Es wurde jedoch nachgewiesen, daß *niemand die empfohlene Mindestmenge an Chrom zu sich nahm.*

Weshalb wir Chrommangel haben

Pflanzliche Nahrungsmittel stellen aufgrund des niedrigen Chromgehalts im Ackerboden eine eher dürftige Quelle für Chrom dar. Wenn Chrom überhaupt vorhanden ist, dann erscheint es in einer Form, die schlecht von den Wurzeln einer Pflanze in den Stamm oder die Blätter transportiert wird. Versuche, den Chromgehalt in Kulturpflanzen zu erhöhen, waren erfolglos.

Keine der Pflanzen, die normalerweise als Tierfutter oder als Nahrungsmittel für den Menschen verwendet werden, speichert Chrom. Es ist eines der wenigen essentiellen Spurenelemente, das sich nicht während eines bestimmten Stadiums des biologischen Zyklus, der sich vom Boden über die Pflanze und bis zum Tier erstreckt, ansammelt.

Produkte wie zum Beispiel Cracker, Kuchen, Brot und Nudeln, die mit Weißmehl gebacken wurden, sind arm an Chrom. Achtzig Prozent des Chroms oder sogar mehr wurden infolge des Mahlprozesses entfernt – des Prozesses, bei dem ganze Körner zu raffiniertem Mehl verarbeitet werden. Die kommerzielle Behandlung von Nahrungsmitteln als Vorbereitung zur Eindosung oder zum Einfrieren (Zerkleinern, Extrahieren, Blanchieren, Hinzufügung von Konservierungsstoffen oder Erhitzen) trägt zu bedeutenden Verlusten bei. Dr. Stephen Tannenbaum macht *in Principles of Food*

Science darauf aufmerksam, daß *alle Nahrungsmittel, die technologischen Prozessen unterworfen wurden, bis zu einem gewissen Grad Verluste an Mineralstoffen aufweisen.*

Den Chromgehalt von Nahrungsmitteln in Diätplänen, die von staatlich geprüften Diätassistenten entwickelt wurden, berechnete man, und es stellte sich heraus, daß ein Drittel Vorschläge weniger als eine Tagesmenge von 50 Mikrogramm enthielt. Selbst Ernährungsfachleuten fällt es also schwer, Chrom in ausreichender Menge in ihre Diätpläne einzubeziehen.

> **Formel:**
> **Mehr Zucker = weniger Chrom**

Als man untersuchte, wie sich Training und Sportarten, bei denen vermehrt Sauerstoff verbraucht wird, auf den Chromgehalt im Körper auswirken, stellte man fest, daß raffinierter Zucker die Substanz ist, die die größte Chromausscheidung verursacht. Hierüber wurde in der Zeitschrift *Sports Medicine* berichtet. Durch den Verzehr von Schokolade, Ketchup, süßen Nachspeisen, den meisten kalten Frühstückszerealien, Cola und anderen nichtalkoholischen Getränken sowie durch weitere Lebensmittel, die hohe Mengen an Einfachzucker aufweisen, kommt es bei Ihnen zu einem Chromverlust von bis zu dreihundert Prozent. Je größer der Zuckeranteil in Ihrer Nahrung ist, desto höher ist der Chromverlust.

> Zucker ist doppelt problematisch, da er an sich schon kein Chrom enthält und darüber hinaus noch zu weiteren Chromverlusten führt.

Es ist daher nicht verwunderlich, daß von achthundert Patienten, die Dr. Gary Price Todd getestet hat, sechsundneunzig Prozent unter Chrommangel leiden. Und es ist auch kein Wunder, daß meine Kinder sich genauso wie Präsident George Bush darüber beschwerten, daß Nährstoffe zwar in Brokkoli vorhanden sind, aber nicht in Eiskrem.

Gegenspieler von Chrom

Fehlendes Chrom in Lebensmitteln ist nicht die einzige Ursache von Chrommangel. Im folgenden nennt eine Liste die Faktoren, die Chrommangel fördern.

Chromverluste, die durch die Verarbeitung von Nahrungsmitteln verursacht werden:

- Weißmehl   98 Prozent Verlust
- Raffinierung von Zucker   95 Prozent Verlust
- Schälen von Reis   92 Prozent Verlust
- Getreidestärke   100 Prozent Verlust
- entrahmte oder fettarme Milch   100 Prozent Verlust
- Kochen (zu Hause oder   Zusätzliche Verluste
  in einer Konservenfabrik)
- Schälen von Gemüsen   Zusätzliche Verluste
  (wie beim Einfrieren)

Raffinierte und zerkleinerte Nahrungsmittel werden als die Hauptursachen für die im folgenden aufgeführten Unterschiede beim Chromgehalt angesehen.

- 2,00 parts per billion im Meerwasser (ppb, part per billion = ein Millionstel Gramm pro Kilogramm)
- 0,60 ppb beim primitiven Menschen
- 0,09 ppb beim modernen Menschen

Chromzerstörer

- Luftverschmutzung
- emotionaler Streß
- physischer Streß: Hitze, Kälte oder Sport
- radioaktive Strahlung
- Veränderungen im Hormonspiegel
  (Diabetes und niedriger Blutzucker stehen ganz oben auf der Liste)
- akute Infektionszustände: Erkältungen und dergleichen
- wiederholte Schwangerschaften
- Alter
- übermäßige Eisen- und/oder Zinkaufnahme
- übermäßiger Vanadiumgehalt (kommt in Braunalgen und großen Fischen vor)

Sie können sich vorstellen, warum unser Chromspiegel zwei- bis dreimal niedriger ist als der von Menschen in primitiven Gesellschaften.

Chrom in Nahrungsmitteln

Die bekannteste Quelle für Chrom ist Bierhefe. Chrom ist darüber hinaus in bedeutenden Mengen in der Leber und im Nierengewebe von Säugetieren vorhanden, ebenso wie in den Kleie- und Keimbestandteilen von Getreidekörnern (außer im Mais und Roggen). Chrom ist in geringerem Maße auch in Melasse, in Apfelschalen, in Bier, Pflaumen, Käse, einigen Schellfischarten, Pilzen, Wein und schwarzem Pfeffer vorhanden. Unbedeutende Menge kommen darüber hinaus in den meisten Obst- und Gemüsesorten vor. Selbst Wasser enthält nur wenig Chrom. Nach Informationen, die in den *Proceedings of the 12th Conference on Great Lakes Research* bekanntgegeben wurden, kommt dieses Spurenelement hauptsächlich bei Fischen vor, und zwar in der Haut, den

Knochen oder Knorpeln, der Leber und den Nieren, also Körperteilen, die vom Menschen normalerweise nicht verzehrt werden. Lassen Sie uns also die »hochwertigen« Chromnahrungsmittel näher untersuchen.

- *Bierhefe*
  30 Gramm Bierhefe enthalten 168 Mikrogramm Chrom. Es ist eher unwahrscheinlich, daß Sie heute schon ein halbes Dutzend Bierhefetabletten geschluckt haben. Das liegt vielleicht auch daran, daß Bierhefe in den schlechten Ruf geraten ist, ein Allergen zu sein, auch wenn das nicht stimmt. Es gibt mehr als einhundert verschiedene Hefestämme, und nur wenige von ihnen können eine allergische Reaktion verursachen. Bei Bierhefe trifft das für Sie nicht unbedingt zu. Tatsächlich berichten viele Kliniker von positiven Wirkungen bei den Patienten, die zusätzlich Hefe einnehmen. Bierhefe, wie der Name schon sagt, wird bei der Zubereitung von Bier verwendet und sollte nicht mit der Backhefe verwechselt werden.

- *Leber und Nieren*
  100 Gramm Leber enthalten 50 Mikrogramm Chrom. Wie hoch sind die Chancen, daß Sie heute Leber gegessen haben? Leber ist im allgemeinen kein sehr beliebtes Nahrungsmittel. Man glaubt auch, daß sie giftig sei und zu einem erhöhten Cholesterinspiegel beitrage. Lassen Sie uns einige dieser Mythen aus dem Wege räumen.
  Die Leber ist ein Entgiftungsorgan. Deshalb sagen Gegner, daß sich diese Gifte im Gewebe absetzten und Sie deshalb keine Leber essen sollten.
  Befürworter sagen: »Da die Leber ein Entgiftungsorgan ist, scheidet sie die Gifte auch aus, und deshalb sollten Sie sie essen. Außerdem setzen sich Gifte in den Fettgeweben Ihres gesamten Körpers und nicht ausschließlich in Ihrer Leber ab.«

Zusätzlich zu ihrem hohen Chromgehalt ist die Leber ein Depot für *alle* Vitamine und Mineralien. Vielleicht ist das der Grund dafür, daß die amerikanischen Ureinwohner glaubten, die menschliche Leber sei ein Hort für »männliche« Tugenden.

Die richtige Lösung bestünde darin, pestizidfreie, organische Quellen für Leber zu finden. Es gibt sie (sehen Sie im achten Kapitel nach, dort steht ein Leberrezept, das Ihnen ganz bestimmt schmecken wird).

Was den Cholesteringehalt angeht, so ist bisher noch nicht bewiesen worden, daß sich der Cholesterinspiegel durch den Verzehr von vollwertigen, naturbelassenen Nahrungsmitteln in bedeutendem Maße erhöht – selbst dann nicht, wenn diese Nahrungsmittel einen hohen Cholesteringehalt haben.

Genau das Gegenteil wurde aufgezeigt. Ein gefährlich hoher Cholesterinspiegel tritt im Zusammenhang mit dem Genuß von verarbeiteten Nahrungsmitteln (besonders denjenigen, die transformierte Fette enthalten) und Streß auf.

Viele Ernährungswissenschaftler haben intensiv daran gearbeitet, die falschen Annahmen in bezug auf Cholesterin und Herzkrankheiten zu entkräften. Es kann nicht genug betont werden, daß naturbelassene und gesunde Lebensmittel, die Cholesterin enthalten, keinen gefährlich hohen Cholesterinblutspiegel erzeugen.

Nahrungsmittel, die transformierte Fette enthalten:

- Fritierte Nahrungsmittel
- Salatöle und Öle zum Kochen
- Nußmuse
- verarbeitete Backwaren
- Margarine und andere Ersatznahrungsmittel
- Nahrungsmittel mit hydrierten Ölen

Nieren, die in diesem Zusammenhang ebenfalls zu nennen wären, sind nicht besonders beliebt (es sein denn, Sie sind zufälligerweise Engländer und mögen »Steak-and-kidney-pie«).

- *Vollkornmehl*
Die größten Chrommengen befinden sich in der Schale und den groben Randschichten des Getreidekorns. In Fertigprodukten wird nur selten Vollkornmehl verarbeitet. Lesen Sie das Etikett von Vollkornprodukten in Ihrem Supermarkt sorgfältig durch.
Sie werden dabei feststellen, daß die meisten Sorten Weißmehl enthalten. Auch wenn auf dem Etikett »100 Prozent Vollkornmehl« steht, so kann das Produkt aus einem bereits verarbeiteten Mehl hergestellt worden sein, aus dem Kleie und einige Keimbestandteile entfernt wurden. Vollkornmehl ist nicht so lange haltbar wie Feinmehl und hat auch keinen guten »Zusammenhalt«. Wie schon erwähnt, ist bei Weißmehl der größte Chromanteil bereits verlorengegangen.
- Bäcker, die Vollkornbrote und andere Backwaren herstellen, dürfen ihren Rezepturen Gluten zusetzen. Gluten ist der Proteinbestandteil des Weizens und ein hochallergenes Produkt. Sein Name ist darauf zurückzuführen, daß es klebrig ist und dem Teig eine feste, elastische Konsistenz gibt.
Gluten ist der Kleber, der verhindert, daß der Teig bröckelig wird. Obwohl das Vollkorngetreide etwas Chrom enthält, enthält Gluten keines.
Daß wir Backwaren genießen, Verlangen nach ihnen haben und es schwer finden, ihnen zu widerstehen, ist mehr als nur ein kulturelles Phänomen. Gluten hat eine morphiumähnliche Komponente. Wenn man glutenhaltige Nahrungsmittel verzehrt, kann dadurch eine drogenähnliche Euphorie entstehen. Bei regelmäßigem Ver-

zehr kann das zu einer Sucht werden. Wenn es nicht gelingt, den »Stoff« zu bekommen, kommt es zu Entzugserscheinungen, die das »Opfer« erneut veranlassen, Nahrung zu sich zu nehmen – besonders glutenhaltige Nahrungsmittel. Und sind in diesem Sinne nicht die meisten von uns Opfer?

> Die Sucht beginnt bereits in der Kindheit mit Milch und Plätzchen. Man hat festgestellt, daß das Kasein in der Milch den gleichen euphorie- und suchterzeugenden Effekt hat wie das Gluten im Weizen.

Es erübrigt sich zu erwähnen, daß die Nachwirkungen nicht so dramatisch sind wie diejenigen nach der Einnahme von »Freizeitdrogen«, aber Sie wären vermutlich erstaunt, wenn Sie sähen, wie viele Menschen durch den Verzehr von glutenhaltiger Nahrung an kleineren emotionalen und physischen Problemen leiden. Selbst der natürliche Glutengehalt im Vollweizen ist für viele Menschen schon ein Problem; durch *zusätzliches* Gluten verschärfen sich diese negativen Auswirkungen noch.

Als ich Vertreter einer Bäckerei befragte, wurde mir gesagt, daß man sich dieses Einwands bewußt sei, daß es jedoch keine Alternativen gäbe. »Ohne Gluten würden«, so erklärte man mir, »die Backwaren auseinanderfallen.« Diese Entschuldigung kann ich nicht akzeptieren. Es gibt Backwaren auf dem Markt, die kein zusätzliches Gluten enthalten. Lesen Sie die Etiketten durch.

Obwohl eine Tasse Bulgur ungefähr 36 Mikrogramm Chrom enthält, ist das kaum die Menge, die Sie aus »Vollkornprodukten« bekämen, die technologisch behandelt wurden.

- *Melasse*
Es ist fast unmöglich, unverfälschte, reine Melasse zu bekommen. Zuckerrübenmelasse – die Sorte, die einen hohen Chromgehalt hat und weniger süß ist als Zuckerrohrmelasse – ist schwer erhältlich. »Blackstrap«-Melasse (die Melasse, die übrigbleibt, nachdem die maximale Menge Zucker aus dem Rohmaterial extrahiert worden ist – Anm. d. Übers.) enthält dagegen nur 5 Mikrogramm Chrom pro Eßlöffel.

- *Apfelschalen*
Sofern es sich nicht um Äpfel aus organischem Anbau handelt, sind Apfelschalen kein Bestandteil, der zur optimalen Gesundheit beiträgt, da sich Pestizide in den äußeren Schichten der Frucht konzentrieren. Hier befinden sich jedoch auch die meisten Nährstoffe. Ein geschmackvoller unbehandelter Apfel mittlerer Größe enthält ungefähr 36 Mikrogramm Chrom, allerdings nur dann, wenn alle Wachstumsprozesse und Bedingungen optimal waren.

- *Bier*
Bier kann durch Kupfer aus den Rohren, die in der Brauerei verwendet werden, kontaminiert sein. Malzextrakte, die dem Bier zugesetzt wurden, können aus Stärke, Zucker oder Sirup bestehen. Bier ist vielleicht pasteurisiert worden, um zu verhindern, daß es verdirbt, und auch, um einige nicht hitzeresistente Bakterien zu zerstören. Alkohol trägt im allgemeinen zur Reduzierung der Knochenmasse bei.
Nahrhafte Hefe, das gesunde Nebenprodukt, wird dem Bier entzogen. Bier könnte dann Chrom enthalten, würde es in rostfreien Stahlfässern gebraut. (Bei der Herstellung von rostfreiem Stahl wird Chrom verwendet.) 340,2 Gramm Bier würden 34 Mikrogramm Chrom enthalten. Die negativen Aspekte überwiegen jedoch den Nutzen.

■ Pflaumen

Pflaumen sind nicht das bescheidene, einfache Lebensmittel vergangener Jahre. Sie werden oft durch Hydration »weichgemacht«, denn durch Wasser können die Obstpreise in die Höhe getrieben werden. Konservierungsstoffe, die häufig bei getrockneten Früchten verwendet werden, haben unerwünschte Wirkungen. (Trockenfrüchte sind oft geschwefelt, was Asthmatiker und darüber hinaus jeden Menschen mit Atemproblemen beeinträchtigen kann.) Eine einzige Pflaume enthält ungefähr 5 Mikrogramm Chrom, also dieselbe Menge, die auch in einem Teelöffel »Blackstrap«-Melasse vorkommt.

■ Käse

Die meisten echten Käsesorten haben einen hohen Fettgehalt und sind schwer verdaulich. Das Endprodukt enthält entweder einige oder alle der folgenden Substanzen oder wurde folgenden Prozessen unterzogen: Säureregulatoren, Salz, Geschmacksstoffe, Bleichmittel, Kalziumchlorid, damit sich die Milch in Form einer halbfesten Masse »setzt«, große Hitzezufuhr, Farbstoffe, um die gelbe Farbe der Milch zu entfernen, Zusätze gegen die Schimmelbildung, wodurch eine längere Haltbarkeit gewährt wird, Antibiotika, um das Wachstum einiger Bakterien zu unterdrücken, die Wachsschicht auf Käserinden, Chemikalien, um die geronnene Milch zu reinigen, und Stabilisatoren für eine weiche Beschaffenheit und Dicke.

Käse enthält viel Phytinsäure. Wie bereits vorher erwähnt, senkt Phytin die Chromresorption. Ein Würfel Cheddarkäse von 2,5 cm Länge enthält 9 Mikrogramm Chrom; Mozzarella enthält 11 Mikrogramm.

■ Meeresfrüchte, Meeresfische

Die Chrommenge ist von der jeweiligen Art der Meerestiere abhängig. Meeresfrüchte sind keine schlechte

Wahl, wenn Sie darauf achten, daß sie aus sauberen Gewässern stammen. Küstengebiete, in denen Krebse und Muscheln leben, sind oft durch Bakterien und gifthaltige Exkremente verseucht. Die Tiere reagieren sehr stark auf Pestizide. Es ist bekannt, daß sie manchmal Giftstoffmengen aufnehmen, deren Dosis bis zu zweitausendmal höher ist als die Giftstoffmenge in den Gewässern, in denen sie leben.

Trotz dieser Probleme gehören Meeresfische und -früchte immer noch zu den gesünderen Nahrungsmitteln. Ich esse Fisch und versuche den Nachteilen mit Antioxidantien entgegenzuwirken. (Und natürlich nehme ich mein niacingebundenes GTF-Chrom.)

■ *Pilze*
Pilze sind ein guter Lieferant von komplexen Kohlenhydraten, vorausgesetzt, daß sie nicht zu stark mit Pestiziden behandelt wurden. Pilze werden häufig auf Pferdemist gezogen, in dem eine Vielzahl an Insekten und Bakterien vorkommt. Deshalb werden dem Kompost Pestizide zugeführt. Pestizidfreie Reishi- und Shiitake-Pilze erhalten Sie in Ihrem Bioladen. Eine Tasse rohe Pilze enthält um die 33 Mikrogramm Chrom.

■ *Wein*
Bei Wein gibt es eine ganze Reihe von Gegenanzeigen. Alkoholische Getränke gehören zu den Hauptlieferanten von Blei im Blut, wobei die Bleikonzentration im Wein höher ist als in anderen alkoholischen Getränken. Blei ist ein Gegenspieler von Kalzium. (Denken Sie daran, daß Chrom ein Gegenspieler von Blei ist! Verlassen Sie sich in bezug auf Ihre Chromversorgung deshalb nicht auf Wein, sondern ziehen Sie in Erwägung, zusätzliches Chrom zu sich zu nehmen, falls Sie Weintrinker sind.)

■ *Schwarzer Pfeffer*
Welche Menge an gemahlenem schwarzem Pfeffer dürfen Sie zu sich nehmen? Mengen, die groß genug sind, um Ihre Chromversorgung zu verbessern, tragen auch zu einem hohen Blutdruck bei.

Wie steht es mit Eiern?

Obwohl Eigelb sehr reich an Chrom ist, enthält es eine Form von einfachem Chrom, die normalerweise schlecht resorbiert wird. Es ist jedoch möglich, daß die kleine vorhandene Menge aufgrund von Kofaktoren in diesem sehr nährstoffreichen Nahrungsmittel besser resorbiert wird. Es ist denkbar, daß der gegenwärtige Trend, den Verzehr von Eiern weitestgehend einzuschränken, zu Chrommangel beigetragen hat. Es ist an der Zeit, die falschen Informationen, die über Cholesterin und Eier verbreitet wurden, richtigzustellen. Tatsache ist, daß der Verzehr von Eiern nicht für einen hohen Cholesterinspiegel verantwortlich ist; statt dessen ist genau das Gegenteil aufgezeigt worden.

Dr. Todd berichtet von einem interessanten Phänomen, das diese Ansicht stützt. Dr. Todd, selbst Diabetiker, hat nämlich festgestellt, daß er an einem Tag, an dem er zwei Eier zum Frühstück verzehrte, wenig oder gar kein Insulin benötigte. Ein weiteres Beispiel für die Wechselbeziehung von geringer und hoher Menge stellt der minimale Zinkgehalt der Muttermilch im Vergleich zur Flaschenmilch dar. Babys, die gestillt werden, haben einen höheren Zinkspiegel als Babys, die die Flasche bekommen, obwohl in der Muttermilch nur eine geringe Menge an Zink vorhanden ist. Intakte, naturbelassene Nahrung zu verzehren hat positive Auswirkungen, die noch nicht erklärt werden konnten.

Der Chromgehalt in der Nahrung – so wie er bereits für eine Anzahl von Nahrungsmitteln auf den Seiten 41 ff. aufgeführt wurde – ist unter idealen Bedingungen berechnet worden. Dieser Standard wird von den Lebensmitteln, die in unsere Haushalte gelangen, jedoch kaum erreicht. Wie Sie sehen können, sind Nahrungsmittel mit resorbierbarem Chrom in hohem Maße technologischen Prozessen unterworfen worden, oder es handelt sich um solche, die heute im allgemeinen nicht mehr verzehrt werden. Und damit noch nicht genug – darüber hinaus trägt die Überhitzung der Nahrungsmittel dazu bei, einen Chromkomplex zu bilden, der schwer zu resorbieren ist.

Da Käse, Bier und Wein Ihr Immunsystem wahrscheinlich nicht stärken, läßt sich die Zahl an vollwertigen Nahrungsmitteln, die eine beträchtliche Menge an Chrom aufweisen, an den Fingern einer Hand abzählen, wie man so schön sagt. Und auch diese wenigen Nahrungsmittel haben nur etwas mehr Chrom als die meisten anderen.

Dr. Todd aus Waynesville, North Carolina, Dr. Rosenbaum aus Corte Madera, Kalifornien, Dr. Corsello aus Huntington, New York, und viele andere ernährungsbewußte Ärzte verlassen sich bei denjenigen ihrer Patienten, die unter Chrommangel leiden, nicht auf chromreiche Nahrung, sondern eher auf Zusätze.

Diese Ärzte nehmen an, daß bei der heutigen Ernährungsweise eine chromreiche Ernährung mit dem Ziel, einen bestimmten Chromspiegel zu erreichen, nicht leicht möglich ist. Das heißt nicht, daß gute Ernährungsgewohnheiten unwichtig sind. Die Ärzte sagen gerne, was Sache ist, anstatt leere Versprechungen zu machen. In der allgemein üblichen Kost ist nicht genug Chrom enthalten.

Mahlzeiten, die aus Tiefkühlware, Vollkonserven und technologisch bearbeiteten Nahrungsmitteln bestehen, sind nicht die richtige Antwort auf den herrschenden Chrommangel.

Chrom als Zusatzstoff

Erst nach seiner Entdeckung durch Dr. Walter Mertz im Jahre 1959 wurde dieses erstaunliche essentielle Spurenelement als Zusatzstoff verfügbar. Der Vorläufer bestand aus einfachen, anorganischen Chromsalzen, wie Chromchlorid, Chromoxid oder Chromacetat. Bei diesen Verbindungen war praktisch keine biologische Aktivität zu verzeichnen. Einige von ihnen wirkten sich sogar toxisch aus, wenn man sie über einen längeren Zeitraum hinweg einnahm. Die nächste Generation von Chromzusätzen tauchte in den frühen siebziger Jahren als Aminosäure-Chrom-Chelat auf. (Der Begriff *Chelat* bedeutet soviel wie: packen, zugreifen; Chelat-Nährstoffe »packen« oder binden sich an andere Substanzen.) Damals schien es so, als ob Aminosäure-Chelate Chromzusätze durch Verbesserung der Resorptionsfähigkeit revolutionieren würden. Solche Chelatkomplexe haben jedoch oft einen hohen Vanadiumgehalt, und Vanadium ist ein Gegenspieler von Chrom. Darüber hinaus ist die Chelat-Technologie keine exakte Wissenschaft. Die Chelation findet nur teilweise statt, was beträchtliche Mengen freier Chromsalze ergibt. Oft sind sogenannte »Metall-Chelate« nur grobe Mischungen aus anorganischem Chrom und Aminosäuren mit sehr geringer biologischer Aktivität. Hinzu kommt, daß das Aminosäure-Chrom-Chelat nicht in einer Form vorhanden ist, die von Insulin leicht verwertet werden könnte.

Als nächstes entdeckte man auf Hefe basierende Zusatzstoffe. Obwohl Bierhefe die ergiebigste Quelle für GTF-Chrom ist, enthält sie normalerweise weniger als 2 Mikrogramm Chrom pro Gramm Hefe, und weniger als die Hälfte dieser Menge ist in der biologisch aktiven GTF-Form vorhanden. So müssen bei der Verwendung von Bierhefe als Chromlieferant große Mengen aufgenommen werden, damit der tägliche Bedarf von 50 bis 200 Mikrogramm gedeckt werden kann. Eine Mahlzeit, die der Größe einer Faust entspricht, wiegt im allgemeinen 100 Gramm. Eine Portion Bierhefe, die der Größe einer Faust entspricht, würde 200 Mikrogramm Chrom enthalten. Das ist genau die Menge, die Diabetikern als Tagesdosis im vergangenen Jahrhundert verschrieben wurde. Vor einigen Jahrzehnten, zu Beginn der »Ernährungsbewegung«, empfahlen die »Ernährungsgurus«, man solle zumindest einige Teelöffel Bierhefe täglich zu sich nehmen. (Zu diesen weisen Propheten gehörten Carlton Fredericks und Gaylord Hauser.) Als meine beiden Söhne zur Grundschule gingen, gab es Bierhefewettkämpfe: Jeder nahm eine Handvoll Tabletten und derjenige, der die gesamte Menge zuerst heruntergeschluckt hatte, war der Gewinner. Sie absolvierten fast ihre gesamte Schulzeit, ohne je wegen Krankheit zu fehlen. Wir waren überzeugt, daß Bierhefe ein Faktor war, der wesentlich zu ihrer Gesundheit beigetragen hatte.

Bei Laborversuchen gelang es, GTF aus Bierhefe zu extrahieren und zu konzentrieren; diese Extraktionsmethode ist bei diesen Verfahren jedoch nicht in großem Maßstab durchführbar. Obwohl der Chrom- ebenso wie der GTF-Gehalt wesentlich höher ist als der, den man in einfacher Bierhefe findet, sind nur 25 Prozent des Chroms tatsächlich in der GTF-Form als Komplex gebunden.

Chrom-Picolinat, eine technisch hergestellte Chromverbindung, ist eine weitere Erfindung, die aus Chrom besteht, das an Picolinsäure gebunden wurde. Für dieses neue Produkt gibt es in der medizinischen Fachliteratur kaum Hinweise auf wissenschaftliche Untersuchungen. Seitdem Picolinsäure als Gegenspieler von Niacin identifiziert worden war, sind Fragen in bezug auf die Unbedenklichkeit der Picolinsäure aufgetaucht.

Ein weiterer hefefreier Chromkomplex, der als *Chrom-Polynicotinsäure* bezeichnet wird, besteht aus Chrom, das an Nicotinsäure (Niacin) gebunden ist. Denken Sie daran, daß der Chrom-Niacin-Komplex von Dr. Mertz als die aktive Komponente des Glucosetoleranzfaktors identifiziert wurde.

> Die chemische und biologische Wirkung von Chrom-Polynicotinat ist dieselbe wie diejenige von natürlich vorkommendem GTF.

Es wurde nachgewiesen, daß Chrom-Polynicotinat den Blutzuckerspiegel nach nur einer Stunde oder in noch geringerer Zeit senkt – also bedeutend schneller als die anderen untersuchten Chromverbindungen.

Alles, was ich jemals durch eigene Forschungen und klinische Erfahrung gelernt habe, bestärkt mich in der Überzeugung, daß in bezug auf Ernährung das Ganze besser ist als die Summe seiner Teile. Der GTF-Chrom-Polynicotinat-Komplex scheint der natürlichen Form stärker zu ähneln als andere Formen, die als Zusatzstoffe zur Verfügung stehen. Wenn Sie es in dieser Form zu sich nehmen, ersparen Sie Ihrem Körper die Last des Umwandlungsprozesses.

Der Pulitzerpreisträger René Dubos erinnert uns daran, *daß da, wo Menschen betroffen sind, der Trend kein Schicksal ist. Unser Schicksal ist rückgängig zu machen. Wir sind keine Gefangenen unseres biologischen [oder umweltbedingten] Erbes.*

> Also: Chrom, Nährstoff für alle Zwecke!

Wo Chrom vorkommt

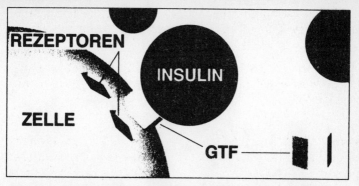

GTF-Chrom bindet Insulin an die Zellmembranrezeptoren. An diesen Stellen transportiert Insulin Glucose und Aminosäuren in die Zelle.

Zweites Kapitel

Energie
Was sie ist, wie Sie sie aus Nahrungsmitteln, Sport und Zusatzstoffen bekommen

Glossar

ATP: Adenosintriphosphat; Chemikalie, die der Körper verwendet, um Energie aus Nahrungsmitteln in verschiedene Formen von Arbeit, einschließlich Muskelaktivität, zu übertragen.

Brenztraubensäure: ist an der Erzeugung von Energie bei der Muskelkontraktion beteiligt.

Durchhaltevermögen: die Zeit bis zu dem Moment, an dem beim Sport unabhängig von der Sportart Erschöpfung eintritt.

Energie: Fähigkeit zu arbeiten; Kraft, die in Bewegung (Leistung) umgesetzt werden kann.

Enzym: Protein, das von einer Zelle produziert wird; fungiert als Katalysator in biochemischen Reaktionen.

Glykogene: komplexe Kohlenhydrate, die in der Leber aus der Glucose gebildet werden und als Zuckervorräte dienen; können in Zucker (Glucose) zurückverwandelt und ins Blut abgegeben werden; der Begriff bedeutet »Zuckerbildner«.

Insulin potenzieren oder einsparen: den Insulinstoffwechsel effizienter machen.

Kohlenhydrate: Stärke und Zucker, die in den meisten Nahrungsmitteln vorhanden sind.

Einfache Kohlenhydrate: Kohlenhydrate, die in einfachere Verbindungen aufgespalten wurden, kommen in einigen Nahrungsmitteln natürlich vor, entstehen jedoch meist als Folge von technologischen Prozessen (wenn Nährstoffe aus

Nahrungsmitteln separiert werden); Beispiele sind Honig, Rohrzucker oder Fruchtzucker und raffinierter Zucker.

Komplexe Kohlenhydrate: Nahrungsmittel, die große Mengen an Stärke und Zuckern in ihrer ganzen, unverfälschten Form enthalten – im natürlichen Verbund mit Proteinen, Ballaststoffen, Vitaminen, Mineralien und anderen Nährstoffen; Beispiele: Gemüse, Vollkorngetreide, Nüsse und Samen.

Mitochondrien: sehr kleine Strukturen, die in den Zellen vorkommen; Zentren der Energiegewinnung mit Hilfe von Enzymen.

Oxidation: Verbindung einer Substanz (eines Elements oder einer chemischen Verbindung) mit Sauerstoff unter Abgabe von Elektronen (bekannte Beispiele: die Verbrennung von Kohle, das Rosten von Eisen).

Nährstoffoxidation: das Aufspalten von Nahrungsmitteln für den Energiebedarf.

Chrom als Verbesserer der Energieumwandlung

Wenn Sie eine Goldmedaille gewinnen möchten, dann müssen Sie sich entweder die richtigen Eltern aussuchen oder ein Buch wie dieses hier lesen.

Was ist Energie?

Es gibt praktisch keine Aktivität, die meine Freundin Esther *nicht* ausübt. Sie spielt in Theaterstücken mit und führt Regie. Sie stellt antik aussehende Puppen her, für die sie erlesene und authentische Kostüme näht. Esther backt ungewöhnliche Kuchen für jeden besonderen Anlaß. Sie ist Künstlerin und Lehrerin – und eine Globetrotterin. Trotz ihrer unzähligen Aktivitäten und Talente findet sie Zeit für diejenigen, die sie brauchen, egal wofür sie gebraucht wird. Esthers einzigartige Attribute sind ihr sprühendes Temperament, ihr Geist und ihr Mut.

Wenn ich an Talent denke, denke ich an Esther. Wenn ich an Energie denke, denke ich an Esther. Esther weiß so viel über so viele Dinge. Ich frage mich, ob sie weiß, daß ihre unglaubliche Begeisterung in irgendeiner Weise mit ihrem Chromstoffwechsel zusammenhängt.

Vom Nahrungsmittel zum Brennstoff

Hätten *Sie* gerne mehr Energie? Die meisten Menschen antworten »natürlich«, nicht nur diejenigen, die am Nachmittag ihr Schläfchen brauchen, oder der Yuppie, dessen Energie am frühen Abend abnimmt, auch der energievolle junge Sportler, der bereits die gesamte verfügbare Kraft ausgenutzt zu haben scheint.

In der Tat gehören gut durchtrainierte Sportler, die ihre Muskeln und ihre Kraft schon fast bis zur möglichen Grenze entwickelt zu haben scheinen, zu den ersten, die sich dafür interessieren, wie sie ihre Energie, eine der stärksten Lebenskräfte, ankurbeln können.

> Die gute Nachricht ist, daß Energie auf jedem Niveau erhöht werden kann, egal ob sie nun athletisch oder lethargisch sind, alt oder jung, männlich oder weiblich.

Ihre Energie gehört Ihnen – Ihr Körper bildet sie aus der Nahrung, die Sie zu sich nehmen, und das geschieht durch die Anwendung eines bekannten Prozesses. Es ist derselbe chemische Prozeß, der bewirkt, daß Eisen rostet, der stattfindet, wenn ein Apfel braun wird, nachdem er angeschnitten wurde. Dieser Vorgang wird als *Oxidation* bezeichnet – die Verbindung einer Substanz mit Sauerstoff. Nährstoffe in Ihrer Nahrung werden durch diesen Prozeß stufenweise abgebaut, was für Ihre Energieversorgung entscheidend ist. Jede Bewegung Ihrer Hand und jedes Zwinkern Ihres Auges wird durch die Verwendung der Energie erzeugt, die einst Ihr Frühstücksmüsli war, Ihr Butterbrot zur Mittagszeit oder das Fischfilet, das Sie am Abend verzehrt haben. Die endgültige Bestimmung der Nahrungsmittel, die Sie zu sich genommen haben, besteht darin, Ihnen für Ihre gegenwärtigen und zukünftigen Bedürfnisse Energie zu geben.

Wie ist Energie zu definieren?

Die Definition von Energie beinhaltet Veränderungen, die dazu beitragen, eine Form von Energie in eine andere umzuwandeln. In diesem Fall wird die Energie in der Nahrung für Ihren Gebrauch beigesetzt, wenn Ihre Nahrung oxidiert wird.

Ein Teil der Energie ist für unmittelbare Bedürfnisse und der Rest für späteren Gebrauch gespeichert. Es ist so, als ob Sie Geld in Ihrem Portemonnaie hätten, um momentane Bedürfnisse zu befriedigen, und außerdem Ihr Geld für späteren Gebrauch auf der Bank sparten. Ein Teil der Energie verschwindet jedoch in der Hinsicht, daß sie nicht aufgefangen und noch einmal verwendet werden kann. (Ich nehme an, daß wir uns manchmal auch bei einem Teil unseres Geldes so fühlen!)

Sicherlich haben Sie Vergleiche gelesen, die Ihren Körper mit einem Motor gleichsetzen, der Brennstoff braucht, um zu laufen. Menschliche Energie wird aufgrund der bestehenden Ähnlichkeit besonders mit Verbrennungsmaschinen verglichen.

Menschliche Arbeitsleistung und Verbrennungsmaschinen:

- Energie für Arbeit wird durch Oxidation oder das Verbrennen von Brennstoff freigesetzt.
- Wärme ist ein Nebenprodukt der Freisetzung dieser Energie.

Ein Motor verbraucht jedoch nur dann Energie, wenn er externe Arbeit verrichtet. Sie befinden sich nie in einem vollkommenen Ruhezustand. *Ihr Körper muß arbeiten, um zu leben.* Das wird durch die Tatsache belegt, daß Sie immer warm sind, selbst wenn Sie schlafen, und daß nur im Tod der Körper kalt ist.

Die Energiemenge, die während einer achtstündigen Schlafphase benötigt wird, kann ebenso groß sein wie diejenige, die von einer inaktiven Person während des Tages verbraucht wird. Allein durch die Tätigkeit Ihres Gehirns wird ungefähr ein Fünftel der Energie verbraucht, die von Ihrem Körper beim Ruhen benötigt wird. Ihre Leber und Ihre Nieren arbeiten ständig auf Hochtouren. Ihr Nervensystem funktioniert auch dann, wenn Sie schlafen. Und natürlich wird Ihr Energieverbrauch während der täglichen Aktivitäten beschleunigt.

Der Vorgang der Nahrungsaufnahme erhöht Ihre Energieproduktion, da ein Teil der Energie verbraucht wird, um die »Energiekosten« für den Stoffwechsel zu decken. Mit anderen Worten, durch die bloße Tatsache, daß Sie etwas essen, verbrauchen Sie Energie. Das ist so, als ob man ein Muster aus einem Stück Stoff herausschnitte. Das Material, das für das Kleidungsstück gebraucht wird, kann mit der Energieproduktion verglichen werden, und die übriggebliebenen Stoffschnipsel sind mit den Kosten oder dem Wärmeverlust gleichzusetzen.

Den Stoffwechsel kann man sich als einen Prozeß vorstellen, der mit der Nahrungsaufnahme anfängt. Bei der Verdauung wird die Nahrung *aufgespalten*. Der Stoffwechsel beinhaltet alle Veränderungen, die während der lebenswichtigen Prozesse innerhalb Ihrer Zellen passieren – die Umwandlung der Nährstoffe, die durch die Verdauung zerlegt und aufgespalten werden.

Einige Nahrungsmittel »kosten« mehr als andere – Sie zahlen für den Energiebedarf, den Verdauung und Stoffwechsel verursachen. Fett »kostet« zum Beispiel mehr als Kohlenhydrate. (Vielleicht hat der Stoff ein Streifenmuster, so daß die Stoffteile nur auf bestimmte Weise zusammenpassen – noch mehr Abfall; das Muster verbraucht wegen seines Designs mehr Stoff und verursacht dadurch höhere »Kosten«. So ist es auch bei Fett.)

Ihr Körper kann keine Energie aus dem Nichts produzieren. Wenn Sie eine unzureichende Menge an Nahrung zu sich nehmen, um die Kosten des Energieverbrauchs zu decken, dann werden einige Ihrer Körperzellen zum Brennstoff, und Sie verlieren Gewicht. Wenn Sie umgekehrt mehr Nahrung konsumieren, als Sie für Ihre Arbeit und Ihre Energiebedürfnisse benötigen, dann laden Sie sich zusätzliches Gewicht auf. Die meisten von uns können diese Tatsachen durch persönliche Erfahrungen belegen. (Ich kann es, denn ich habe diese Erfahrung oft gemacht.)

Körperliche Fitneß und Energieverwertung

Haben Sie sich jemals gefragt, warum Sie ein Gefühl von Wärme verspüren, während Sie anstrengende Arbeit verrichten? Um eine bestimmte Menge an Arbeit zu verrichten, muß fünfmal soviel Körperenergie bereitgestellt werden, als es durch die Arbeit selbst vonnöten wäre. Mit anderen Worten, es wird nur ein Fünftel des Brennstoffes in Arbeitsenergie umgewandelt, während vier Fünftel als Wärme erscheinen. Es ist so, als ob die fünffache Menge des Stoffes auf dem Fußboden der Schneiderwerkstatt liegenbliebe. (Ein Schneider, der in der Bekleidungsindustrie arbeitet, würde für eine solche Stoffverschwendung gefeuert werden.)

Dieser Grad an Effizienz, mit dem Ihr Körper Energie produziert, ist höher als der einer Dampflokomotive, geringer als der eines Dieselmotors, aber ungefähr so hoch wie der eines guten Automotors. Mit anderen Worten, ein guter Automotor verliert ungefähr vier Fünftel seiner Energie in Form von Wärme, genau wie Sie.

> Der Motor Ihres Autos braucht ständige Kühlung, während er läuft, genauso wie Sie.

Obwohl wir uns dieser Wärme nur bewußt zu sein scheinen, wenn wir intensiv Sport treiben, ist die Wärmeproduktion in kleineren Mengen ein ständiges Nebenprodukt bei jeder Tätigkeit, die mit Arbeit verbunden ist. (Wir können unsere verlorene Energie oft besser erklären, als wir verlorenes Geld erklären können.)

Manchmal funktionieren wir jedoch mit geringerer Effektivität, was bedeutet, daß Arbeit zu höheren Kosten verrichtet wird – es werden mehr Brennstoff und Sauerstoff benötigt, um eine Arbeitsmenge zu bewältigen, während der größere Anteil der Energie als Wärme abgegeben wird. So können wir also mit der begrenzteren Leistungsfähigkeit der kleinen Möchtegern-Karre (die jedoch fast nicht in der Lage zu mehr ist) dahinzotteln statt mit der Effizienz des besseren Autos. Das ist auch nichts anderes als eine Firma, die einen Umsatz von mehreren Millionen erwirtschaftet, jedoch nur einen kleinen Prozentsatz an Profit aufweist.

Im Gegensatz zu einem Motor können Sie sich an Ihre jeweilige Umgebung und an unterschiedliche Bedürfnisse anpassen. Sie können überschüssige Energie speichern und sie nach Bedarf anzapfen. Ihre Energie ist bereits mehr oder weniger »vor«geladen, startbereit wie die gespannte Sprungfeder oder das gefüllte Bankkonto. Die Oxidation findet – als Vorbereitung für die nächste Kontraktion statt, nachdem die Arbeit beendet ist. Das ist so, als ob man die Feder wieder aufziehe oder die Batterie sich wieder auflade. Ihre Muskeln können sich an die Anstrengung anpassen und ihre Effizienz den unterschiedlichen Bedingungen entsprechend variieren. Unter ganz besonderen Umständen kann ihr Energieniveau von durchschnittlich zwanzig Prozent auf dreiunddreißig Prozent erhöht werden – eher so wie bei einem Dieselmotor oder einer Firma, die eine größere Gewinnspanne aufweist.

Individuelle Unterschiede

Wie viele von Ihnen leben mit jemandem zusammen oder fühlen sich einer Person nah, die die gleiche oder größere Menge an Nahrung zu sich nimmt als Sie und dennoch so dünn wie die sprichwörtliche Bohnenstange bleibt? (Das ist mein Schicksal gewesen. Nach dem Abendessen ißt mein Ehemann die leckersten Snacks, die ich jemals gesehen habe! Und er kann immer noch seine Armeeuniform aus dem Zweiten Weltkrieg tragen.)

Unterschiedlicher Energieverbrauch ist der Grund, warum zwei Menschen mit derselben Nahrungszufuhr verschieden in bezug auf Gewichtszunahme reagieren. Ein Energiegleichgewicht kann durch sehr unterschiedlichen Nahrungsmittelverzehr erreicht werden. Der britische Ernährungswissenschaftler Dr. E. Widdowson hat diese Theorie schon vor etwa dreißig Jahren nachgewiesen.

> Unter zwanzig beliebigen Personen desselben Alters, Geschlechts und Berufs kann sich ein Individuum befinden, das doppelt soviel verzehrt wie ein anderes. Einige Kinder essen sogar mehr als einige Erwachsene.

Unterschiede bei der Energieverwertung lassen sich auf Unterschiede bei der Wärmeproduktion zurückführen. Zu Unterschieden kann es aus vielen Gründen kommen, zum Beispiel durch Streß, Temperatur der Umgebung, allgemein verwendete Medikamente, hormonelles Ungleichgewicht, Vererbung, die Art der ausgeübten Tätigkeit, vorhergehendes Training oder Übung, Abgespanntheit und *Ihre individuelle Reaktion auf Nahrungsmittel*.

Der letzte Faktor ist sehr bedeutend. Sie verlieren einen Teil Ihrer Energie aufgrund einer möglicherweise bestehenden Unfähigkeit, Nahrungsmittel vollständig zu verdauen und zu resorbieren oder die Nährstoffe möglichst vollständig in Ihren Zellen zu verarbeiten.

Energie hängt von folgenden Faktoren ab:

- von der Nahrung, die Sie zu sich nehmen,
- dem Vorhandensein wichtiger Nährstoffe in dieser Nahrung,
- dem Zustand Ihres Verdauungsapparates.

Sie sehen, warum wir ein breites Spektrum der Energieverwertung haben. Diese Tatsachen können auch ein weiteres Phänomen erklären helfen: Menschen, die aufhören, Nahrungsmittel zu sich zu nehmen, auf die sie allergisch reagieren, berichten von Gewichtsverlust und gesteigerter Energie.

Interessanterweise läßt sich feststellen, daß diese menschliche Variable im allgemeinen bei Tieren nicht auftritt, nicht einmal bei Haustieren.

Das Speichern von Energie

Selbst wenn Sie keine Vorliebe für Chemie haben, können die folgenden Abschnitte dazu beitragen, Ihnen ein erstes Verständnis für die Kraft zu geben, die hinter der Energie steckt.

Sie wissen, daß Nahrungsmittel drei Hauptenergieträger bereitstellen:
1. Kohlenhydrate
2. Proteine
3. Fette

Der Begriff *Kohlenhydrate* ist darauf zurückzuführen, daß sich Kohlenhydrate aus den Elementen Kohlenstoff, Wasserstoff und Sauerstoff zusammensetzen. Das Wort *hydratisieren* läßt sich auf das Wasser zurückführen, das Wasserstoff und Sauerstoff aufbauen. (Erinnern Sie sich an das H_2O aus dem Chemieunterricht?) Kohlenhydrate sind entweder Zucker oder komplexere Verbindungen, wie Stärke, die durch die Verbindung mehrerer Zucker gebildet werden.

Folgende Fakten sollten Sie im Gedächtnis behalten:

- Die Kohlenstoff-, Wasserstoff- und Sauerstoffatome sind in Zuckermolekülen gebunden, zum Beispiel als Glucose, und wie bereits erläutert, ist sie der Bestandteil, in den die meisten Lebensmittel zerlegt werden.
- Ihr Blut muß zu jeder Zeit eine bestimmte Menge Glucose enthalten – nicht mehr und nicht weniger.
- Der Glucosespiegel in Ihrem Blut steigt nach dem Essen an und übersteigt die Bedürfnisse Ihres Körpers.
- Ihre Leber eilt zur Rettung herbei: Ihre Funktion ist die eines Speichers und Verteilungszentrums, das die Fähigkeit hat, überschüssige Glucose aus Ihrem Blut zu entfernen – also die Mengen, die für die Energieproduktion im Moment nicht gebraucht werden.
- Der Überschuß wird in Ihrer Leber umgewandelt, um Glykogen zu bilden, was es Ihrem Blutzuckerspiegel ermöglicht, sich wieder zu normalisieren.
- Wenn der Blutzuckerspiegel unter den Bedarf Ihres Körpers absinkt – was zwischen den Mahlzeiten passiert –,

dann sitzt Ihr Körper nicht einfach untätig herum und wartet auf die nächste Mahlzeit. Wie bereits erläutert, brauchen Sie diese Energieversorgung selbst dann, wenn Sie ein Stubenhocker sind, der seine Siesta genießt, herumbummelt und nichts tut. Ihre Leber wandelt das eingelagerte Glykogen wieder in Glucose um, das nach Bedarf in Ihr Blut zurückgeschickt wird.

- Die Umwandlung von Glucose in Glykogen verhindert, daß Ihr Körper nach den Mahlzeiten mit Glucose überflutet wird und daß er zu anderen Zeiten zuwenig Glucose zur Verfügung hat.

Glykogen hat, obwohl es aus Glucose hergestellt wird, eine komplexere Struktur. Es handelt sich um eine verzweigte Struktur, die mehr einem Strauch als einem Baum ähnelt. Die Konfiguration verhindert, daß Glykogen zu leicht aus Ihrer Leber ausströmt. Man schützt Sie davor, daß Sie Ihre Energiereserven zu leicht verlieren, wenn und solange es nicht erforderlich ist. Hinzu kommt, daß die spezifische Wirkungsweise vieler Enzyme notwendig ist, damit die Umwandlung stattfinden kann, die zusätzlichen Schutz bietet.

Die ganze Transaktion kann mit einem großen Vorrat an Nahrungsmitteln verglichen werden, den Sie eingekauft haben. Da Sie auf Vorrat eingekauft haben, haben Sie einen Überschuß. Also frieren Sie den Überschuß ein. Wenn nötig, werden die Nahrungsmittel aufgetaut und nehmen ihre ursprüngliche Form an. So wie die Gefriertruhe agiert auch Ihre Leber als Speicher. Sowohl die Nahrungsmittel in Ihrer Kühltruhe als auch die Glucose in Ihrer Leber werden im Ruhezustand in einer veränderten Form aufbewahrt: Die Nahrungsmittel werden eingefroren, und die Glucose wird in Glykogen umgewandelt. Aber beide werden in ihre ursprüngliche Struktur zurückgeführt, wenn sie benötigt werden.

Im Unterschied zum Einfrieren von Nahrungsmitteln, bei denen Sie den Tauprozeß in Gang setzen, wird die Umwandlung von Glykogen zurück in Glucose eigenständig aktiviert – so wie der Thermostat einer Heizung automatisch Wärme anfordert, wenn die Temperatur eines Raumes unter einen vorher eingestellten Wert abfällt. Es ist ein großartiges System – solange seine Effizienz durch nichts gestört wird.

In geringerem Ausmaß haben Ihre Muskeln ebenfalls die Funktion, Glykogen zu speichern. Muskelglykogen ist besonders nützlich für den plötzlichen und extremen Energiebedarf, der jeweils nur einige Minuten andauert. Das ist für intensive kurzfristige Aktivitäten, wie Sprints bei einem Leichtathleten, wichtig oder für die »Kampf-oder-Flucht«-Reaktion, die die meisten von uns zeigen, wenn sie mit einer bedrohlichen Situation konfrontiert werden. Hierbei reicht die Zeit nicht zum Auftauen!

Glykogen aus der Leber ist der einzige Vorratsstoff, aus dem Blutglucose wieder aufgefüllt wird. Muskelglykogen aus den Muskeln wird nicht dafür verwendet, um wieder in Glucose umgewandelt zu werden – es kann Ihnen in Ihrem Blut nicht mehr zur Verfügung stehen.

Obwohl Muskeln ungefähr ein Prozent Glykogen enthalten – im Vergleich zu den fünf bis zehn Prozent in Ihrer Leber –, ist das gesamte Muskelglykogen für die schnelle Umwandlung in Glucose und die direkte Verwendung für den Fall verfügbar, daß die Alarmglocke läutet und eine sofortige Reaktion notwendig ist.

Das Freisetzen von Energie

Wenn Sie nicht gerade Hochleistungssport treiben, dann neigen Sie dazu, Ihr normales, alltägliches Energieniveau als selbstverständlich hinzunehmen. Es ist jedoch faszinierend, sich mit der eigentlichen Energieherstellung zu beschäftigen.

- Die Freisetzung von Energie beginnt mit der Aufspaltung des Glucosemoleküls in zwei kleinere Pyruvat-Moleküle.

- Diese Moleküle bewegen sich dann zu Zellorganellen, die *Mitochondrien* genannt werden.
- Jedes *Mitochondrium* entfaltet eine erstaunliche Menge an Aktivität. Angesichts seiner Größe ist es wirklich außergewöhnlich: Sie beträgt nur ein Tausendstel der bereits mikroskopisch kleinen Zelle.
- Wenn Wärme freigesetzt wird, dann werden durch eine Abfolge äußerst präziser Schritte, die auf einem Netzwerk von Enzymen basieren, Pyruvat-Moleküle auseinandergenommen.
- Jedes Enzym bricht eine bestimmte Bindung und zerlegt das Molekül.
- Durch jede dieser Abspaltungen wird Energie freigesetzt, die dann in den Bindungen einer anderen chemischen Verbindung wieder gespeichert wird, dem Adenosintriphosphat (ATP).
- Jedes Glucosemolekül bringt viele ATP-Moleküle hervor. ATP kann leicht abgebaut werden, um Energie, die von der Zelle benötigt wird, freizusetzen.

Stellen Sie sich vor, wie das alles vor sich geht, auch wenn Sie gegenwärtig nichts anderes tun, als die Seiten dieses Buches umzuschlagen oder von Ihrem Stuhl aufzustehen, um sich eine Kleinigkeit aus dem Kühlschrank zu holen. Stellen Sie sich das geschäftige Treiben vor, das entsteht, wenn Sie sich, wie bei Aerobics zum Beispiel, mit wesentlich mehr Energie bewegen.

Die Nährstoffe, die Sie aufnehmen, werden durch die ATP-Moleküle gegen Aktivität eingetauscht.

Der Prozeß ist komplex, aber alles, was Sie wirklich wissen müssen, ist, daß das, *was Sie essen, die Effizienz bestimmt*, mit der all das hier stattfindet. Denken Sie daran: die Energieausnutzung kann zwischen zwanzig Prozent (oder weniger) und dreiunddreißig Prozent variieren. Je effektiver, desto mehr Energie. Die Entscheidungen, die Sie durch Ihren Lebensstil treffen, treiben letzten Endes die kleinen Motoren in Ihren Zellen an.

Das Freisetzen von Glucose beim Sport

Erst vor zwei Jahrzehnten haben wir erfahren, daß bei größeren Energieanforderungen – ob Sie nun die Straße hinunterjoggen, vor dem Fernseher Jazz tanzen, Treppen hinauf- und hinuntersteigen, oder rennen, um einen Bus zu erreichen – die Glucoseausschüttung aus Ihrer Leber in jedem Fall erhöht wird. Eine Gruppe skandinavischer Wissenschaftler hat berichtet, daß Tiere, die Ausdauerübungen (das heißt Üben bis zur Erschöpfung) durchführten, mit den Übungen aufgehört haben, sobald die Glucoseversorgung aus ihrer Leber erschöpft war. Ähnliche Reaktionen wurden bei Menschen am Ende von Übungseinheiten beobachtet, das Leistungspotential wurde also dadurch begrenzt.

Wenn der Glucoseanteil im Blut sinkt, dann nimmt die Leistung ebenfalls ab.

Je mehr Glykogen zu Beginn einer Aktivität in Ihren Muskeln gelagert ist, desto mehr Durchhaltevermögen zeigen Sie, während Sie sie ausführen. Es gibt jedoch eine obere Grenze, über die hinaus Glykogen normalerweise nicht mehr gelagert wird – so wie auch Ihre Tiefkühltruhe als Lager für Nahrungsmittel oder Ihr Benzintank nur eine begrenzte Kapazität haben.

Und zu Anfang ist gar nicht so viel Glucose vorhanden. Vergleichen Sie die begrenzten 450 Gramm Glucose, die von Ihrer Leber und Ihren Muskeln zusammen mit Ihren Körperfettspeichern eingelagert werden. Fett macht im männlichen Körper einen Anteil von zwölf Prozent aus und im weiblichen Körper von fünfundzwanzig Prozent (das sind ungefähr zwanzig Pfund Fett, wenn Sie ein durchschnittlicher Mann sind und dreißig Pfund, wenn Sie eine Frau sind). Die Tatsache, *daß ein gesunkener Blutglucosespiegel Ihr Energieniveau beschränkt*, ist sehr bedeutsam. Ein niedriger Blutzuckeranteil hat zur Folge, daß keine Energiereserven vorhanden sind. Das ist der Grund, warum Ihr Tätigkeitsdrang so eingeschränkt ist, wenn Sie Hunger haben, und warum Hypoglykämiker immer so müde sind. In beiden Fällen »haben Sie keinen Dampf« mehr. In beiden Fällen fehlt Glucose im Blut. *Niedrige Blutglucosewerte beschränken Ihr Energieniveau.*

Die Wirkung der Glucosereserven

Der Elan und Schwung vieler Läufer schwindet nach der ersten Stunde. Cross-Country-Radfahrer, die ihre Glykogenreserven erschöpft haben, haben vielleicht wenig Schwierigkeiten damit, ein vernünftiges Tempo in ebenem Gelände zu halten, sie sind jedoch nicht mehr in der Lage, selbst die geringsten Steigungen anzugehen. Die Glykogenkapazität kann nach 75 bis 100 Minuten energievollen Ausdauertrainings verbraucht sein. Die Menge an Glucose, die von einem Körperteil verbraucht wird, steigt beim Sport mindestens um das Zehn- bis Zwanzigfache des Normalverbrauchs an. Da die Menge eingelagerten Glykogens am Anfang geringfügig ist, *ist eine schnellere Abnahme bei denjenigen Wettbewerbsteilnehmern am offensichtlichsten, die ein niedriges Energieniveau haben.*

Zusammenfassung

- Sie erzeugen Energie aus der Nahrung, die Sie zu sich nehmen.
- Ihre Energie kann auf jedem Niveau erhöht werden.

- Eine bestimmte Menge an Glucose ist zu jeder Zeit in Ihrem Blut erforderlich.
- Überschüssige Glucose wird als Glykogen gespeichert.
- Je mehr Glykogen gespeichert wird, desto mehr Energie haben Sie.
- Glykogen wird als Energiereserve für den jeweiligen Zweck wieder in Glucose zurückverwandelt.
- Ein ineffizienter Energiehaushalt verursacht Energieverluste.
- Ein effizienter Energiehaushalt erhöht Energie und Ausdauer.

Die Fähigkeit, Glucose zu speichern, zu transportieren und zu verwerten, führt zu einer bedeutenden Verbesserung von Energie und Ausdauer – ein Ziel, das innerhalb eines Drei-Schritte-Programms erreicht werden kann.

Wie Sie Energie aus Nahrungsmitteln gewinnen

Hilft eine Glucosespritze?

Wenn Glucose die Grundlage der Energieversorgung ist, dann könnte die Aufnahme von Glucose oder Nahrungsmitteln, die Glucose enthalten, eine Lösung sein. Viele Studien zeigen, daß das nicht der Fall ist. Eine klassische Untersuchung beschreibt eine Gruppe von Läufern, denen 45 Minuten, bevor sie eine Trockenübung am Laufband begannen, Glucose in Wasser verabreicht wurde. Die Läufer liefen 30 Minuten lang auf dem Laufband. Eine andere Gruppe wiederholte diese Übung, ihr wurde jedoch nur Wasser gegeben. In der Gruppe, die Glucose zu sich genommen hatte, war die Glykogenkonzentration in den Muskeln niedriger, die Durchhaltefähigkeit war um neunzehn Prozent niedriger, und es entwickelte sich Hypoglykämie.

Obwohl Glucose also der Brennstoff ist, der Glykogen bildet, wird das, was Sie an Glucose aufnehmen, nicht in Glykogen umgewandelt, um dazu beizutragen, mehr Energie zu bekommen.

> Die Glucoseaufnahme verbessert weder die Ausdauer, noch zögert sie die Erschöpfung hinaus.

Fructose, ein Zucker, der in Obst und Honig vorkommt, ist als Energiequelle empfohlen worden, da er während einer körperlichen Anstrengung die Stabilität des Blutzuckerspiegels besser aufrechterhält als Glucose. Fructose erzeugt jedoch keine große Verbesserung der Ausdauer.

Die Suche nach Nahrungsmitteln, die voller Energie stecken

Wenn Sie die Glykogenspeicher nicht durch den Verzehr von Zucker, der einfachen Glucose, verbessern können, worin besteht dann das Geheimnis für die Erhöhung dieser Reserven? Amerikanische Sportler sind bereits vor längerer Zeit darauf aufmerksam gemacht worden, daß sie lediglich die vier Nahrungsmittelgruppen beachten müssen. Helen Guthrie, die im *Journal of Nutrition Education* schreibt, rät, daß die »grundlegenden Vier« das Bedürfnis einer durchschnittlichen Person mit sitzender Tätigkeit nach Nährstoffen nicht befriedigen können, und erst recht nicht das eines kräftigen Sportlers.

Obwohl Forscher erst vor kurzem die wissenschaftliche Verbindung zwischen Ernährung, Fitneß und Durchhaltevermögen hergestellt haben, ist die Annahme, daß irgendein bestimmter Nährstoff dem Sportler mehr Vitalität verleihen könnte, schon sehr alt. Man hat es bereits seit Jahrhunderten mit »hohen Testbrennstoffen« für optimale Leistung und der Überwindung von Müdigkeit versucht. Berichte über diese Suche gab es schon vor 2500 Jahren. Dromeus hat im Jahre 450 vor Christus die Theorie aufgestellt, daß Muskelfleisch den Sportler mit Muskelstärke ausstatte. Fünfhundert Jahre später empfahl Plutarch »leichte, dünne« Nahrung, wie Produkte aus heimischen Gärten und Fisch mit wenig Fett. Die Footballmannschaft einer Universität brauchte in den achtziger Jahren die Geldreserven von Ehemaligen auf, um kostspielige Blütenpollen konsumieren zu können.

Wissenschaftliche Untersuchungen, die 1939 ans Licht kamen, stellten eine direkte Verbindung zwischen einer kohlenhydratreichen Ernährung und einer Verbesserung der Ausdauer her. Es wurde nachgewiesen, daß Individuen bei durchschnittlicher Belastung eine Stunde lang arbeiten konnten, wenn nur etwa fünf Prozent der Nahrung aus Kohlenhydraten bestand. Mit einer Ernährung, die zu neunzig Prozent aus Kohlenhydraten bestand, konnte die Arbeitszeit jedoch vervierfacht werden.

Während des Zweiten Weltkriegs untersuchten Forscher, ob die Nahrungszufuhr einen positiven Einfluß auf die Leistung von Piloten, die in sehr großer Höhe fliegen, hat und deren Ermüdungserscheinungen hinausschieben könnte. Es stellte sich heraus, daß kohlenhydratreiche Mahlzeiten vor dem Abflug die Ausdauer verbesserten. Das galt nicht für Mahlzeiten, die reich an Proteinen waren. Gesunkene Leistungsfähigkeit bei der Muskelarbeit folgte auf längere Phasen mit niedriger Kalorieneinnahme. *Verschiedene Persönlichkeitsveränderungen* traten ebenfalls auf.

Diesen Ergebnissen wurde bis 1967 nicht viel Aufmerksamkeit geschenkt, als *Acta Physiologisa Scandinavica* berichtete, daß die Energie um dreihundert bis vierhundert Prozent zunimmt, wenn von kohlenhydratarmer auf kohlenhydratreiche Ernährung umgestellt wird. Einige Sportler nahmen davon Notiz, darüber hinaus hatte dieser Bericht jedoch keine große Wirkung.

> 1979 wurde erklärt, daß die Ausdauer für aerobe Arbeit (bei der Sauerstoff verbraucht wird) auch bei unterschiedlichen Durchschnittswerten von der Nahrungszufuhr vor der Tätigkeit abhängt.

Ausdauerdurchschnittswerte für aerobe Arbeit:

- Eine Stunde nach einer fettreichen Mahlzeit,
- drei Stunden nach einer »neutralen« Mahlzeit,
- vier Stunden nach mehreren Tagen mit kohlenhydratreichen Mahlzeiten.

Im Jahre 1981 informierte das *American Journal of Clinical Nutrition* seine Leser darüber, daß die Zufuhr komplexer Kohlenhydrate zu einem bedeutend höheren Glykogenspiegel in den Muskeln führt als die Aufnahme einfacher Kohlenhydrate. *Die erhöhte Vitalität wurde auf die Erhöhung des in den Muskeln gespeicherten Glykogens in Verbindung mit kohlenhydratreicher Nahrung zurückgeführt.* Jetzt war die allgemeine Aufmerksamkeit geweckt. Das Schlagwort, das die Wende einleitete, war: *höhere Glykogenspeicher*. Es wurde schließlich klar, *daß Kohlenhydrate am besten dazu geeignet sind, die Art von Energie bereitzustellen), die für die Aktivierung von Muskeln gebraucht wird.*

Komplexe Kohlenhydrate vor einer Aktivität

Viele Studien, die sich mit komplexen Kohlenhydraten und Leistung beschäftigen, haben unser Wissen über den Glykogenstoffwechsel erweitert. Folgendes haben wir erfahren:

- Wenn Sie vierundzwanzig Stunden lang hungern, dann sind Ihre Kohlenhydratreserven erschöpft.
- Wenn Sie kohlenhydratarme Mahlzeiten zu sich nehmen, ist der Glykogenspiegel in der Leber genauso niedrig, als wenn Sie vierundzwanzig Stunden lang gehungert hätten.
- Wenn Sie zehn Tage lang protein- und fettreiche Nahrung zu sich nehmen, dann reduziert das auch in bedeutendem Maße Ihre Glykogenreserven.
- Eine kohlenhydratreiche Mahlzeit führt nach nur vierundzwanzig Stunden zu einer direkten Erhöhung des Glykogenspiegels in der Leber.

Wie kann diese ganze Weisheit in die Praxis umgesetzt werden? Wenn vor einem sportlichen Ereignis oder einem wichtigen Umzug in eine neue Wohnung oder in ein neues Bürogebäude mehrere Tage für eine ernährungsorientierte Vorbereitung verfügbar sind, *dann können die Glykogenreserven durch die Aufnahme komplexer Kohlenhydrate beträchtlich erhöht werden.*

Es besteht kein Zweifel mehr daran, daß die Menge an Glykogen in Ihrer Leber und Ihren Muskeln größtenteils davon abhängt, ob die Versorgung mit Kohlenhydraten in Ihrer Ernährung *dürftig* oder *großzügig* ist.

Obwohl es immer wieder zwingende Beweise für den Wert einer Ernährung mit komplexen Kohlenhydraten gibt, halten Menschen an ihren Gewohnheiten fest und finden es schwirig, ihre alten Essensmuster »loszulassen«.

Ergebnisse, die durch die Zufuhr kohlenhydratreicher Nahrung einige Tage vor einem Wettkampf erzielt wurden:

- Langstreckenradfahrer fahren weiter.
- Skilangläufer erzielen ein höheres Tempo.
- Langstreckenkanufahrer paddeln schneller.
- Fußballspieler schießen in der zweiten Spielhälfte mehr

Tore, da sie das Energieniveau über eine längere Zeitspanne halten

Die Suche geht weiter

Seitdem wir mehr über den Zusammenhang von Kohlenhydraten und Ausdauer wissen, gibt es auch mehr Informationen, die auf ein umgekehrtes Verhältnis zwischen Fetten und Ausdauer hindeuten. Menschen, die Fast food, Steaks mit Pommes frites und Feinschmeckeressen verzehren, nehmen in der Regel auch ungesunde Fettrationen zu sich.

Die Wissenschaftler sind immer noch damit beschäftigt, die Puzzlestücke zusammenzusetzen, um die beste Zeit und Art der Kohlenhydrateinnahme zu bestimmen.

Glucose und der denkende Sportler

Glucose hilft nicht nur beim Aufbau der Muskelkraft. Eine adäquate Versorgung des *Gehirns* mit Glucose ist auch bei Sportarten wichtig, die taktisches Denken erfordern. Bei Segelregatten müssen die Wettkampfteilnehmer zum Beispiel darauf achten, daß sich das Boot und die Segel im Gleichgewicht befinden. Sie müssen die sich ändernden Winde und Gezeiten beachten, taktische Manöver, das Verhältnis der Mannschaftsmitglieder zueinander und darüber hinaus künftige strategische Schritte ihres Gegners vorhersehen. Die Mannschaft eines kleinen Bootes ist besonders anfällig in bezug auf das Absinken des Blutglucosespiegels, da anhaltende isometrische Kontraktionen der Bein- und Unterleibsmuskeln erforderlich sind, um das Boot auszubalancieren. (Eine isometrische Übung ist eine Übung, bei der eine bestimmte Muskelpartie für einen Zeitraum von Sekunden im Gegenspiel zu einer anderen Muskelpartie oder einem unbeweglichen Objekt angespannt wird.)

Ein definitiver Zusammenhang zwischen dem Blutglucosespiegel von Matrosen eines kleinen Segelbootes und dem *Einschätzen ihrer Leistung* durch den Kapitän der Mannschaft wurde von einem gewissenhaften kanadischen Segler demonstriert. Bevor er jemandem zusagt, daß er an einem Wettkampf in seiner Mannschaft teilnehmen dürfe, prüft dieser Kapitän zuerst den Blutzuckerspiegel des oder der Betreffenden.

Ihr Gehirn braucht für seinen Stoffwechsel Kohlenhydrate, so daß die Ermüdung Ihres zentralen Nervensystems zusätzlich zu einer Schwäche Ihrer Muskelfasern kommt, wenn Ihr Blutzuckerspiegel sinkt.

Wir haben die große Bedeutung komplexer Kohlenhydrate herausgestellt. Jetzt soll genauer darauf eingegangen werden. Was versteht man unter komplexen Kohlenhydraten, und inwiefern tragen sie dazu bei, die Energieversorgung zu verbessern?

Die Definition komplexer Kohlenhydrate: sauerstoffhaltige Nahrungsmittel

Komplexe Kohlenhydrate finden sich vor allem in Gemüse, Vollkorngetreide, Samen, auch Nüssen. Beachten Sie, daß ich Obst nicht in diese Liste aufgenommen habe. Obst enthält zwar nach der *klassischen* Definition komplexe Kohlenhydrate, es hat jedoch einen hohen Gehalt – um nicht zu sagen sehr hohen Gehalt – an Einfachzuckern. Der Wert von Obst ist mit Gemüsen, Salaten und Vollkorngetreide, die Energie zuführen, nicht gleichzusetzen. (Sehen Sie im achten Kapitel nach, wenn Sie mehr über ein optimales Verhältnis zwischen Obst- und Gemüseverzehr wissen wollen.)

Nahrungsmittel mit komplexen Kohlenhydraten können darüber hinaus in stärkehaltige und ballaststoffhaltige Varianten unterschieden werden. Die stärkehaltigen Nahrungsmittel tragen dazu bei, Größe und Kraft aufzubauen. Zu diesen zählt man Kartoffeln, Süßkartoffeln, braunen Reis,

Erbsen, Hafermehl, Mais und Tomaten. Die ballaststoffhaltige Variante trägt zu einem schlanken Körper bei. Dazu gehören Spargel, Brokkoli, Kohl, Karotten, Blumenkohl, Sellerie, Kopfsalat und Spinat.

Dr. Stephen Levine weist darauf hin, daß komplexe Kohlenhydrate sechzehn Anteile Sauerstoff haben und nur vierzehn Anteile Kohlenstoff und Wasserstoff. Er erläutert dazu folgendes:

Mehr als die Hälfte eines komplexen Kohlenhydrats besteht aus Sauerstoff, der Sauerstoffanteil in Fetten beträgt jedoch weniger als zehn oder fünfzehn Prozent, das heißt, daß Fette sehr wenig Sauerstoff haben. In der Tat sind Fette »Sauerstoffdiebe«, da für ihren Stoffwechsel so viel Sauerstoff verbraucht wird. Proteine – je nach dem spezifischen Aminosäureprofil – bestehen zu zwanzig bis fünfzig Prozent aus Sauerstoff. Es ist offensichtlich: Komplexe Kohlenhydrate enthalten den meisten Sauerstoff.

Ein Grund, warum komplexe Kohlenhydrate dazu beitragen, einen höheren Leistungsspiegel aufrechtzuerhalten, könnte ihr hoher Sauerstoffgehalt sein. Wenn Kohlenhydrate für die Energiegewinnung verbrannt werden, wird weitaus weniger Wärme freigesetzt, so daß eine höhere Effizienz in dem Energieerzeugungsprozeß erreicht wird. Fette Nahrungsmittel verbrauchen mehr Energie, um metabolisiert zu werden, da sie wenig Sauerstoff haben. Das verringert die Sauerstoffvorräte und führt dazu, daß weniger Energie verfügbar ist. Da zusätzlicher Sauerstoff für ihre Verbrennung notwendig ist, wird eine große Menge Wärme freigesetzt, wodurch sich Ihr Effizienzquotient ändert.

> Der erste Schlüssel für mehr Energie ist der Verzehr von komplexen Kohlenhydraten.

Nahrungsmittel mit komplexen Kohlenhydraten

- verbessern die Ausdauer bei längerem Trainieren,
- tragen dazu bei, Muskelglykogen nach einer Phase länger anhaltender Aktivität schneller wiederzugewinnen,
- stellen eine gute Quelle für Vitamine und Mineralien dar (im Gegensatz zu Einfachzuckern),
- enthalten Ballaststoffe (verbessern die Transitzeit durch den Darm).

Obwohl sie Schutz vor Nährstoffmangel bieten, *bieten Nahrungsmittel mit komplexen Kohlenhydraten dem Sportler keine totale Sicherheit.* Lesen Sie weiter.

Wie Sie Energie durch Sport bekommen

Der zweite Schlüssel für mehr Energie

Die grundlegende Ernährungsweise ist nicht vom Grad der Aktivität abhängig. Und so muß sie auch bei inaktiven Menschen nicht anders aussehen als bei aktiven. Experten stimmen im allgemeinen darin überein, daß dieselben Ernährungsprinzipien, die für die Gesundheit der Allgemeinheit förderlich sind, auch die Leistung der meisten Sportler entscheidend verbessern. Stoffwechselprozesse laufen für denjenigen, der Sport treibt, jedoch effektiver ab als für einen Menschen, der viel sitzt, da ein höherer Prozentsatz an Nahrungsmitteln richtig verdaut und verwertet wird. Wenn beide die gleiche Menge an Nahrung zu sich nehmen, dann zieht der Sporttreibende einen größeren Nutzen daraus als der Stubenhocker. Eine bessere Nährstoffresorption erhöht das Energieniveau.

Aber hier müssen wir eine Warnung aussprechen. Ein Mangel an Vitaminen und Mineralien ist bei Sportlern nicht unüblich. Bei Sportlern besteht zum Beispiel ein erhöhtes Chrommangelrisiko, obwohl Chrom für erhöhte Energiebedürfnisse essentiell ist. *Die Auswirkungen von Chrommangel sind besonders bei Sportlern aufgrund ihrer gesteigerten Energiebedürfnisse schädlich.* Es ist eine Zwickmühle: Chrom ist für Sport unerläßlich, und sportliche Betätigung führt dazu, daß ein Chrommangel entsteht.

Eine sauerstoffverbrauchende Tätigkeit bringt Chrom in den Blutkreislauf, was die Verwertung und Ausscheidung anregt. Eine Studie, die vom amerikanischen Ministerium für Landwirtschaft durchgeführt wurde, zeigt, daß die Werte für Chrom nach einem Zehn-Kilometer-Lauf fast um das Fünffache des Normalwerts sinken und daß sich die Ausscheidung nach einem Tag mit sportlicher Betätigung im Vergleich zu einem Tag, an dem kein Sport getrieben wurde, verdoppelt. Zucker und raffinierte Kohlenhydrate, die die Hauptnahrungsmittel vieler Sportler sind, verursachen ebenfalls einen Chromverlust.

> Sport ist der zweite Schlüssel für mehr Energie.

Der Grund, warum Glucose beim Sport aus unserem Blutkreislauf ausgeschieden wird, liegt darin, daß Brennstoff für die benötigte Energie zur Verfügung gestellt wird. Nach dem Sport oder bei sitzender Beschäftigung wird Glucose dafür verwendet, Ihre Muskelglykogenspeicher wieder aufzubauen. Erinnern Sie sich daran, daß menschliche Energie im voraus vorbereitet und startbereit gemacht wird. *Chrom trägt dazu bei, daß Insulin die notwendige Glucose in Ihre Zellen bringen kann.* Das ist der Prozeß, bei dem Glucose dorthin transportiert wird, wo sie tatsächlich für die Gewebeherstellung benötigt wird. Leider ist es so, daß, wenn

Chrom einmal auf diese Art angewendet wurde, über fünfundneunzig Prozent ausgeschieden werden. Die kleine übriggebliebene Menge wird erneut gespeichert.

Die gute Nachricht dabei ist, daß durch das Verständnis dieses biochemischen Phänomens der Weg zur Lösung des Energiedilemmas deutlich wird.

Wie man Energie durch Zusatzstoffe erhält

Der dritte Schlüssel für mehr Energie

Außer komplexen Kohlenhydraten und Sport können Ihnen auch Zusatzstoffe helfen. Was Sie dabei bedenken sollten, ist die Tatsache, daß Erschöpfung durch zuwenig Brennstoff verursacht werden kann.

- In einer Studie mit Versuchstieren, über die in *Poultry Science* berichtet wird, wurden zwei Gruppen von Tieren getestet. Jeder Gruppe wurde dieselbe Nahrung zugeführt, es bekam jedoch nur eine Gruppe zusätzliches Chrom. Die Ergebnisse zeigten, daß sich die Glykogenkonzentrationen in der Leber durch den Zusatz von Chrom bedeutend erhöhten.
- Andere Untersuchungen zeigten ähnliche Ergebnisse: Der Chromzusatz führt zu stärkerer Glykogenbildung und dadurch aufgrund der Menge an verfügbarer Glucose zu einer höheren Konzentration im Gewebe.
- Zusätzliches Chrom erhöht nicht nur den Anteil an Muskel- und Herzglykogen, sondern auch die Chromkonzentration in Knochen und Nieren.

Es besteht kein Zweifel mehr an der unglaublichen Beziehung zwischen Chromzufuhr und erhöhter Leistungsfähigkeit.

> Der dritte Schlüssel zu mehr Energie ist Chrom-Polynicotinat.

Wenn Sie eine Goldmedaille gewinnen möchten, dann müssen Sie sich entweder die richtigen Eltern aussuchen oder Bücher wie dieses hier lesen. Aber was ist, wenn Sie kein Sportler sind, oder nicht mal Aerobics mögen? Egal, ob Sie aktiv oder inaktiv sind, der Chromstoffwechsel bringt Ihnen aufgrund seiner Wirkung auf Ihre Glykogenspeicher Vorteile, unter anderem dadurch, daß nicht so schnell Erschöpfung eintritt.

Zusammenfassung

Ohne Chrom kommt die Energieproduktion sehr plötzlich zum Stillstand. Nach einem kohlenhydratreichen Mahl werden Insulin und GTF in Ihren Blutkreislauf ausgeschieden, um den Glucosestoffwechsel zu erleichtern. GTF-Chrom ist dafür verantwortlich, Insulin an die Zellmembranrezeptoren zu binden. Insulin ist dafür verantwortlich, Glucose in die Zelle hineinzutransportieren, in der Glucose in Energie umgesetzt wird. Aufgrund des vom GTF vermittelten Insulins wird der Glucosetransport in Ihre Zelle um das Fünfzehn- bis Zwanzigfache erhöht.

GTF-Chrom und Insulin sind die Arbeiter, die Glucose in Ihre Zellen hinein- und aus ihnen herausbefördern. Wenn der Blutglucosespiegel erhöht ist und die Energieanforderungen minimal sind, dann lagert »GTF-Insulin« Glucose in Form von Glykogen ein. Wenn die Energieanforderungen sich dann erhöhen, spaltet »GTF-Insulin« Glykogen in Glucose auf, die für den Energiebedarf verbrannt wird. Ohne GTF-Chrom erfährt der Glucose-Stoffwechsel jedoch ernsthafte Störungen.

Wissenschaftler, die im Auftrag des amerikanischen Ministeriums für Landwirtschaft arbeiten, bewiesen, daß Insulin sich nur in geringem Maße auf den Glucosestoffwechsel auswirkt. Im Zusammenwirken mit GTF-Chrom wird Glucose schnell in die Zelle transportiert, wo es zu Energie metabolisiert wird. Mit Hilfe der drei folgenden Regeln können Sie ein neues *Ich* erschaffen:

1. Nehmen Sie intakte Nahrungsmittel mit hohem Anteil an komplexen Kohlenhydraten zu sich.
2. Stellen Sie sich ein Sportprogramm auf (ausreichend, aber übertreiben Sie es nicht).
3. Nehmen Sie kleine Mengen von Chromzusatzstoffen zu sich.

Also: GTF-Chrom für den trägen Menschen oder für den Sportler

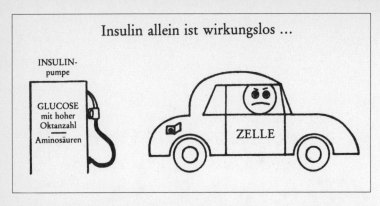

...aber mit GTF transportiert Insulin Glucose und lebenswichtige Aminosäuren in die Zellen, um Energie und Gewebe zu erzeugen

Drittes Kapitel

Fitneß
Was sie ist, was sie beeinflußt, wie Bodybuilder sie sich erhalten

Glossar

Anabolisch: Aufbau komplexer Verbindungen aus einfachen Verbindungen in lebenden Organismen; das Gegenteil von katabolisch.

Katabolisch: Abbau von Nährstoffmolekülen in kleinere und einfachere Endprodukte.

Muskelfaser: Grundelement der quergestreiften Muskulatur.

Steroide: eine zahlenmäßig große Gruppe von Verbindungen, die eine spezifische physiologische Aufgabe haben.

Wachstumshormone: Hormone, die das Wachstum anregen und den Protein-, Fett- und Kohlenhydratstoffwechsel direkt beeinflussen.

Chrom als Fitneßförderer

Wenn es darum geht, sich einen Wettbewerbsvorteil zu verschaffen, sind Sportler sehr empfänglich dafür, sich ungewöhnlichen und oft gefährlichen Praktiken zur Steigerung ihrer Fitneß zu unterwerfen.

Was ist Fitneß?

Das Adjektiv »fit« hat mehrere Bedeutungen: *angepaßt, vorbereitet, angebracht, wertvoll, bereit, gesund*. Das davon abgeleitete Substantiv Fitneß ist zum Schlagwort geworden. Es bedeutet, daß man in Form ist. Die Tatsache, daß sich Nährstoffe im allgemeinen auf Fitneß auswirken, ist nicht neu. Daß insbesondere Chrom einen solch tiefgreifenden Einfluß auf Fitneß hat, ist erst vor kurzem wissenschaftlich untersucht worden. *Fitneß* im eigentlichen Sinne ist die Wahrnehmung, »sich niemals besser gefühlt zu haben«; blühend, gesund und munter, vor Kraft strotzend; so frisch wie ein Gänseblümchen aufwachen und sich mit einem entspannten Müdigkeitsgefühl schlafen legen. Ich hoffe, daß ich damit Ihren Zustand genau erfaßt habe. Wenn nicht, dann geben Sie die Hoffnung nicht auf!

Wichtige Hinweise für alle

Im folgenden nenne ich einige Fitneßtips im allgemeinen und für heranwachsende Kinder, schwangere Frauen, Sportler und Bodybuilder im besonderen: Wenn Sie ein zuckerreiches Abendessen oder einen süßen Nachtisch nach einer Mahlzeit am Abend zu sich nehmen, dann untergraben Sie Ihre Energie in zweierlei Hinsicht:

1. Durch den Verzehr zuckerreicher Nahrungsmittel wird Ihr Chromspiegel gesenkt. Die Folgen kennen Sie bereits: *Die Belastung wirkt sich auf die Insulineffizienz und den Glucosestoffwechsel aus.*
2. Wachstumshormone werden während des Schlafes freigesetzt. Ein hoher Zuckerkonsum am Abend blockiert die nächtliche Freisetzung dieses Hormons und wirkt sich auf diese Weise störend auf anabolische und energetische Reaktionen aus.

In den folgenden Absätzen soll dargestellt werden, wie diese Tatsachen auf Ihre Fitneß Einfluß nehmen.

Eine Weisheit aus der Antike

Es handelt sich lediglich um eine alte, um nicht zu sagen eine sehr alte Redensart, und nur die Machos haben ihr Aufmerksamkeit geschenkt. Aber jetzt sind kleine ältere Damen in Sportschuhen (wie viele meiner Freundinnen) und gesunde junge Männer und Frauen, die eine sitzende Tätigkeit ausüben (wie viele ihrer Kinder) sich dieser Weisheit des Hipokrates, die er vor mehr als 2000 Jahren, nämlich um das Jahr 410 v. Chr. aufstellte, bewußt:

Alle Körperteile, die eine Funktion haben, werden, wenn sie bedächtig genutzt und durch die Arbeit beansprucht werden, an die jedes Körperteil gewöhnt ist, dadurch gesunden, sich gut entwickeln und langsamer altern. Wenn sie jedoch nicht genutzt werden und faul bleiben, dann werden sie für Krankheiten anfällig, weisen Wachstumsstörungen auf und altern schnell.

Hippokrates bezog sich darauf, daß Sie Ihre Muskeln (vielleicht alle 650) bewegen sollten, um Fitneß zu erlangen und zu behalten. Er wußte, daß Fitneß durch gutes Essen und Sport erreicht werden kann. Sie wissen das ebenfalls, aber Sie sollten es als Lebensweise integrieren können und nicht einfach als leere Floskel herunterbeten.

Die Sportszene im Wandel

Nach dem Zweiten Weltkrieg war es eine Herausforderung, genügend Läufer für einen einzelnen nationalen Marathonlauf zu finden. Heute joggen Menschen in Reebok-, Nike- und Adidas-Sportschuhe an jedem Tag des Jahres überall auf der Welt auf den Fußwegen auf dem Lande und ebenso in der Großstadt herum. Durchtrainierte Sportler, die am San-Francisco-Bay-to-Breakers-Rennen teilnehmen (dem bekannten, jährlich stattfindenden Volkslauf quer durch San Francisco, bei dem die Läufer teilweise in Verkleidung laufen – Anm. d. Übers.), stürmen nach zehn Kilometern über die Ziellinie, lange bevor die meisten der übrigen 150 000 Teilnehmer vom Start weggekommen sind. Fitneß durch Sport zu fördern ist stärker in den Mittelpunkt des allgemeinen Interesses gerückt.

Ludwig Prokop, Repräsentant der Medizinischen Kommission des Internationalen Olympischen Komitees in Wien, sagt folgendes:

Alles, was für Hochleistungssportler im Hinblick auf ihre Leistung und Gesundheit optimal ist, muß allgemein für die Fitneß notwendig und vorteilhaft sein.

Das Interesse am »Fitneßstoffwechsel« wächst proportional zu der Bereitschaft, wirkliche Fitneß zu erlangen. Trotz weitverbreiteter Ratschläge und Neugierde zeigen Studien, daß nur wenige Sportler den besten Ernährungsplänen für optimale sportliche Leistung folgen. Sie konsumieren im allgemeinen zuviel Fett und Proteine und zuwenig Kohlenhydrate.

Geringe Nährstoffungleichgewichte, die nicht notwendigerweise durch Nahrungsmittelmangel verursacht sind, verhindern ein hohes Fitneß- und Funktionsniveau. Wenn es darum geht, sich einen Wettbewerbsvorteil zu verschaffen, sind Sportler sehr empfänglich dafür, sich ungewöhnlichen und oft gefährlichen Praktiken zur Steigerung ihrer Fitneß zu unterwerfen.

Was Fitneß beeinflußt

Chrom und Sport bieten dieselben Vorteile

Wir alle wissen, daß Sport bestimmte vorteilhafte Auswirkungen hat. Hier sind aufregende Neuigkeiten: Wissenschaftler, die im amerikanischen Ministerium für Landwirtschaft arbeiten, haben festgestellt, daß die nützlichen Auswirkungen von Sport denjenigen ähneln, die durch Chrom hervorgerufen werden. Vergleichen Sie:

- Sport erhöht die Muskelsensitivität gegenüber Insulin, Chrom ebenfalls.
- Sport erhöht die Fähigkeit, den Blutzuckerspiegel zu regulieren, Chrom ebenfalls.
- Sport verbessert das Blutfettprofil, Chrom ebenfalls.

Deshalb sind Sport und Chrom wie der Kuchen und die Glasur. Die Wissenschaftler fügen hinzu, daß die Verfügbarkeit von Chrom in verwertbaren Mengen und verwertbaren Formen ein nützlicher und kontrollierender Faktor bei sportlicher Aktivität und danach sein kann. Diese Kombination kann tatsächlich dazu beitragen, die Lebensqualität mit zunehmendem Alter zu verbessern und nicht nur die Lebenszeit zu verlängern. Das läßt sich mit »Fitneß« übersetzen.

Speichern von Glykogen

Während Sie Sport treiben, verbrennen Ihre Muskelzellen große Mengen von Nährstoffen, um die notwendige Energie zu erzeugen. Dieser Abbau wird als Katabolismus bezeichnet, womit das Zerlegen von Molekülen in kleinere und einfachere Endprodukte gemeint ist – dazu gehört auch die Umwandlung von Glykogen zurück in Glucose. (Erinnern Sie sich daran, daß Glykogen die komplexere und Glucose die einfachere Verbindung ist.)

Nach dem Sport macht Ihr Stoffwechsel gleichsam eine 180-Grad-Drehung. Die Erholungsphase beinhaltet einen Wechsel von der katabolischen Reaktion zu anabolischen Reaktionen – das heißt zu dem Aufbauprozeß. Neben anderen »Wiederaufbauarbeiten« bauen Sie – als Vorbereitung für zukünftigen Bedarf – die Speicher in Ihren Muskeln auf. Im Blut gelöste Glucose wird aufgenommen, um Glykogen in Muskeln und Leber wiederaufzubauen – ein Prozeß, der letztendlich die Muskelmasse erhöht.

Überraschenderweise ist die anabolische Phase des Muskelaufbaus kein genauer Umkehrungsprozeß. Nehmen wir an, daß Sie einen sehr großen und sehr schweren Stein nehmen und ihn von der Spitze eines steilen Berges nach unten stoßen. Der Stein rollt auf ziemlich direktem Weg hinunter. Aber Sie sind vielleicht nicht in der Lage, den Stein wieder auf die Spitze des Berges zu rollen und dabei genau denselben Weg zu benutzen wie der Stein beim Herunterrollen. Einige Abschnitte des Heraufkletterns können ähnlich sein, aber Sie müssen wahrscheinlich einen anderen Weg gehen, der eine Steigung hat, die nicht so steil ist. Genauso verhalten sich katabolische Reaktionen »bergabwärts« und anabolische Reaktionen »bergaufwärts«. Katabolische Reaktionen finden leichter in Ihren Muskeln statt als anabolische Prozesse. Da das leider eine feststehende Tatsache ist, haben Sie um so mehr Grund, dafür zu sorgen, die anabolischen Prozesse voranzutreiben und zu erleichtern.

> Es ist leichter für Ihren Körper, Muskeln abzubauen als aufzubauen.

Der durchtrainierte Sportler im Vergleich zum untrainierten

Es ist überflüssig zu erwähnen, daß der durchschnittlich trainierte Sportler im allgemeinen in einer besseren Verfassung ist als der untrainierte.

Folgende Unterschiede lassen sich zwischen durchtrainierten und untrainierten Sportlern feststellen:

- Gut trainierte Muskeln nehmen Glucose zum Zweck des Auffüllens der Glykogenreserven schneller auf als untrainierte Muskeln. Das liegt daran, daß es für untrainierte Muskeln schwieriger ist, auf Insulin zu reagieren.
- Die Chromausscheidung von durchtrainierten Sportlern ist bedeutend geringer als diejenige von untrainierten Sportlern und steht tatsächlich mit dem Fitneßniveau in Zusammenhang.
- Bei durchtrainierten Sportlern werden mehr Fett und weniger Kohlenhydrate oxidiert als bei untrainierten, wenn beide Gruppen mit derselben Intensität Sport treiben. Je besser die aerobe Fitneß eines Menschen ist, desto größer ist der Beitrag des Fettstoffwechsels zur Energiebilanz. Das führt zu wirtschaftlicherem Gebrauch der begrenzten Glykogenspeicher, und es kommt nicht so schnell zu Ermüdungserscheinungen.
- Die Thiamin- und Vitamin-C-Speicher sind bei Amateursportlern bedeutend geringer als bei Elitesportlern. (Elite bezieht sich auf gut durchtrainierte Sportler, die an Wettkämpfen teilnehmen.) Dasselbe gilt wahrscheinlich auch für andere Nährstoffe.

Es gibt jedoch einige überraschende Ähnlichkeiten zwischen durchtrainierten und untrainierten Sportlern:

- Vierzig Prozent der von Sportlern – sowohl von trainierten

als auch untrainierten – verzehrten Nahrung besteht aus Fett. Fett braucht länger, bis es Ihren Magen verläßt. Es ist keine Quelle sofort verfügbarer Energie und sollte deshalb nicht vor einem Spiel verzehrt werden. Sie brauchen eine geringe Menge Fett, aber mit wenig kommen Sie sehr weit. Und natürlich brauchen Sie die richtigen Fette, aber das steht auf einem anderen Blatt.
- Jede leichte Dehydrierung führt zu verminderter Ausdauer und sinkender Leistung sowohl bei durchtrainierten als auch bei untrainierten Sportlern.

Wenn wir die durchtrainierten Sportler dazu bewegen könnten, ihre Ernährung zu verbessern, und die untrainierten, sich endlich ein wenig in Bewegung zu setzen, dann könnten wir eine phänomenale Verbesserung des Gesundheits- und Fitneßzustandes der gesamten Bevölkerung erzielen.

In der Zwischenzeit scheint es, daß jede Gruppe unabhängig von sonstigen Änderungen durch den Zusatz von GTF-Chrom profitieren kann.

Wie Bodybuilder Fitneß erlangen

Die Verwendung synthetischer Steroide

Muskelfasern zeichnen sich dadurch aus, daß ihre Stoffwechselrate in größerem Ausmaß variiert werden kann, als das bei der Stoffwechselrate von Zellen irgendeines anderen Gewebes der Fall ist.

> Mit der richtigen Planung können Sie Muskeln entwickeln, so wie Sie es möchten.

Denken Sie nur an die Muskeln, die Sie hätten, wenn Sie endlos Sport treiben könnten, ohne durch katabolische Effekte oder durch Müdigkeit beeinträchtigt zu sein. Wie Sie jedoch wissen, wird durch Begrenzung des verfügbaren Brennstoffs Erschöpfung verursacht.

Bodybuilder arbeiten hart, um gut auszusehen. Teure Sportstudios, eine besondere Ausrüstung, erstklassige Trainingstechniken, ausgesuchte Zusatzstoffe, eine ungewöhnliche Ernährung und gefährliche Steroide sind hinlänglich ausprobiert worden. Die Einnahme von Steroiden hat Auswirkungen, die denen ähneln, die einseitige Muskelarbeit verursacht.

Aber es gibt nichts umsonst. Synthetische Anabolika können gefährlich sein. Ihr Körper reagiert vollkommen anders auf isolierte Substanzen als auf dieselben Stoffe in intakter Nahrung.

Weltweite Werbekampagnen haben die Aufmerksamkeit auf die Gefahren von Steroiden gelenkt. Zu den Nebenwirkungen zählen Akne, Leberschäden, grauer Star, Herzkrankheiten und Wutausbrüche, ein Zustand explosiven, aggressiven Verhaltens, der durch die Wirkung der Steroide auf bestimmte Teile des Gehirns verursacht wird. Bei männlichen Jugendlichen kommt es zu verkümmertem Knochenwachstum.

Bei Männern treten spezifische Reaktionen auf Steroide auf:

- kleinere Hoden
- geringere Spermienzahl
- Unfruchtbarkeit

Bei Frauen treten folgende spezifische Reaktionen auf Steroide auf:

- Haarausfall

- Gesichtsbehaarung
- dauerhaft tiefere Stimme

Wenn synthetische Steroide abgesetzt werden, dann fallen die Muskeln in den Zustand vor der Steroideinnahme zurück. Es gibt bessere Möglichkeiten, um Muskeln aufzubauen. Sie müssen es nicht auf Kosten Ihrer Gesundheit tun.

Insulin – ein anabolisches Hormon?

Wegen seiner starken Beziehung zu Diabetes und zur Bauchspeicheldrüse wird es Sie vielleicht überraschen zu erfahren, daß Insulin als *anabolisches* Hormon angesehen wird. Ohne Insulin gäbe es nämlich kein Muskelwachstum. Tatsächlich hat Insulin dieselbe Wirkung auf den Proteinstoffwechsel wie auf den Kohlenhydratstoffwechsel. Die Bildung von Proteinen wird eingestellt, wenn Insulin nicht verfügbar oder ineffektiv ist; der Abbau von Proteinen steigt, und die Proteinproduktion gerät in eine Sackgasse.

Es zeigt sich also, daß Insulin nicht nur für Wachstumsprozesse wesentlich ist, sondern darüber hinaus der Hauptenergieförderer Ihres Körpers ist. Aus diesem Grunde haben Experten begonnen, sich mit der Bedeutung von Insulin im Bereich der physischen Entwicklung zu beschäftigen. Insulin hat eine direkte Wirkung auf die Membran der Muskelzellen, die den Glucosetransport erleichtern. Glucose kann die Zellmembran nur dann durchdringen, wenn es an das Insulinmolekül gebunden ist.

Sind Sie jemals auf einem Karussell gefahren und haben vergeblich versucht, den Ring zu erreichen? So wie die Glucose in Ihrem Blut fahren Sie immer weiter im Kreis herum und versuchen erfolglos, den Ring zu greifen. Schließlich hören Sie auf – genauso wie Glucose, die nicht in Ihre Zellen gelangen kann, ausgeschieden wird. (Nicht die gesamte überschüssige Glucose wird ausgeschieden. Etwas davon kann in Vorstufen von Fetten, die sogenannten »Triglyceriden«, umgewandelt werden, die schließlich in das Fettgewebe eingebaut werden können.) Wenn nur Ihre Arme länger wären, oder Sie irgendeine Vorrichtung oder ein Werkzeug hätten, das für diese Aufgabe passend wäre!

Insulin verbessert den Transport von Glucose aus Ihrem Blut in Ihre Muskeln erheblich. Dadurch kann die Energieversorgung eines Bodybuilders drastisch beeinflußt werden. Aber wie kann Insulin den Ring erreichen? Chrom ist hier genau das richtige Werkzeug! Chrom errichtet eine »Brücke« zwischen den Insulinmolekülen und der Zellmembran.

> Wenn ausreichende Chrommengen in der richtigen Form vorhanden sind, dann sind geringere Mengen Insulin erforderlich.

Aufgrund seiner Fähigkeit, körperliche Abläufe anzuregen, ist Chrom als natürliche Alternative zu Steroiden bezeichnet worden.

GTF-Chrom ist wahrscheinlich der effektivste, gesündeste und billigste Weg, um Muskeln aufzubauen. Denken Sie daran, daß *Insulin Ihr körpereigenes anabolisches Hormon ist und daß Chrom die Wirkung von Insulin potenziert.*

Wenn Sie die verheerenden Folgen des Zusatzes von Steroiden betrachten, dann können Sie verstehen, warum Sportler heute als sichere Alternative GTF-Chrom einnehmen.

Zusammenfassend läßt sich sagen, daß Insulin mit Hilfe von Chrom als eine Art Zubringer fungiert, der die Glucose im Blut auflädt und ihr dabei hilft, die Zellmembran zu durchdringen und direkt in das Innere Ihrer Zellen vorzudringen.

Komplexe Kohlenhydrate und Muskeln

Aber was passiert, wenn Sie eine Apfeltasche oder ein Stück Erdbeertorte essen? Die Einfachzucker in diesen Nahrungsmitteln setzen Hormone frei, die durch das Zielgewebe wandern, und so den Insulinspiegel ansteigen lassen. Das trägt dazu bei, den Anstieg des Glucoseanteils im Blut einzuschränken. *Die Insulinreaktion ist sehr davon abhängig, welche Art von Kohlenhydraten verzehrt wurde.* (Mehr darüber finden Sie im siebten Kapitel.)

Komplexe Kohlenhydrate (etwa in Gemüse, Vollkorngetreide, Nüssen beziehungsweise Samen) sind die Hauptquelle für den Aufbau von Masse und den Größenzuwachs von Muskeln, da ihr Verzehr dazu führt, daß Glykogen in Ihre Muskeln eingelagert wird. (Kühe entwickeln große Mengen von Muskeln, obwohl sie sich von Gras ernähren.) Erinnern Sie sich daran, daß durch den Verzehr einer kohlenhydratreichen Mahlzeit nach sportlicher Betätigung, durch die Glykogen abgebaut wurde, in den Muskeln vermehrt Glykogen gespeichert wird. Der Vorrat an Leberglykogen wird ebenfalls optimiert, wodurch die Ausdauer erhöht wird. Eine solche Ernährungsweise hat eine proteineinsparende Wirkung.

Sport und Insulinresistenz

Die Aufnahme von zwei Gramm Kohlenhydraten pro Kilogramm Körpergewicht unmittelbar nach sportlicher Betätigung führt zu einer dreihundertprozentigen Steigerung der Glykogensynthese in den ersten beiden Erholungsstunden nach der Betätigung. (Für jemanden mit durchschnittlichem Gewicht wären das zwei Mahlzeiten.)

- Wenn die Kohlenhydratzufuhr zwei Stunden später erfolgt, verzögert sich die Glykogenproduktion um 47 Prozent.
- Die reduzierte Rate wird durch eine erhöhte Insulinresistenz der Muskeln herbeigeführt, die während der ersten beiden Erholungsstunden aufgebaut wird!

Die Insulinresistenz bezieht sich auf die Tatsache, daß zwar Insulin vorhanden ist, um Glucose in Ihre Zellen zu begleiten, Ihre Zellen sich jedoch weigern, die Glucose hereinzulassen. Die Brücke ist nicht errichtet worden. (Die Insulinresistenz wird im vierten Kapitel erläutert.) *So besteht ein Teil des Muskelaufbauplans darin, Mahlzeiten, die reich an komplexen Kohlenhydraten sind, unmittelbar nach Ihrer sportlichen Anstrengung bereitzustellen.*

Sportler heben sich ihren Spurt oft für die letzte Phase eines längeren Wettkampfs auf, da sie wissen, daß der Glykogenverbrauch während der frühen Phasen am größten ist. Die Energiespeicher sind begrenzt, aber Glykogen stellt eine praktische Energiereserve für die Muskeln dar, da große Mengen von Brennstoff in dieser Form eingelagert werden können.

Warnung vor einem möglichen Insulinschock

Übereifrige Sportler haben versucht zu experimentieren, indem sie Insulin direkt in den Blutkreislauf eingespritzt haben. Das ist lebensgefährlich. Oral verabreichte GTF-Chrom-Zusätze in empfohlenen Dosierungen bieten Sicherheit, Insulinspritzen für Menschen mit normalem Blutglucosespiegel jedoch nicht.

Die intravenöse Verabreichung von Insulin verursacht ein unmittelbares Absinken des Blutzuckerspiegels. Zuviel davon kann sämtliche Glucosespuren aufbrauchen, was dazu führt, daß Ihr Gehirn und Ihr zentrales Nervensystem lahmgelegt werden: Das führt dann zu einem Insulinschock. Ein Insulinschock wiederum kann zu Ohnmacht, Koma oder auch zum Tod führen. Steroide können Sie schleichend umbringen. Insulininjektionen können Ihr Leben *von jetzt auf gleich* beenden. Dann gibt es keine zweite Chance.

Zusätzliche Insulingaben haben keine positiven Auswirkungen. Durch sie werden weder die Kohlenhydratspeicher verbessert noch werden mehr Muskeln aufgebaut. Überschüssiges Insulin erzeugt Ungleichgewichte in anderen Hormonsystemen, so daß Ihr gesamter Stoffwechsel aus dem Gleichgewicht gerät. Ein hoher Blutinsulingehalt führt außerdem dazu, daß Sie Ihre Chromvorräte angreifen müssen.

Wiederauffüllen der Chrom- und Glykogenvorräte

Es kann nicht ausreichend darauf hingewiesen werden, daß Chrom den Hauptschlüssel für die positiven Wirkungen von Insulin darstellt. Ohne Chrom ist Insulin nutzlos.

Die Erholungsphase nach einer beliebigen physischen Betätigung ist in hohem Maße vom Auffüllen der Glykogenvorräte abhängig.

Die Resynthese von Glykogen ist relativ langsam; ein oder zwei Tage werden gebraucht, um die Glykogenspeicher wieder vollständig aufzufüllen. Sie haben bestimmt schon festgestellt, daß die besten Werfer einer Baseballmannschaft einige Tage Ruhe zwischen ihren Einsätzen benötigen, die große Mengen an Energie verbrauchen. Wenn Sie also ein »Muskelmann« werden möchten, dann dürfen Sie nicht mogeln, besonders nicht nach dem Abendessen. Energie hängt von Glykogen ab, das wiederum von Insulin abhängt und dieses wiederum von GTF-Chrom. *Da beißt sich die Katze in den Schwanz.*

Wachstumshormon und Insulin

Das Wachstumshormon, eine Substanz, die von Ihrer Hirnanhangdrüse produziert wird, hat wichtige Funktionen in bezug auf Glucose, Insulin und Muskeln.

Das Wachstumshormon

- stimuliert das Muskelwachstum,
- stärkt Bänder und Sehnen,
- verbessert die Knochenstärke.

Glucose setzt die Ausschüttung des Wachstumshormons in Gang. Die meisten Sportler sind mit dieser anabolischen Reaktion vertraut und auch mit derjenigen des Testosterons. Weniger weit verbreitet ist die Tatsache, *daß das Wachstumshormon Insulin braucht, um das Wachstum von Muskeln effektiver zu fördern.*

Experimente zeigen, daß Insulin selbst so essentiell für das Wachstum ist wie das Wachstumshormon und wie Testosteron. Insulinmangel führt tatsächlich zu einem Zusammenbruch des Muskelgewebes.

Im Gegensatz zum Wachstumshormon und zu Testosteron beeinflußt Insulin den Stoffwechsel *aller* Brennstoffe des Körpers. Wenn bei Jungtieren die Drüsen entfernt werden, die Wachstumshormon und Insulin absondern, dann stoppt ihr normales Wachstum. Wenn diesen Tieren dann entweder nur Wachstumshormon oder nur Insulin injiziert wird, dann stellt sich ein geringes Wachstum ein. Wenn Wachstumshormon und Insulin jedoch gleichzeitig verabreicht werden, dann ist das Wachstum ganz enorm. Jedes dieser Hormone fördert die zelluläre Aufnahme verschiedener Aminosäuren.

Insulin und Aminosäuren

Während der ersten Stunden nach einer Mahlzeit – wenn überschüssige Aminosäuren aus der Nahrung, die Sie zu sich genommen haben, verfügbar sind –, werden Proteine hergestellt, gespeichert und für den Aufbau von Körperzellen verwendet. Insulin ist für diesen Vorgang essentiell.

Funktionen von Insulin beim Aminosäurestoffwechsel:

- Insulin verbessert die Aufnahme lebenswichtiger Aminosäuren durch Ihre Zellen.
- Insulin verbessert die Syntheserate von RNS und DNS, der genetischen »Matrizen«, die verwendet werden, um Aminosäuren zu Proteinen zu verknüpfen, die wiederum Ihr Körpergewebe bilden.
- Insulin hemmt die Aufspaltung von Proteinen, wodurch die Tendenz der Muskelzellen, ihre Proteinstruktur beim Sport aufzuspalten, eingeschränkt wird.

Wenn Insulin nicht verfügbar ist oder nicht richtig arbeitet (wenn zum Beispiel ein Chrommangel vorhanden ist), dann kommt die Proteinbildung zu einem vollkommenen Stillstand. Wenn die Proteinsynthese aufhört, dann wird der Abbau von Proteinen verstärkt (Katabolismus), und große Mengen an Aminosäuren werden in Ihr Blut geschwemmt, wo sie zur Energiegewinnung verbrannt oder in Glucose umgewandelt werden. Das bedeutet weniger Protein für die vorhandene Muskelmasse.

Testen Sie sich selbst: Probieren Sie Chromzusätze

Wenn Sie sich häufig ziemlich ausgelaugt und müde fühlen, dann kann es sein, daß Ihr Stoffwechsel nicht richtig funktioniert. Die richtigen Vorstufen können Ihnen helfen, Ihr eigenes natürliches Insulin herzustellen und zu verwerten. *Sie können die Ringe* doch *erreichen*. Vielleicht möchten Sie es auf ganz einfache Weise ausprobieren: mit der Zustimmung Ihres Arztes und den Richtlinien der durch die Deutsche Gesellschaft für Ernährung oder das Gesundheitsministerium empfohlenen Mengen an Nahrungszusätzen folgen Sie der sicheren Chromzusatz-Strategie, die im achten Kapitel dargelegt ist. Beobachten Sie an sich, ob Ihre Energie mit der Einnahme von GTF-Chrom ansteigt. Es besteht die Möglichkeit, daß Sie eine positive Überraschung erleben.

Aminosäuren und Muskeln

Die Wirkung von Sport auf Proteine ist jahrelang untersucht worden, aber es gibt immer noch offene Fragen. Wir alle wissen, daß Gewichtheben und andere Muskelsportarten die Muskelmasse vermehren. Langlauf ist, obwohl er nur geringe oder gar keine Änderungen verursacht, für andere Veränderungen im Muskelgewebe verantwortlich. Diese Anpassungen sind das Ergebnis von Veränderungen im Proteinstoffwechsel. Die heutigen Experten nennen verschiedene Gründe, die Sportler darin bestärken können, die zusätzliche Einnahme von GTF-Chrom vorzuziehen und nicht die Proteinzufuhr zu erhöhen:

- Aminosäuren werden von den meisten Menschen in großen Mengen konsumiert. Besonders Bodybuilder sind in der Regel gut mit Proteinen versorgt.
- Kraftsportarten verursachen keinen dauernd zunehmenden Verbrauch von Proteinen.
- Proteine in Form von Zusatzstoffen wirken nicht leistungssteigernd.
- Proteine stellen bei gesunden Menschen, die einer sportlichen Betätigung nachgehen, keinen bedeutenden Brennstoff für Energie oder Leistung zur Verfügung.
- Eine Überdosierung von Proteinen belastet die Leber und die Nieren. Darüber hinaus führt sie auch zu Kalziumverlusten.
- Aufgrund ihrer hochdynamischen spezifischen Wirkungen erhöhen Proteine den Sauerstoffverbrauch.

- Chrom ist für das Muskelwachstum und die Energieproduktion absolut essentiell. Die meisten Sportler scheinen für Chrommangel anfällig zu sein.

Natürlich sind Proteine wichtig, aber selbst Fachleute, die im Fleischhandel tätig sind, stimmen mit den genannten Prinzipien überein. Eine vor kurzem erschienene Veröffentlichung der Forschungsabteilung des amerikanischen Ausschusses für Vieh- und Fleischwirtschaft besagt, daß Elitesportler etwas mehr Protein benötigen, als von den zuständigen Behörden empfohlen wird. Auf der anderen Seite ist Chrom im allgemeinen unzureichend und wird bei sportlicher Betätigung verwertet und ausgeschieden.

Es gilt als allgemein anerkannt, daß der Bedarf an Proteinen bei aktiven Menschen höher ist als bei nichtaktiven Menschen. Es gibt jedoch wenig Beweise dafür, daß die enormen Mengen an Proteinen, die von einigen Sportlern (selbst von Gewichthebern) routinemäßig verzehrt werden, wirklich notwendig und/oder vorteilhaft sind. Was wohl eher stimmt, ist, daß einige Aminosäuren bei sportlicher Betätigung in höherem Maße als andere verwertet werden. So kann es sein, daß ein Sportler trotz proteinreicher Ernährung unter Proteinmangel leidet. Aus diesem Grunde hängen gute Leistungen von einer kleinen Menge qualitativ hochwertiger Proteine ab (also von Nahrungsmitteln, die alle benötigten Aminosäuren in den richtigen Mengen beinhalten). Außerdem sollte bei jeder Mahlzeit eine große Menge an komplexen Kohlenhydraten verzehrt werden, wie im achten Kapitel beschrieben wird.

Muskeln und Geschlechtsunterschiede

Bei Frauen scheinen die Muskeln für den aeroben Stoffwechsel besser ausgerüstet zu sein als bei Männern. Das liegt daran, daß die Gesamtoberfläche der Muskelfasern mit überwiegend aerobem Stoffwechsel bei Frauen größer ist. Männliche Muskeln scheinen für Tätigkeiten geeignet zu sein, bei denen kurze, kraftvolle Kontraktionen vonnöten sind, wie etwa beim Gewichtheben.

Bei Frauen bestehen fünfundzwanzig Prozent der gesamten Körpermasse aus Fett, während es bei Männern nur zwölf Prozent sind. Roger Bannister nimmt an, daß dieser Unterschied evolutionär bedingt sei: Frauen benötigen beim Geburtsvorgang für einen längeren Zeitraum für die Wehen Energie, während der Mann als Jäger in der Lage sein mußte, seine Geschwindigkeit über einen sehr kurzen Zeitraum außerordentlich zu beschleunigen. Natürliche Geschlechtshormone könnten ebenfalls zu diesem Unterschied beigetragen haben.

Die Trainierbarkeit der Muskelstärke erreicht im frühen Erwachsenenalter ihren Höhepunkt. Die Muskelausdauer kann bei Kindern im Alter von zwölf bis fünfzehn Jahren eher verstärkt werden als bei Männern, aber Männer sind leichter trainierbar als Frauen.

Gewichtsabnahme und Muskelmasse

Insulin spielt auch bei einer Reihe von Kontrollmechanismen eine Rolle, die Ihr Gewicht beeinflussen und sich darauf auswirken, was mit Ihrer Muskelmasse passiert, wenn Sie Gewicht verlieren.

Das ist auch für den aktiven Sportler von sehr großer Bedeutung. Menschen, die eine Abmagerungskur durchführen, können Muskelmasse genauso schnell oder sogar noch schneller als Fett verlieren.

Mehr als die Hälfte des Gewichtsverlusts bei einer Abmagerungskur kann durch den Verlust von Muskelgewebe bedingt sein, was Ihre Fähigkeit, das neue Gewicht zu halten, erheblich stört.

Während die 1000-Kalorien-Diät von Jack Sprat zu *Insulinmangel* führen kann, ist das Muskelgewebe seiner übergewichtigen Frau normalerweise *insulinresistent*. Aus verschiedenen Gründen sind sie beide in Schwierigkeiten und leiden unter einem ähnlich gelagerten Energieabbau.

Dadurch, daß der Abbau der Muskelmasse gehemmt wird, trägt Insulin dazu bei, die Integrität des wichtigsten energieverbrauchenden Gewebes Ihres Körpers aufrechtzuerhalten. Insulin scheint darüber hinaus die Schilddrüsenfunktionen zu verbessern. Die Schilddrüse fungiert als primärer Regulator für den Grundumsatz Ihres Körpers und den Produzenten eines bedeutenden fettverbrennenden Hormons, das als *Trijodthyronin* bezeichnet wird.

Warnungen bezüglich der Kohlenhydratzufuhr

Ernährungsprogramme, die eine hohe Kohlenhydratzufuhr vorsehen, sind zum Zweck der Glykogenspeicherung entworfen worden. Ein allgemein akzeptiertes Sport- und Diätprogramm für die Bereitstellung von Energie wird *Glykogensuperkompensation* genannt. Es beinhaltet sportliche Betätigung bis zur Erschöpfung, um die Muskelglykogenkonzentration zu senken, gefolgt von einer dreitägigen kohlenhydratarmen Kost, danach folgen drei Tage mit kohlenhydratreicher Kost. Dieses Auf und Ab ist nicht im Sinne Ihrer Gesundheit.

Trotz der positiven Beziehung zwischen der anfänglichen Glykogenkonzentration und der Ausdauerleistung gibt es Vorbehalte gegenüber der Glykogensuperkompensation. Drei Tage kohlenhydratarme Kost sind nicht nur unangenehm, sondern können auch Ihr Vertrauen untergraben, wenn Sie sich auf einen Wettkampf vorbereiten.

Wenn Sie außerdem in diesen drei Tagen mit Ihrem Training fortfahren, dann besteht die Gefahr einer durch Sport induzierten Hypoglykämie – es sind nicht genügend

Kohlenhydrate vorhanden, um die benötigte Glucose bereitzustellen.

Wissenschaftliche Studien, die erhöhtes Durchhaltevermögen als Folge von Kohlenhydrataufnahme darstellen, sind bisher nur an Männern durchgeführt worden. Und positive Ergebnisse werden im allgemeinen nur beim Radfahren und nicht beim Laufen erzielt.

Niacin

Die Weltgesundheitsorganisation hat einige Beobachtungen zu körperlicher Tätigkeit auf hohem Niveau gemacht: Bei der Ausübung einer solchen Tätigkeit über mehrere Stunden hinweg gehört Niacin zu den wenigen zusätzlichen Nährstoffen, deren Anteil erhöht werden sollte. Ein sicherer Weg, um die starke anabolische Wirkung von Insulin zu erhöhen, wird also durch angemessene Ernährung (mit diesen wunderbaren sauerstoffreichen komplexen Kohlenhydraten), Sport und den GTF-Chrom-Niacin-Komplex als Zusatz, *Chrom-Polynicotinsäure*, erreicht. (Das achte Kapitel bringt eine detaillierte Zusatzstoffstrategie für optimale Leistungen.)

Zusammenfassung

Sie sehen, daß die Energie, die beim Sport verbraucht wird, durch sehr komplexe, aber hochintegrierte Reaktionen streng reguliert wird. Eine Bemerkung für diejenigen, die Muskelmasse aufbauen wollen: Denken Sie daran, daß anstrengende sportliche Betätigung zu erhöhtem Chrombedarf und zu größeren Chromverlusten führt, daß aber die Ausscheidung bei trainierten Menschen niedriger ist. Mit zunehmender Intensität der sportlichen Betätigung stützt sich der Körper immer weniger auf die Fettverwertung, und Kohlenhydrate werden zur vorherrschenden Energiequelle.

Können Sie glauben, daß diese Informationen bereits seit hundert Jahren bekannt sind?

Die Glucose-Glykogen-Muskel-Verbindung ist eine anschauliche Darstellung gegenseitiger Abhängigkeit. Es handelt sich um faszinierende, unbewußt koordinierte Abläufe, bei denen das Funktionieren eines jeden Teils durch den Zustand und die Funktion der anderen Teile reguliert wird.

Das bedeutet letztendlich, daß durch das, was Sie in Ihren Mund stecken, und die Art, wie Sie Ihren Körper bewegen, die Zügel dieser komplizierten Mechanismen gezogen werden. Die Folgen kommen in Form von Energie zu Ihnen zurück, und Sie sind entweder erstens gut drauf und voll in Schwung, oder, zweitens, Sie fühlen sich wie ein nasser Sack. Wahrscheinlich stehen Sie irgendwo dazwischen. Das ist für die meisten von uns nicht genug. Aber jetzt wissen Sie, daß es einen Weg gibt, »die Zügel anzuziehen«.

Sportler müssen jedoch realistisch sein. Die Suche nach der ganz speziellen magischen Substanz, die zu überragender sportlicher Leistung führt und Ihnen zu Muskeln wie denjenigen von Atlas, dem Vater der Titanen, verhilft, erinnert mich an die Alchemisten, die nach der Geheimformel suchten, mit der Blei in Gold verwandelt werden könnte. Obwohl Chrom eine starke Wirkung auf Ihre Muskeln hat, erwarten Sie bitte nicht, daß Chrom allein einen so schnellen, dramatischen und künstlichen Muskelzuwachs, wie er durch enorme Dosen synthetischer Steroide erreicht wird, bewirken könnte. Dr. Robert Brucker, Cheftoxikologe am Centinela Medical Center in Südkalifornien, warnt vor übertriebenen Erwartungen, die an bestimmte Chromprodukte gestellt werden.

Dr. Richard Anderson vom amerikanischen Ministerium für Landwirtschaft ist ein großer Verfechter von Chrom als Nahrungszusatz. Auch er war über Berichte entsetzt, die auf einen sehr schnellen, steroidähnlichen Muskelzuwachs durch seinen

Gebrauch hinwiesen. »Mir fiel es sehr schwer, solchen Berichten Glauben zu schenken«, sagte Dr. Anderson, »besonders nachdem ich mir den fachmännischen Rat von Sportphysiologen eingeholt hatte.« Aufgrund der schlechten Informationslage erwartet Dr. Anderson, daß das amerikanische Ministerium für Landwirtschaft die Wiederholung der Studien, in denen solche Behauptungen aufgestellt werden, anregen wird.

Geduld ist daher angebracht, und das langfristige Ergebnis wird um so aufregender sein. *Durch die Einnahme von GTF-Chrom-Polynicotinsäure kann Ihr allgemeiner Gesundheitszustand verbessert werden.* Wenn Sie mit der Einnahme von Chrom aufhören, dann wird Ihr Muskelwachstum nicht genauso stark zurückgehen wie nach dem Absetzen von Steroiden.

Obwohl ein Großteil dieser Diskussion sich auf Störungen der physischen Energie bezogen hat, trägt Glucosemangel auch zu geringeren Leistungen bei sitzenden Tätigkeiten bei – etwa so, wie er die Denkfähigkeit von Seglern bei einem Wettkampf negativ beeinflußt (vergleichen Sie Seite 76 f.).

Es sollte auch erwähnt werden, daß die Glucosemenge, die von älteren Menschen in bestimmten Gehirnzentren benötigt wird, sich nicht von derjenigen, die jüngere Menschen benötigen, unterscheidet. Der Bestand an Chrom nimmt jedoch mit zunehmendem Alter ab.

Die Themen »Energie« und »Fitneß« sind kompliziert. Ich habe weder Noradrenalin, das Insulin senkt, noch gegenregulatorische Hormone, wie Glukagon und Adrenalin, oder freie Fettsäuren, die als Brennstoffregulatoren fungieren, erwähnt. Ich habe Adenosintriphosphat (ATP) und Pyruvat nur gestreift.

Der wesentliche Punkt, der hier erläutert werden sollte, ist derjenige, daß sich Chrom auf Energie und Fitneß auswirkt und daß die biologische Wirkung des GTF-Chroms auf den Glucosestoffwechsel viel größer ist als die irgendeiner anorganischen Chromverbindung; daher kommt es, daß gegenwärtig immer mehr Sportler zu GTF-Chrom greifen. Ein Zusatzstoff sollte gründlich geprüft werden, nicht nur von denjenigen, die sich als Sportler ansehen, sondern von jedem, der regelmäßig Sport treibt – und das sollte fast jeder sein. (Fragen Sie Ihren Arzt um Rat.)

Wie Ludwig Prokop von der Medizinischen Kommission des Internationalen Olympischen Komitees in Wien sagt:

Sport stellt so hohe Anforderungen an Menschen, daß alle Wege und Mittel, um das körperliche Training zu ergänzen, vollständig und konsequent eingeschlagen und verwendet werden sollten, um Gesundheit und psychosomatische Fitneß zu verbessern.

Es reicht wohl, wenn ich sage, daß die Einnahme von Chrom als Zusatzstoff den Energiehochofen schüren kann und das ganze komplizierte Verfahren des Fitneßaufbaus effektiver werden läßt. Ich möchte Ihnen in diesem Zusammenhang noch einmal raten, sich an Ihren Arzt zu wenden.

Also: GTF-Chrom für Fitneß!

Viertes Kapitel

Gewicht
Wie Sie zunehmen, wie Sie abnehmen, wie Sie Ihr Gewicht halten

Glossar

Appetitzentrum: Gehirnzentrum im Hypothalamus, das den Appetit kontrolliert.

Fettgewebe: ein besonderes Gewebe, das große Mengen Fett speichert.

fettsüchtig: ist ein Mensch, dessen Körpergewicht das Idealgewicht entsprechend Größe, Geschlecht und Körperbau um zwanzig Prozent oder mehr übersteigt.

Hormon: Substanz, die in sehr geringen Mengen in einem Organ synthetisiert wird und die als Bote fungiert, um andere Gewebe oder Organe zu beeinflussen.

Hypothalamus: Teil des Gehirns, der sehr viele grundlegende Körperfunktionen reguliert.

Insulinresistenz: Unempfindlichkeit des Gewebes gegenüber Insulin.

Insulinempfindlichkeit: Fähigkeit der Zelle, Insulin aufzunehmen.

Rezeptor: Empfänger an der Zellmembran, der es der Zelle erlaubt, sich mit Substanzen zu verbinden, die im Blut zirkulieren.

Schilddrüsenhormone: Hormone, die von der Schilddrüse produziert werden und die Stoffwechselprozesse beeinflussen, unter anderem die Glucoseresorption und -verwertung, die kalorische Aktivität und den Energiehaushalt.

Serotonin: Neurotransmitter; Überträgerstoff für die Kommunikation zwischen den Nervenzellen.

T_4 (Thyroxin): Schilddrüsenhormon, das in den Blutkreislauf abgegeben wird, Vorstufe von T_3

T_3 (Trijodthyronin): aktives Schilddrüsenhormon.
Tryptophan: essentielle Aminosäure; Vorstufe von Serotonin.

Chrom als Mittel zur Fettbekämpfung

Es ist nicht möglich, gleichzeitig vollkommen gesund und ein wenig übergewichtig zu sein.

Warum Sie zunehmen

Ein Aufwärtstrend (wortwörtlich)

Hätten Sie's gedacht: Die einzige Stelle, an der Sie ganz sicher mit zunehmenden Alter abnehmen werden, ist Ihr Gehirn. (Über die Jahre hinweg verlieren Sie ungefähr 85 Gramm Gehirnmasse.) Wenn Sie zu der Mehrheit derjenigen gehören, die übergewichtig sind und entweder einige Pfund Übergewicht haben oder so viel, daß Sie fettsüchtig sind, dann sollte Sie dieses Kapitel neugierig machen. Und wenn es Sie tröstet, dann können wir Ihnen sagen, daß Sie damit nicht alleine sind. In den vergangenen Jahrzehnten ist die Gruppe übergewichtiger Erwachsener in den westlichen Industrienationen beständig gewachsen, besonders bei den Frauen. Zum gegenwärtigen Zeitpunkt ist jeder fünfte Amerikaner, das heißt 34 Millionen Menschen, stark fettleibig, wobei laut Definition das Körpergewicht zwanzig Prozent über dem gewünschten Niveau liegt. Und neun von zehn Amerikaner sind nach ihren eigenen Vorstellungen übergewichtig – neunzig Prozent meinen, daß sie Übergewicht haben. Leider sind Fettzellen bei ihrer Energiespeicherung sehr ökonomisch und effizient.

Klassifikation der Fettleibigkeit

Fettleibigkeit kann in bezug auf die Ursache in zwei verschiedene Kategorien eingeteilt werden – in die hyperplastische, die sich auf eine erhöhte Anzahl von Fettzellen bezieht, und in die hypertrophische, bei der es um eine zunehmende Größe der Fettzellen geht (die gleiche Anzahl Zellen, nur fettreichere).

Die meisten Menschen interessieren solche Details überhaupt nicht. »Sagen Sie mir nur, wie ich mein Gewicht auf möglichst einfache Art herunterbekomme und wie ich es für immer halten kann. Das ist alles, was ich wissen möchte.«

Da jedoch die Gewichtskontrolle durch zahllose Einflüsse kompliziert wird, gibt es keine einfachen Lösungen. Leider gehen die Folgen des Übergewichts über die Frustration, ein negatives Selbstbild zu haben, weit hinaus.

> Wenn Sie abnehmen, verlieren Sie mehr als nur Fett – Sie verlieren ebenfalls muskuläre Körpermasse.

Zusammenhang von Fettleibigkeit und anderen Faktoren

Einige Menschen reagieren so empfindlich auf Gewichtszunahme, daß sich bei ihnen selbst bei nur geringer Zunahme negative Folgen einstellen. Andererseits können sich bei anderen Menschen auch sehr positive Wirkungen durch geringe Gewichtsverluste einstellen.

Es ist nicht möglich, gleichzeitig vollkommen gesund und etwas übergewichtig zu sein.

Übergewichtige Menschen leiden häufiger unter:

- erhöhter Schmerzempfindlichkeit,
- zwei- bis viermal höherem Risiko in bezug auf Herzerkrankungen, hohen Blutdruck, Schlaganfall, Krebs oder Diabetes,
- erhöhtem gesundheitlichem Risiko bei Operationen,
- allgemeinen Brüchen im Bauchraum,
- häufiger auftretender degenerativer Arthritis,
- häufigerem Vorkommen von Cholesteringallensteinen,
- Anomalien der Blutfettwerte.

Weniger ernsthafte Probleme, die auch bei denjenigen auftreten, die nur zehn Pfund Übergewicht haben, sind: mehr Schuppen, Hämorrhoiden, Plattfüße, Krampfadern, psychologische Probleme, Karies und geringeres Haar- und Nagelwachstum.

Neues Wissen über ein uraltes Problem

Eine Fülle der laufenden Forschungsarbeiten konzentriert sich weiterhin auf genetische und verhaltensbedingte Aspekte der Fettleibigkeit. Ab- und Aufbauwege beim Stoffwechsel sind bisher jedoch noch nicht intensiv genug erforscht worden. Das wären unter anderem Studien, die sich nur mit dem Wann, Warum und Wie der Fettablagerung in Fettgeweben befassen würden.

Vor kurzem hat die Spitzentechnologie dazu beigetragen, eine große Menge neuer Informationen aufzudecken. Die Enzymaktivität kann zum Beispiel innerhalb der Fettzellen untersucht werden und so Veränderungen aufzeigen, die bei Menschen mit Übergewicht und auch während der Gewichtsabnahme ablaufen. Dieses Wissen, das früher unbekannt war, ist sehr nützlich.

Wir wissen nun, daß ein Enzym in einer Fettzelle eine Botschaft in Ihr Gehirn schickt, um die Kalorienaufnahme zu erhöhen, sobald eine Gewichtsabnahme stattfindet. Vielen Dank! Die meisten von uns könnten ohne den Eifer dieses sich einmischenden Enzyms auskommen, um die eigenen »Fettangelegenheiten« zu regeln. Eine solche Kontrolle führt zu einem weiteren Dilemma, das vielleicht erklärt, warum wir uns beim Abnehmen mit dem Verlangen, viel zu essen, herumschlagen müssen. *Zuviel Insulin setzt die Kommunikation zwischen diesem Enzym und Ihrem Gehirn in Gang.*

Tatsachen über Fett:

- Bei hungrigen Menschen ist der Blutzuckerspiegel niedrig.
- Zuviel Insulin senkt den Blutzuckerspiegel.
- Chrommangel erzeugt eine Kette von Reaktionen, zu denen unter anderem ein gestörter Insulinstoffwechsel gehört, der die Art, wie Ihr Körper mit Energie umgeht, verändert und auf diese Weise eine Gewichtszunahme fördert.
- Die Anpassungen, die während einer Diät stattfinden, sind komplexer, als es eine bloße Abnahme von Fett wäre; weitere metabolische Gewichtskontrollsysteme sind ebenfalls betroffen.

Untersuchen wir nun, wie wir dieses Wissen in einen Zusammenhang bringen können.

Insulin

Erinnern Sie sich daran, daß Insulin eine entscheidende Rolle bei der Energieproduktion spielt. Der Insulinstoffwechsel wirkt sich auf die Gewichtskontrolle aus.

Insulin trägt dazu bei,

- den Appetit zu reduzieren,
- das Verlangen nach Zucker und Kohlenhydraten zu zügeln,
- Ihre Fähigkeit, Energie zu verbrauchen, zu verbessern,
- menschliche Proteine aus Aminosäuren herzustellen.

Insgesamt erhöht eine regulierte Insulinfunktion die Verfügbarkeit von Glucose und senkt diejenige von Fett. Ohne Chrom könnten die günstigen Eigenschaften des Insulins für die Fettbekämpfung jedoch vergeblich sein. Sie haben erfahren, wie wichtig Chrom für die Insulinleistung ist, und daß zuwenig Chrom in der üblichen Durchschnittsnahrung vorhanden ist. Rückblickend können wir sagen, daß die Hauptgründe für den Chrommangel hohe Chromverluste sind, die durch folgende Faktoren verursacht werden: die Verarbeitung von Lebensmitteln, die nicht angemessene Versorgung mit Chrom durch die Nahrung, raffinierter Zucker und andere Einfachzucker im Essen, Sport und/oder die Unfähigkeit Ihres Körpers, Chrom in seine biologisch aktive GTF-Form umzuwandeln.

Insulinresistenz

Rezeptoren sind Empfänger an der Zellmembran, die es den Zellen erlauben, sich mit Stoffen zu verbinden, die durch Ihr Blut wandern. Insulinrezeptoren sind wie Magnete – sie ziehen Insulin an und ziehen es in Ihre Zellen hinein.

Aus Gründen, die noch nicht vollständig bekannt sind, bauen Ihre Zellen manchmal eine Barriere auf und weigern sich, das Insulin, das sie brauchen, aufzunehmen. Wie in Kapitel 7 erläutert wird, bezeichnet man dieses Phänomen als *Insulinresistenz*. Einer Studie zufolge, die im *American Journal of Clinical Nutrition* über das Thema »Nahrungsaufnahme und Körpergewicht« erschien, tritt diese Reaktion besonders bei Muskeln, der Leber, dem Gehirn und dem Fettgewebe auf.

Die Wirkungen der Insulinresistenz auf jedes dieser Organe und Gewebe können nicht wirklich voneinander getrennt werden, da eine Wirkung die nächste erzeugt. Sowohl insulinresistente Muskeln als auch eine insulinresistente Leber reduzieren die Energiereserven. Trägheit ist dann die unausbleibliche Folge.

Wenn Ihr Gehirn sich weigert, Insulin hereinzulassen, dann leidet Ihre Denkfähigkeit. Und was ist mit Ihrem Fettgewebe? Hier haben wir die Übergewichtskomponente. Welch ein Trio! Jetzt sind Sie lethargisch, dumm und übergewichtig. Und jede dieser Konsequenzen wirkt sich auf die anderen aus.

Zu einer Insulinresistenz kommt es, wenn es einen Defekt entweder bei den Insulinrezeptoren oder bei einer anderen metabolischen Funktion gibt, die bei der Effizienz dieser Rezeptoren eine Rolle spielt.

Insulinresistenz ist eine bekannte Erscheinung bei den Menschen, die übergewichtig sind. Über ihre Folgen wird erst seit kurzem in medizinischen Fachzeitschriften berichtet. Das »Bleib-draußen«Zeichen, das von Ihren Zellen aufgestellt wird, führt dazu, daß der Insulinspiegel in Ihrem Blut ansteigt. Ein hoher Insulinspiegel kann letztendlich zu Herzkrankheiten und Diabetes führen. Im vergangenenJahr erschien im *New England-Journal of Medicine* ein beängstigender Artikel mit der Überschrift »Insulinresistenz: ein geheimer Killer?«

Die Beziehung zwischen Fettleibigkeit und Diabetes ist schon seit vielen Jahren beobachtet worden. Obwohl ein überhöhtes Gewicht Bestandteil des diabetischen Syndroms sein könnte, dient es oft als Primärfaktor, durch den tatsächlich Anomalien beim Zuckerstoffwechsel und der Insulinausschüttung verursacht werden können. Es kann also sowohl *Urache* als auch *Wirkung* sein.

Um dem Schaden den Spott noch hinzuzufügen: Die Insulinresistenz ist verantwortlich für überschüssige Glucose, die in Ihrem Blut verbleibt. Ein Teil dieser Glucose kann zu Vorstufen der Fette umgewandelt werden, die *Triglyceride* heißen und schließlich in das Fettgewebe eingebaut werden. Und das letzte, was Sie jetzt brauchen, ist weiteres Fettgewebe.

Appetitkontrolle: das Appetitzentrum

In der Nähe der Unterseite Ihres Gehirns, etwa in der Mitte Ihres Kopfes, befindet sich Ihr Hypothalamus (griechisch für *unter dem inneren Raum*). Nicht viel größer als eine kleine Pflaume, fungiert diese unglaubliche, aber scheinbar triviale Zellmasse als Kommandozentrale für Ihr Gehirn. Sie ist das Nachrichtenzentrum, das das Gleichgewicht aufrechterhält und andere Gebiete Ihres Gehirns über ihre jeweiligen Pflichten informiert.

Ein Teil Ihres Hypothalamus wird als *Appetitzentrum* bezeichnet. Es kontrolliert Ihren Appetit, indem es mit Ihrem Gehirn kommuniziert.

Wußten Sie, daß Sie erst dann ein Hungergefühl verspüren, wenn Ihr Hypothalamus ein Hungersignal an Ihr Gehirn schickt?

Sinkender Blutzuckerspiegel und ein leichtes Gefühl von Müdigkeit fördern diesen Hungerindikator, indem sie eine Kette von Ereignissen in Gang setzen.

Ein niedriger Blutzuckerspiegel bewirkt, daß:

- Ihr Hypothalamus Impulse aussendet, um die Produktion von Magensäften und Speichel anzuregen;
- Ihr Magen die Geschwindigkeit und Stärke seiner Kontraktionen erhöht;
- Ihre Geschmacksknospen empfindlicher werden.

Der endgültige Befehl lautet: Gib mir was zu essen! Sofort!

Insulin hat einen jähen und tiefgreifenden Effekt auf die Drüse, die Ihren Appetit reguliert. Wenn Sie etwas essen und Ihr Blutzuckerspiegel steigt, dann schüttet Ihre Bauchspeicheldrüse Insulin aus, um sich um die neu eingetroffene Glucose zu kümmern. Und wenn Ihr Insulinspiegel dann steigt, dann wirkt sich das auf Ihr Appetitzentrum aus, und Ihr Hunger ist gestillt. Ein ähnliches Ergebnis wurde für die Aufnahme von Insulin direkt in die Rückenmarkflüssigkeit und anschließend in Ihr Gehirn nachgewiesen. (Rückenmarkflüssigkeit füllt den Hohlraum zwischen den Wirbeln und dem Rückenmark.) Durch die Stimulation von Insulinrezeptoren in Ihrem Gehirn wird auch eine Reduzierung der Essensaufnahme erreicht.

> Ihr Appetitzentrum reagiert auf den Insulinspiegel und nicht auf die aufgenommene Nahrungsmenge.

Das sind wunderbare Kontrollmechanismen – wenn sie nur die ganze Zeit wirksam funktionierten. Hier liegt der Hase im Pfeffer: Die Insulinresistenz hält diesen Mechanismus davon ab zu funktionieren und führt zu der Fehleinschätzung, daß die Nahrung nicht ausreicht, was wiederum zu übermäßigem Essen führt. Sie haben vielleicht genügend Insulin; wenn Ihre Zellrezeptoren jedoch nichts davon erkennen und verwerten können, dann fahren Sie damit fort, Nahrung in sich hineinzustopfen. (Und Sie dachten die ganze Zeit, daß Sie sich deshalb ständig überfressen würden, weil Sie einfach keine Willenskraft besäßen! Ist es nicht tröstend zu wissen, daß das nicht der Fall ist?)

Bei diesen Mechanismen zur Appetitkontrolle kommt es auf unterschiedliche Weise zu Störungen. Wenn ein Kontrollmechanismus gestört ist, dann essen Sie mehr, als Sie brauchen. Wenn der andere aus dem Lot geraten ist, dann essen Sie nicht genug. Wenn Sie beim Rudern das rechte Ruder verlieren, dann fährt das Boot in die eine Richtung; verlieren Sie das linke Ruder, dann dreht das Boot in die andere Richtung. Und genau so ist es, wenn diese Rückkopplungssysteme aus dem Gleichgewicht geraten.

Das Verlangen nach Zucker und die Serotoninproduktion

Man hat festgestellt, daß es zu zügellosen Freßanfällen kommt, wenn der verhaltensregulierende Neurotransmitter Serotonin nicht richtig funktioniert. Die Folge ist eine übermäßige Aufnahme von raffinierten Kohlenhydraten und/oder ein großes Verlangen nach Süßigkeiten.

Serotonin wird in Ihrem Gehirn aus Tryptophan hergestellt, einer essentiellen Aminosäure, die in den meisten Nahrungsmitteln vorhanden ist. Tryptophan benötigt jedoch Insulin, um in Ihr Gehirn zu gelangen. Normalerweise stimuliert ein kohlenhydratreiches Mahl die Insulinausscheidung, was die Aufnahme von Tryptophan in Ihr Gehirn verbessert. Wenn der Insulinstoffwechsel jedoch nicht richtig funktioniert, dann wird ein anderes »Eintrittverboten«-Schild aufgestellt; Tryptophan kann dann nicht durchkommen, und die Serotoninproduktion sinkt. Ohne Serotonin wird die Botschaft, das Verlangen nach Kohlenhydraten zu unterdrücken, nicht weitergegeben. Statt einer *Appetitzügelung* erleben Sie V*erlangen* – Ihr Verlangen zu essen besteht weiterhin. Und jetzt haben Sie eine biologische und wissenschaftliche Entschuldigung für den übermäßigen Verzehr von Eis (oder vielleicht ist es Schokoladenkuchen; mein Laster ist Pekannußtorte).

> Das Verlangen nach Kohlenhydraten ist oft auf einen Mangel an Serotonin zurückzuführen, als daß es ein wirkliches Bedürfnis nach Nahrung ist.

Diese Abfolge von Ereignissen läßt sich folgendermaßen zusammenfassen:

- Durch die Insulinresistenz werden Straßensperren gegen die Resorption von Tryptophan in Ihr Gehirn errichtet,
- dadurch wird die Serotoninproduktion unterdrückt,
- wodurch es zu Eß- und Trinkgelagen kommt,
- was zu Chromabbau führt,
- was zu erhöhter Insulinresistenz führt.

Und auf diese Weise bestehen das Tryptophanembargo und der Serotoninmangel fort. Der gestörte Serotoninstoffwechsel steht am Ende einer langen Kette von Ereignissen, die durch die Insulinresistenz initiiert wurde. Wir sind in einen Teufelskreis geraten (»Ein Loch ist im Eimer, Karl-Otto, Karl-Otto ...«).

Funktionsstörungen der Schilddrüse

Erinnern Sie sich an die alte Entschuldigung für Übergewicht? Jeder mit ein paar Extrapfunden hat eine »Drüsenstörung«. Dann wurde diese Theorie für überholt erklärt und durch Diskussionen über Sollwerte, Willensstärke, Verhaltensänderungen, Sport und/oder Energieverbrauch ersetzt. Und raten Sie mal, was dann passierte? Der Kreis hat sich geschlossen, und wir sind wieder bei den Drüsen angelangt. Mittlerweile gilt es als Tatsache, daß der aus dem Gleichgewicht geratene Zustand der Drüsen, inbesondere der Schilddrüse, zu chronischer, hartnäckiger Fettsucht beitragen kann.

Jetzt haben Sie das Bild sehr komplexer biochemischer Reaktionen bei der Gewichtskontrolle vor sich. Blutglucose, Schilddrüsenhormone, Appetitzentrum und Fettzellenenzyme haben kein Monopol bei der Manipulation der Nahrungsmittelkontrolle. Sie können nachvollziehen, wie diese

Prozesse dazu führen, daß Ihr Körper immer dicker wird, während Sie hungrig, schwach und inaktiv bleiben. So ist schließlich der Stubenhockerzustand erreicht.

Müssen Sie Diplom-Biochemiker sein, um alle Mechanismen der Gewichtskontrolle zu verstehen? Nein! Aber ein wenig Wissen kann hilfreich sein. Indem GTF-Chrom die meisten dieser Funktionen normalisieren hilft und außerdem dazu beiträgt, den Insulinstoffwechsel ins Gleichgewicht zu bringen, hat es entscheidenden Anteil daran gehabt, die herrschenden Auffassungen über die Ursache von Übergewicht zu verändern.

Wie Sie abnehmen können

Gewichtsverlust und Chromzusatz

Ich habe in meinem persönlichen Labor (in mir!) entdeckt, daß zusätzliche Chromgaben die Nahrungsmittelaufnahme beeinflussen. Diese Tatsache wird durch zahlreiche wissenschaftliche Berichte – einschließlich eines Berichts, der vor kurzem im *American Journal of Clinical Nutrition* abgedruckt wurde – bestätigt. Die Einnahme zusätzlichen GTF-Chroms hat eine dramatische Wirkung auf meine persönlichen Reaktionen in bezug auf niedrige Zuckerwerte und mein Gewicht. Ja, Chrom kann eine diätetische Hilfe bei der Reduzierung und Kontrolle des Körpersgewichts sein.

George Boucher aus Nebraska ist Viehzüchter. Sein Ziel ist es, Farmer und Viehzüchter davon zu überzeugen, daß sie keine synthetischen Dünge- und Spritzmittel mehr verwenden sollen. Boucher ist beständig auf der Suche nach Zusatzstoffen, um seinen Viehbestand vor Krankheiten zu schützen. »Ich suche ununterbrochen nach Methoden, um Menschen, die Fleisch verzehren, mit dem gesündesten

Fleisch zu versorgen – nach Wegen, um eine Alternative zu den Herbiziden und Pestiziden zu finden, deren Notwendigkeit in unserem Kulturkreis kaum in Frage gestellt wird«, erklärt Boucher.

Boucher hat Berichte über die gesundheitlichen Vorteile von Chrom-Polynicotinat gelesen und dem täglichen Futter für seine Lämmer dieses Spurenelement hinzugefügt. Er überprüfte die Ergebnisse anhand einer anderen Gruppe – an Tieren, die das gleiche Futter ohne den Zusatz von Chrom bekamen. Vom marktwirtschaftlichen Standpunkt aus war dieses Experiment für Herrn Boucher ein trauriger Mißerfolg, aber bei denjenigen, die Gewicht verlieren möchten, kann es aufregende Hoffnungen wecken: *Die Tiere, die Chrom bekamen, fraßen mehr, hatten weniger Fett, wogen einige Pfund weniger und hatten mehr Muskelmasse!*

Die mit Chrom gefütterten Lämmer hatten mehr Energie und zeigten sich in der Mittagshitze weniger lethargisch. Herr Boucher war erstaunt darüber, daß kein einziges Tier »nasse Augen« oder eine »laufende Nase« hatte. Die Wolle dieser Tiere sah besonders gesund aus. Obwohl Herr Boucher das schöne Aussehen des frisch geschlachteten Fleisches schätzte, erlitt er finanzielle Verluste, da diese Tiere nicht die »Güteklasse« des Marktes erreichten: Sie wogen nicht die erforderlichen 116 Pfund, weil sie zuwenig Fett hatten.

Der wichtige Aspekt dabei ist, daß die mit Chrom gefütterten Tiere nicht die Fettschicht aufwiesen, die gewöhnlich bei den am höchsten dotierten Tieren zu finden ist. Sie hatten sechseinhalb Pfund zusätzliche Muskelmasse und weniger Fett.

Boucher hat sein Experiment mit Messer und Gabel fortgesetzt. Er berichtete, daß das Lammfleisch überaus köstlich gewesen sei – es wäre zart und mager gewesen. Ist es keine Ironie des Schicksals, daß der Verbraucher überhöhte Preise für fettes Fleisch bezahlt (in Relation zum Qualitätsstandard), und uns dann der Direktor des Gesundheitsamtes anweist, jeden sichtbaren Fettzipfel wegzuschneiden – und uns darüber hinaus noch auffordert, Bratenfett eher in den Ausguß zu schütten, als es in unsere Mägen gelangen zu lassen?

Von unserem Standpunkt aus zeigen die Erfolge von Boucher, daß durch Chromzusatz ein Sieg über Gewichtspobleme erreicht werden kann.

Das Überwinden der Insulinresistenz

Manchmal kann Ihr Fettgewebe ganz leicht überschüssiges Insulin »hinunterschlingen« (die Zellen sind empfindlich gegenüber Insulin), welches nur verfügbar ist, weil Ihre Muskeln das »Besetzt«-Schild heraushängen lassen (jetzt sind die Zellen insulinresistent). Indem Sie die Insulinresistenz Ihrer Muskeln wiederherstellen, geht der Insulinspiegel wieder auf normale Werte zurück, wodurch ein Stimulus für Fettsucht entfernt wird.

Kontrollierte klinische Studien für die Behandlung fettsüchtiger Menschen mit Chromgaben befinden sich noch im Anfangsstadium, aber an der Basis (beim kleinen Mann) ist diese Therapie in Amerika bereits weit verbreitet. Die bisherigen Ergebnisse sind sehr vielversprechend. Wir haben uns bereits mit einigen Fällen beschäftigt, in denen erfolgreich eine Chromtherapie angewandt wurde, um Insulinresistenz zu überwinden. Über einige dieser Fälle wurde in der Fachzeitschrift der amerikanischen Ärztevereinigung berichtet. In diesen Studien wird dargelegt, daß die Insulinresistenz unter anderem durch den Verlust des biologisch aktiven GTF-Chroms erklärt werden kann! Chrom befähigt Insulin dazu, die Barriere zu überwinden.

> Überzeugende wissenschaftliche Beweise und eine große Zahl klinischer Experimente stellen Chrom und Gewichtsverlust in einen Zusammenhang.

Die Wirkung von Insulin auf Ihren Hypothalamus

Wie reguliert der Hypothalamus die Appetitkontrolle? Wir wissen, daß Glucosemangel die Essensaufnahme erhöht. Wir wissen ebenfalls, daß Kohlenhydrate mehr für die Blutzuckerstabilität sorgen als Fette oder Proteine. Folglich ist die Theorie aufgestellt worden, daß es empfindliche Rezeptoren im Inneren des Hypothalamus gibt, die auf Glucose reagieren.

Geben Sie noch GTF-Chrom hinzu, das dazu beiträgt, die Insulinresistenz zu überwinden und/oder die Insulinwirkung zu verbessern, wodurch ein schnellerer, stärkerer Impuls des Sättigungssignals erreicht wird, indem GTF-Chrom Glucose dazu verhilft, in Ihre Zellen zu gelangen.

Zuckerreduktion und Serotoninproduktion

Der angenehme Zyklus der Serotoninblockade wird durch die Verbesserung der Insulinwirkung mit Hilfe von GTF-Chrom durchbrochen.

Jetzt ändert sich die Gleichung:

- Chrom führt zu Insulinempfindlichkeit,
- was zum Durchlaß von Tryptophan führt,
- was zu Serotoninproduktion führt,
- was zu kontrolliertem Essen führt.

Nährstoffe und Medikamente, die dafür bekannt sind, daß sie die Produktion oder die Wirkung von Serotonin verbessern, werden zum jetzigen Zeitpunkt als Behandlungsmittel bei übermäßigem Verlangen nach Kohlenhydraten getestet. Da zwanghaftes Eßverhalten im allgemeinen auf einen relativen Mangel an Serotonin zurückzuführen ist, wird dieses Verhalten ebenfalls untersucht.

Fettverbrennung – die Verbesserung der Schilddrüsenfunktionen

Schilddrüsenhormone kontrollieren den Grundumsatz Ihres Körpers, also die Geschwindigkeit, mit der Ihr Körper im Ruhezustand Nährstoffe verbrennt, um daraus Energie zu gewinnen. Schilddrüsenhormone verbessern auch die Mobilisierung und Verbrennung von Fettreserven – genau das, was Sie möchten. Schilddrüsenhormone zweigen energiereiche Nährstoffe ab, die sonst als Fett gespeichert würden. Ärzte, die zur Zeit von Hippokrates praktizierten, gaben die Empfehlung, daß übergewichtige Menschen unmittelbar nach der sportlichen Betätigung essen sollten, während sie noch außer Atem waren. Sie müssen also Kenntnisse über den erhöhten Stoffwechsel gehabt haben!

Wie bei vielen aufeinanderfolgenden Prozessen ist ein Schilddrüsenhormon ein Katalysator für das nächste. Thyroxin (T_4), das Schilddrüsenhormon, das in Ihren Blutkreislauf geschleust wird, wird in Trijodthyronin (T_3), in das aktive Schilddrüsenhormon, umgewandelt. T_3 ist das Hormon, das die »Ansammlung« von Fett bewirkt.

Es ist bekannt, daß Kohlenhydrate die Umwandlung von T_3 in T_4 anregen. Wenn Sie eine Diät mit wenig Kalorien oder eine Diät mit wenig komplexen Kohlenhydraten machen, dann wird die Umwandlung unterdrückt. Sie sinkt auch bei dem unkontrollierten, von Insulin abhängigen Diabetes. Dieser Vorgang kann jedoch durch eine Insulinbehandlung wieder rückgängig gemacht werden. Diese Tatsachen weisen darauf hin, daß es nicht die Kohlenhydrate an sich sind, die die T_4-T_3-Umwandlung anregen, sondern das Insulin, das von Ihrer Bauchspeicheldrüse ausgeschieden wird. Dieser Prozeß wiederum wird durch die Aufnahme komplexer Kohlenhydrate aktiviert. Von ähnlichen Forschungsergebnissen wurde in den vergangenen zehn Jahren in den Fachzeitschriften *Annals of Review of*

Medicine, Metabolism und *International Journal of Obesity* berichtet.

Zusammenfassend kann gesagt werden, daß Insulinresistenz bei übergewichtigen Menschen zu einer unterdrückten T_4-T_3-Umwandlung führt, die durch Diäten mit wenig Kalorien und wenig komplexen Kohlenhydraten verschlimmert wird.

Sie sehen, wie eine Diät mit wenig Kalorien (Joule) gegen Sie arbeiten kann. Die Verbesserung der Insulinwirkung durch GTF-Chrom kann dazu beitragen, daß eine normale T_4-T_3-Umwandlung stattfindet, auch wenn Sie auf Diät gesetzt sind und/oder nicht genug Kalorien oder Kohlenhydrate bekommen.

Wie Sie Ihr Gewicht halten

Den Jo-Jo-Effekt verhindern, um Muskelmasse aufrechtzuerhalten

Viele Menschen fangen mit einer Diät an und nehmen sofort ab. Man hat die Behauptung aufgestellt, daß Kliniken zur Gewichtsreduzierung Erfolg mit den Mißerfolgen haben. Sie besuchen die Abteilung für Fettreduktion, Sie nehmen an Gewicht ab, Sie nehmen an Gewicht zu und kehren dann wieder in diese Abteilung zurück. Ein weiteres »Loch im Eimer«.

Bald treten Probleme auf, da das Gewicht durch die Reduzierung von Fett und Proteinen gesenkt wurde. Es wird immer schwieriger abzunehmen. Insulinmangel (die Folge einer Diät mit wenig Kalorien) verursacht tatsächlich einen Abbau des Muskelgewebes. Mehr als die Hälfte des während einer Diät abgenommenen Gewichts kann Muskelmasse sein, wodurch Ihre Fähigkeit, nicht zuzunehmen, gestört wird.

Muskeln verbrauchen mehr Kohlenhydrate als Fett. Also reduziert ein Verlust des Muskelgewebes die Fähigkeit Ihres Körpers, Kohlenhydrate zu verbrennen. Ein Beispiel: Sie beginnen vielleicht mit einer Verbrennungskapazität von 70 Kilokalorien (300 Kilojoule) pro Stunde. Nachdem Sie Gewicht verloren haben, kann diese Menge auf 50 Kilokalorien (200 Kilojoule) pro Stunde absinken. Da Ihre Fähigkeit, Kohlenhydrate zu verbrennen, jetzt reduziert ist, ist es schwieriger, nicht zuzunehmen – das ist ein Grund dafür, warum viele Menschen es schwieriger finden, ihr Gewicht zu halten, als es anfänglich war abzunehmen. Gewicht in kürzerer Zeit zuzunehmen als die, die notwendig war, um es abzunehmen, wird als der »Jo-Jo-Effekt« bezeichnet – eine fast unweigerliche Folge für diejenigen, die nach einer Diät mit wenig Kohlenhydraten leben.

> Mit dem Verlust an muskulärer Masse nehmen Sie trotz geringerer Energiezufuhr an Gewicht zu, bzw. Sie nehmen nicht weiter ab.

Zur Verschlimmerung des Problems trägt darüber hinaus noch bei, daß das Muskelgewebe von Übergewichtigen sehr oft insulinresistent ist.

Sie können sehen, warum Menschen durch eine Abmagerungsdiät Muskelmasse genauso schnell oder schneller verlieren als Fett. Erinnern Sie sich dabei an die Aussagen in Kapitel 3, daß Insulin antikatabolisch ist: Es hemmt den Abbau von Körperproteinen stark. Wegen seines Einflusses auf Insulin kann Chrom den Verlust der muskulären Körpermasse verlangsamen. Es kann die Stoffwechselrate aufrechterhalten, um den Jo-Jo-Effekt zu mildern und die Insulinresistenz zu reduzieren.

Zusammenfassend läßt sich feststellen, daß die Strategie darin bestehen sollte, die Muskelmasse bei einer Diät nach

Möglichkeit zu erhalten und die Stoffwechselrate für die Zukunft aufrechtzuerhalten, damit sie Sie während der Phase des Gewichthaltens unterstützen kann. GTF-Chrom, das die anabolische Wirkung von Insulin auf Ihre Muskeln verbessert, trägt dazu bei, den größten Teil Ihrer wichtigsten nährstoffverbrennenden Gewebe aufzubauen und zu erhalten.

Nahrungsmittel, die Ihren Hunger reduzieren

Ihr Verdauungssystem ist in bewundernswerter Weise dazu geeignet, die vollkommene Küchenverarbeitungsmaschine zu sein. Nahrungsmittel werden in schöner, ordentlicher, naturentsprechender Weise aufgespalten, so daß sie Ihnen schließlich Energie liefern können. Aber wenn Sie Nahrung zu sich nehmen, die die Hersteller oder der Meisterkoch für Sie auseinandergenommen haben, dann reagieren Ihre Zellen auf merkwürdige Weise.

Eine der aufregendsten und wichtigsten Lebensmittelstudien, die man jemals durchführte, wurde 1977 in der prestigeträchtigen medizinischen Fachzeitschrift *Lancet* veröffentlicht. Apfelmengen und Apfelsaftmengen mit gleicher Kalorienzahl (Joulezahl) wurden zwei verschiedenen Gruppen von Menschen verabreicht. Nach dem Verzehr wurden die Blutglucosewerte gemessen, und man fand heraus, daß sie bei beiden Gruppen in gleichem Maße angestiegen waren. In der zweiten und dritten Stunde sank der Zuckerspiegel jedoch nur bei der Gruppe, die den Saft zu sich genommen hatte! Ihre Schalttafel für die Insulinkontrolle interpretiert Glucose auf unterschiedliche Weise; dabei ist die Quelle ausschlaggebend: Ihre Reaktion auf Apfelsaft ist um fünfzig Prozent höher als bei Äpfeln, selbst wenn beide dieselbe Kalorienzahl (Joulezahl) haben.

Noch faszinierender ist, daß eine dritte Gruppe von Menschen, die Apfelmus mit dem gleichen Kaloriengehalt (Joulegehalt) zu sich genommen hatte, Ergebnisse zeigte, die zwischen denen der ersten und zweiten Gruppe lagen. Der einzige Unterschied bestand in der Darreichungsform. Es war weder etwas hinzugefügt noch etwas weggenommen worden.

Aber die Reaktionen ändern sich, wenn die Struktur anders ist. Ihr Körper geht anders mit Nahrungsmitteln um, wenn Sie nicht kauen müssen, auch wenn der Ballaststoff- und der Kaloriengehalt (Joulegehalt) gleich sind. Seit dieser Bericht erstmals veröffentlicht wurde, sind viele ähnliche Studien durchgeführt worden. Die gleichen Abweichungen traten auch bei Orangen und Orangensaft und dergleichen auf.

Eine größere Insulinproduktion, die durch flüssige Nahrung (Fruchtsäfte) verursacht wird, stellt die Reaktion Ihrer Bauchspeicheldrüse auf eine schnelle Resorption einfacher Kohlenhydrate dar. So, und jetzt erfahren Sie alles Weitere:

- Säfte (statt naturbelassener Nahrungsmittel) lösen die Produktion von zuviel Insulin aus.
- Zuviel Insulin »verschlingt« Blutglucose,
- wodurch Ihr Appetit angeregt wird.

Das Absinken des Blutglucosespiegels, das auf den Genuß von Fruchtsäften und anderen süßen Getränken folgt, *fördert Fettleibigkeit*, indem es zu einer erneuten Nahrungsaufnahme anregt.

Eine äußerst wichtige Technik, um eine Gewichtszunahme zu vermeiden, besteht also darin, daß Sie ausschließlich *naturbelassene* Nahrungsmittel verzehren: einen ganzen Apfel statt Apfelmus, Möhren statt Möhrensalat. Da dies für die meisten von uns wohl unrealistisch ist, könnte GTF-Chrom dazu beitragen, das weitere Absinken des Blutglucosespiegels zu mildern.

Sportliche Betätigung

Wir haben es bereits millionenfach gehört (das ist wörtlich zu nehmen!). Der Fettanteil in Ihrer Nahrung und Ihr Aktivitätsniveau sind die ausschlaggebenden Faktoren für Ihr Übergewicht. Wieviel Sie laufen, wie viele Treppen Sie steigen und welchem Sport Sie nachgehen – das sind Faktoren, die eine äußerst wichtige Rolle spielen. Aber das erhellt das Problem nur teilweise. Die Wechselwirkungen zwischen körperlicher Bewegung und Ihren Fettvorräten sind äußerst komplex. Das Ausmaß Ihrer körperlichen Aktivität ist ein wichtiger Faktor bei der Glucoseintoleranz. Statt eines Teufelskreises hier einmal das genaue Gegenteil – im günstigsten Fall kommt folgende Kette von Reaktionen in Gang:

- Sport verbessert die Empfindlichkeit Ihrer Rezeptoren, was dazu führt, daß Insulin auf die richtige Art aktiviert wird,
- was dazu führt, daß Glucose in Glykogen umgewandelt werden kann,
- wodurch ein normaler Glucosespiegel in Ihrem Blut aufrechterhalten wird,
- was dazu beiträgt, daß Sie keinen Hunger bekommen und Ihre Energiespeicher aufgefüllt werden,
- wodurch Sie Enthusiasmus, Kraft und Schwung bekommen, um Sport zu treiben.

Strategien dafür, wie Sie mit einem Sportprogramm beginnen können, werden im achten Kapitel erläutert.

Schlußfolgerungen

Der Grund, der mich veranlaßte, Forschungen über Chrom anzustellen, war der, daß GTF-Chrom-Polynicotinat als Zusatzstoff mir und meiner Familie und den Patienten des Arztes, zu dem ich Kontakt habe, geholfen hat. Bei übergewichtigen Menschen ist das Risiko eines Chrommangels besonders hoch. Sie können jetzt vielleicht verstehen, warum die Entdeckung der Bedeutung des GTF-Chroms durch Dr. Mertz als eine der herausragendsten Entdeckungen in der Mitte des zwanzigsten Jahrhunderts gepriesen wurde. Sicher, wir haben Computer, Datenbanken, Telefone, Radios, Fernseher, Luftverkehr, Satelliten und das gedruckte Wort (einschließlich der Möglichkeit, Flugblätter vom Himmel auf die Erde niederregnen zu lassen). Trotzdem wird es vom Zeitpunkt dieser Entdeckung bis zu ihrer praktischen Umsetzung noch viele Jahre dauern – egal, wie erstaunlich oder gesundheitsfördernd diese wissenschaftliche Erkenntnis auch sein mag.

Einige Forscher glauben, daß die Zugabe von Chrom einen Gewichtsverlust zur Folge hat, da es die Insulinverwertung potenziert, wodurch wiederum das Überangebot an zirkulierendem Insulin abgebaut wird. Andere glauben, daß der Gewichtsverlust infolge der leichten appetithemmenden Wirkung des Chroms selbst eintritt. Während die Forscher über die genauen Wege, die der Stoffwechsel nimmt, diskutieren, sagen die meisten von uns: »Uns ist egal, *wie* es funktioniert. Uns ist nur wichtig, *daß* es funktioniert.«

Es ist nicht leicht, das Verhalten von Menschen zu verändern Aber selbst bescheidene Gewichtsverluste haben eine tiefgreifende Auswirkung auf das Wohlbefinden und auf die Verminderung des gesundheitlichen Risikos. Wir wissen jedenfalls, daß GTF-Chrom zumindest für den Verlust einiger Pfunde verantwortlich sein kann.

> Der einzige Weg, wie Sie die Natur meistern können, besteht darin, daß Sie mit ihr kooperieren und sich an ihr Gebot halten.

Fallbeispiel

Dr. Michael Rosenbaum aus Corte Madera, Kalifornien, ist sich seit 1977 der Wirkung, die der Zusatzstoff Chrom auf das

Verlangen nach Zucker hat, bewußt. Vor kurzem rief ihn eine Patientin namens Jane, die ihr ganzes Leben Süßigkeiten verzehrt hatte, unter Tränen an. »Ich habe mich drei Wochen lang so strikt an Ihr Programm gehalten, Dr. Rosenbaum«, weinte sie, »aber seit zwei Tagen geht es nicht mehr, und seitdem stopfe ich mich voll wie eine Verrückte.«

Dr. Rosenbaum sah sich Janes Programm an. »Ja, hier steht, daß Sie vor ungefähr drei Wochen angefangen haben, Chrom als Zusatzsoff einzunehmen.« Jane unterbrach ihn: »Oh, mein Gott! Ich nehme seit vier Tagen kein Chrom mehr. Der Freßanfall begann vor zwei Tagen. Glauben Sie, daß...?«

Dr. Rosenbaum »glaubte« nicht nur. Er wußte es! Der Arzt wiederholte die Informationen, die er Jane ganz zu Anfang gegeben hatte. Er erklärte ihr noch einmal, wie sich Chrom auf den Zuckerstoffwechsel auswirkt und wie dadurch wiederum das Eßverlangen angeregt wird. Die Tatsache, daß Jane keine Verbindung zwischen dem Eßverlangen und dem Chrommangel herstellte, schließt die Möglichkeit des Placeboeffekts aus. Dr. Rosenbaum berichtet, daß fünfzig Prozent seiner Patienten mit Eßstörungen sehr gut auf den Zusatzstoff Chrom-Polynicotinat reagieren, dreißig Prozent teilweise und zehn bis zwanzig Prozent keine Erfolge zeigen. (Zu den Mißerfolgen kommt es, weil Störungen durch andere Faktoren als Chrommangel – so wie Nahrungsmittelallergien usw. – verursacht werden.)

Sally, eine andere Patientin, machte Dr. Rosenbaum sogar Vorwürfe, weil er ihr Chrom-Polynicotinat verschrieben hatte, so daß ihr Verlangen nach Brot und Croissants vollkommen verschwunden war. Obwohl sie angeblich das Gefühl hatte, als sei ihr etwas weggenommen worden, war sie dennoch glücklich darüber, daß sie Gewicht verlor.

Also: GTF-Chrom zur Gewichtsreduzierung!

Fünftes Kapitel

Streß
Was Streß ist, und wie Sie mit ihm umgehen können

Glossar

Adaptation: Anpassung des Organismus als Reaktion auf einen länger andauernden Reiz; für das Überleben notwendig.

Adrenalin: auch »Epinephrin« genannt, dient als Regulator, um Glykogen aus der Leber und den Muskeln abzubauen; ist ein besonders nützlicher Aktionsstoff in Streßzeiten.

Autonomer Mechanismus: Reaktion, die ohne bewußtes Bemühen funktioniert.

Erregungsmechanismus: »Alarmglocke«, die Kampf- oder Fluchtverhalten auslöst.

Kampf-oder-Flucht-Verhalten: Reaktion, die durch Konfrontation mit einem Stressor ausgelöst wird.

Streß: unspezifische Reaktion auf eine beliebige Anforderung.

Chrom als Mittel gegen Streß

Wenn Sie angemessen mit Streß umgehen können, dann werden Sie nicht zusammenbrechen.

Was Streß ist

»Iß etwas!«

Ich hatte drei Kinder (vier, wenn man unsere Nichte mitzählt, die im Alter von neun Jahren zu uns zog), ein großes Haus, ein florierendes Geschäft, ein oder zwei wichtige Hobbys und einige weitere Verpflichtungen der weitläufigeren Verwandtschaft gegenüber. Damit wurde ich – die meiste Zeit zumindest – fertig. Wenn ich jedoch einmal die Beherrschung verlor, dann sagte mein Mann immer: »Iß etwas! «

Das machte mich noch wütender! Ich war rechtschaffen verärgert – und er sagte mir einfach, ich solle etwas essen. Mein überaus kluger Ehemann hatte nämlich bemerkt, daß ich mich nach dem Essen beruhigte, egal, was die Ursache für meinen Streß oder wie groß meine Aufregung gewesen war. Ich war mir kaum im klaren darüber, daß *das, was* ich aß und der *Zeitpunkt, zu dem ich aß*, mich dazu brachten, die Beherrschung zu verlieren oder in harmlosen Situationen überzureagieren.

Streßreaktionen

Was ruft in Ihrem Leben Streß hervor? Erleben Sie Streß zum Beispiel dann, wenn Sie mit Ihrer Schwiegermutter sprechen, die Ihnen immer wieder erzählt, was Sie tun sollen? Was macht Sie unruhig? Sind Sie erregt, wenn Sie auf einen Freund oder einen Geschäftspartner warten müssen, der zu spät zu einer Verabredung kommt, für die Sie nur eine begrenzte Zeit zur Verfügung haben? Und wie reagieren Sie unter diesen Umständen? Stehen Ihre Reaktionen in Zusammenhang mit den unterschiedlichen Tageszeiten?

Streß und Erregung werden durch mindestens 1400 verschiedene biophysikalische Reaktionen ausgelöst.

Reaktionen auf Streß:

- Benommenheit
- Schwindelgefühle
- Kribbeln
- Ruhelosigkeit
- trockener Mund
- Energiemangel
- Verstopfung
- Alpträume
- Rückenschmerzen
- häufiges Wasserlassen
- Niedergeschlagenheit
- Veränderungen in der Wahrnehmung
- weiche Knie
- Impotenz
- flaues Gefühl im Magen
- Kloß im Hals
- Durchfall
- Schlaflosigkeit
- Lärmempfindlichkeit
- übermäßiges Essen
- Reizbarkeit
- Müdigkeit

Können Sie Ihre mit irgendeiner der aufgezählten Reaktionen identifizieren? Wahrscheinlich können Sie noch andere Punkte zu der Aufzählung hinzufügen.

> Die zahlreichen Symptome, die charakteristisch für Streß oder innere Unruhe sind, sind so verwirrend und so zahlreich, daß eine genaue Diagnose oft schwierig ist.

Vielleicht sind Ihre Schwachpunkte betroffen – Ihr Kopf, Ihr Magen, Ihr Rücken. Streß kann ein Organ beeinträchtigen, das nicht ganz in Ordnung ist, besonders eines, das eine Rolle beim Streßmanagement spielt, wie zum Beispiel Ihr Hypothalamus. Oder es könnte wie bei mir (bei meinem alten Ich) eine emotionale Reaktion sein.

Wie ist Streß zu definieren?

Was ist Streß überhaupt? Streß ist ein persönliches Geschehen, eine direkte Folge davon, wie Sie Ihre persönliche Beziehung zur Welt definieren. Es spielt keine Rolle, ob eine Streßsituation tatsächlich existiert oder nicht. Der ausschlaggebende Faktor ist Ihre Entscheidung, daß irgendeine Art von Bedrohung – emotional oder physisch – vorhanden ist.

> Streß wurde traditionell als Aktivierung des Erregungsmechanismus definiert – des Alarmauslösers für das Kampf-oder-Flucht-Syndrom.

Wenn das Signal ausgelöst worden ist, dann beginnt die Streßreaktion auf der Ebene Ihres Mittelhirns. Das Bild von einer unangenehmen Situation wandert von Ihrer Gehirnrinde (der äußeren Schicht der grauen Masse in Ihrem Gehirn, die auf sensorische Reize reagiert) in die tieferen Schichten Ihres Gehirns.

Eine der wichtigsten dieser tieferen Strukturen ist Ihr Hypothalamus. Er funktioniert wie die Sendestation eines Telekommunikationszentrums – sein Warnruf kann im Bruchteil einer Sekunde losgehen.

Sobald Ihr Gefühl von Unwohlsein registriert worden ist, strahlt Ihr Hypothalamus Erregungsimpulse in seinen ganzen Wirkungsbereich aus und warnt Sie vor den Bedrohungen der Außenwelt. Das ist der Streßeffekt. Ihr gesamter Körper reagiert mit unglaublicher Geschwindigkeit. Und Sie selbst reagieren auf eine oder mehrere von 1400 möglichen Weisen.

Diese Reaktionen haben Menschen über einen Zeitraum von mehr als einer Million Jahre hinweg beschützt, egal, ob es sich nun um ein wildes Tier handelte, das sich zum Angriff bereit machte, oder um die kühne Idee, Ihren Chef um eine Gehaltserhöhung zu bitten. Sie sind zwar ein Mensch des zwanzigsten und bald einundzwanzigsten Jahrhunderts, aber Sie antworten auf Streß mit biochemischen Reaktionen, die aus der Urgeschichte der Menschheit stammen. Unabhängig davon, ob Ihre Reaktion nun durch eine lebensbedrohliche Situation oder durch emotionale Aufregungen hervorgerufen wurde, sieht sie jeweils ganz ähnlich aus.

Eine der Reaktionen ist die Produktion von Adrenalin, dessen Freisetzung hauptsächlich aufgrund von Streßsituationen erfolgt. Wie viele Male haben Sie schon den Ausdruck gehört (oder selber benutzt): »Ich konnte spüren, wie mein Adrenalinspiegel anstieg!« Oder: »Das hat mein Blut zum Wallen gebracht.« Das sind Redewendungen, die Aufregung bezeichnen.

Aber dies ist nur die Spitze des Eisbergs. Die Macht Ihres Hypothalamus ist letztlich größer als die des Britischen Weltreichs im siebzehnten bis neunzehnten Jahrhundert. Denn Ihr Hypothalamus ist in der Lage, Ihre automatischen Mechanismen, das heißt diejenigen, die nicht von Ihrem Willen gesteuert werden, zu aktivieren, sie zu intensivieren und sie zu integrieren. Zu diesen Mechanismen gehören die Aktivitäten der endokrinen Drüsen, das heißt derjenigen Drüsen, die für die Ausschüttung von Hormonen, die Regulierung des Flüssigkeitshaushaltes, die Kontrolle der Körpertemperatur, Schlafgewohnheiten und grundlegende Triebe wie Hunger und Sexualität zuständig sind.

Zusätzlich untersteht Ihre Hirnanhangdrüse – die als Drüse erster Ordnung angesehen wird, weil sie die Ausschüttung von Hormonen aus anderen Drüsen reguliert – der Weisung Ihres Hypothalamus. Eine spezielle Anordnung von Blutgefäßen verbindet Ihre Hirnanhangdrüse mit Ihrem Hypothalamus und übermittelt Nachrichten von einer Drüse zur anderen. Chemische Substanzen, die von Ihrem Hypothalamus ausgeschüttet werden, gelangen über die Blutbahn zu Ihrer Hirnanhangdrüse und weisen sie an, in Aktion zu treten.

Wenn Hormone aus anderen Drüsen eine hohe Konzentration in Ihrem Blutkreislauf erreichen, dann übermitteln sie Ihrem Hypothalamus die Nachricht, mit der Freisetzung zusätzlicher Chemikalien aufzuhören. Ihr Hypothalamus ist als möglicher Ursprung angesehen worden, der das Einsetzen des Alterungsprozesses auf allen Ebenen Ihres Seins auslöst. Und wie Sie bereits wissen, spielt Insulin eine entscheidende Rolle in diesem Prozeß.

> Insulin hat eine außerordentlich starke Wirkung auf Ihren Hypothalamus.

Automatische Streßreaktionen

Wenn Sie unter Streß stehen, dann sind die Funktionen, die in den großen Organen Ihres Körpers automatisch ablaufen, von besonderer Bedeutung – Kontraktionen Ihres Herzens und Ihrer Milz, die Bewegungen in Ihrem Darm, die Ausschüttung der Verdauungsenzyme, die Prozesse des Schwitzens und der Blutgerinnung, die Erweiterung Ihrer Pupillen, um nur einige zu nennen.

Nehmen Sie einmal an, Sie befänden sich am höchsten Punkt einer Achterbahn oder vielleicht in einem Aufzug im obersten Stockwerk eines Gebäudes. Plötzlich kommt die Achterbahn oder der Aufzug zum Stillstand. Eine Sirene ertönt. Jemand brüllt: »Der Aufzug ist kaputt!« Ihr Herz schlägt schneller, und Ihr Blutdruck steigt. Ihre Fähigkeit, Sauerstoff aufzunehmen, erhöht sich. Sie atmen tiefer, mehr Blut wird in Ihr Gehirn und Ihre Muskeln zurücktransportiert. Ihr gesamter Körper schaltet seinen Kampf-oder-Flucht-Mechanismus ein, obwohl Sie im Moment weder das eine noch das andere tun können. Ihr Hypothalamus ist verantwortlich dafür, daß diese schnelle Abfolge von Ereignissen in Gang gesetzt wird.

Sie können einige der Folgen spüren – Herzrasen, nervöser Magen, trockener Mund, Händezittern. Aber Sie sind sich dessen nicht bewußt, daß Ihr Körper Glucose, die als Glykogen in Ihrer Leber gespeichert ist, ausschüttet, wenn Sie auf diese Streßsituation reagieren.

Gespeicherte Energie – der Streßpuffer

Es besteht kaum Zweifel darüber, daß eine große Bandbreite von Hormonen auf Streß reagiert. Der Spiegel der katabolischen Hormone erhöht sich; derjenige der anabolischen Hormone sinkt. In streßerzeugenden Situationen ist Glucose Ihre wichtigste Quelle für sofort verfügbare Energie. Sowohl Ihr zentrales Nervensystem als auch Ihre Muskulatur sind für ihr reibungsloses Funktionieren fast vollkommen von Glucose abhängig. Die neuromuskuläre Aktivität spielt eine entscheidende Rolle dabei, Ihre Verhaltensreaktionen auf Streß zuzulassen und zu kontrollieren.

Glucose ist als Energiequelle ebenfalls erforderlich, wenn es darum geht, Gewebe zu reparieren und zu regenerieren, das durch Streßreaktionen geschädigt wurde. Im Gegensatz zu Fetten und Proteinen (den anderen möglichen Energiequellen) setzen Kohlenhydrate im allgemeinen keine giftigen Stoffwechselprodukte frei, selbst wenn plötzlich große Mengen aufgespalten werden. Die Verwertung von Glucose stellt kein Risiko dar, selbst wenn durch Streß die Entgiftungsfunktion der Leber oder die Ausscheidungsprozesse gestört werden. (Durchfall oder Verstopfung können Reaktionen auf Streß sein.)

In akuten Notfällen sind Sie von Ihren Kohlenhydratreserven und besonders von der Glucose abhängig.

Streß ist unspezifisch

Dr. Hans Selye hat als erster behauptet, daß Streß unspezifisch sei. Unabhängig von den Ursachen für den Streß (physischen, chemischen oder emotionalen) kann die Reaktion identisch aussehen; sie steht nicht in Zusammenhang mit der Ursache. (Es ist zum Beispiel egal, ob Sie kein Geld haben oder arbeitslos sind, ob Sie all Ihr Geld in einem Pokerspiel verloren oder es für Unterhaltszahlungen ausgegeben haben – die körperlichen Folgen des Bankrotts sind immer die gleichen.)

Selye hat ebenfalls die Vermutung geäußert, daß Streß der Verursacher vieler degenerativer Krankheiten wie auch von Anomalien sein konnte. Er war seiner Zeit mindestens um fünfzig Jahre voraus. Seine Ideen waren wirklich ganzheitlich.

Seit wir wissen, daß Ihr Gehirn an vielen Streßreaktionen beteiligt ist – und wir sogar einige der entsprechenden Mechanismen nachvollziehen können –, kann die Ereigniskette, die zum Krankheitsbild des Stresses führt, durchbrochen werden. Und das ist der eigentliche Beweggrund, warum man versucht, mit Ernährung gegen Streß anzugehen. *Sie können die Reaktionen Ihres Körpers verändern*. Nährstoffe sind ebenso wie Werkzeuge ein Mittel zum Zweck.

> Wenn Sie angemessen mit Streß umgehen können, dann werden Sie nicht zusammenbrechen. Sie können dazu beitragen, streßbedingte Schäden zu verhindern.

Wie Sie mit Streß umgehen können

Das ideale Kontrollsystem

Sie wissen aus früheren Kapiteln, daß durch ein kompliziertes Zusammenspiel von Regulationsmechanismen die Konzentration von Glucose in Ihrem Blut auf dem richtigen Niveau gehalten wird. Dieses Regulationssystem funktioniert besonders gut, wenn:

- Sie anstelle von drei größeren Mahlzeiten mehrere kleine Mahlzeiten mit reichlich komplexen Kohlenhydraten über den Tag verteilt zu sich nehmen,
- diese kleineren Mahlzeiten alle Nährstoffe enthalten, die für den Glucosestoffwechsel benötigt werden,
- Sie alle einfachen Kohlenhydrate meiden, die Chromvorräte abbauen.

Ein solcher Ernährungsplan hält nicht nur Streß fern, er trägt auch zur Gewichtskontrolle und zur Gesundheit Ihres Herzens bei, und Sie haben dadurch mehr Energie. Für die meisten von uns ist das jedoch kein Lebensstil, der uns anspricht.

Es gibt nur wenige Menschen, die sich jeden Tag vollständig an diese Regeln halten – bzw. die es angenehm und *möglich* finden, sich an sie zu halten. Wissen steht jedoch am Anfang von Veränderung.

Was passiert, wenn große Mengen von Nahrung bei einer einzigen Mahlzeit konsumiert werden? Ihr Blutzuckerspiegel steigt steil an. Wie schon vorher erläutert wurde, interpretieren Ihre Körpergewebe hohen Blutzuckergehalt als schlechte Nachricht, und so treten sie in Aktion und mobilisieren alle ihnen zur Verfügung stehenden Verteidigungsmechanismen.

Wenn Sie bei einer Mahlzeit zuviel essen:

- Die erste Abwehrreaktion tritt auf, wenn ein Großteil der Glucose in Glykogen umgewandelt und für den späteren Gebrauch gespeichert wird.
- Die zweite Verteidigung wird durch verschiedene endokrine Absonderungen in Gang gesetzt, die ebenfalls Ihren Blutzuckerspiegel beeinträchtigen.

Insulin ist ein äußerst wichtiges Hormon, das Ihren Blutzuckerspiegel beeinflußt. Wie Sie wissen, ist Insulin ein Eiweiß, das von Ihrer Bauchspeicheldrüse ausgeschüttet wird. Es senkt den Blutzuckerspiegel, und es erfüllt diese wichtige Aufgabe auf zweierlei Weise:

- Es regt Ihre Leber dazu an, Glucose in Glykogen umzuwandeln.
- Es trägt dazu bei, daß Glucose leichter aus dem Blut in Ihre Körperzellen gelangt.

Die Ausschüttung von Insulin wird direkt durch den Blutzuckerspiegel kontrolliert. Dieser Mechanismus stellt ein gutes Beispiel für eine negative Rückkopplung dar, für ein Kontrollsystem in Form einer geschlossenen Schleife, das einem automatischen Airconditioner ähnelt: Die Warmluft in einem Raum führt dazu, daß der Airconditioner anspringt; wenn die Luft durch die Tätigkeit des Airconditioners absinkt und sich abkühlt, dann schaltet sich das Gerät wieder ab. Wenn der Glucosegehalt nach einer Mahlzeit ansteigt, wird mehr Insulin freigesetzt; wenn die Glucosemenge aufgrund der Wirkungsweise des Insulins abnimmt, dann wird der Mechanismus, der Insulin produziert, wieder abgeschaltet.

Obwohl die Insulinproduktion noch auf andere Weise kontrolliert wird, scheint die direkte Kontrolle durch den Blutzuckerspiegel die wichtigste für die kurzfristige Kontrolle zu sein. Erinnern Sie sich daran, daß viele Zellen bei Abwesenheit von Insulin praktisch undurchlässig für Glucose sind.

Adrenalin- und Glucoseregulation in Notfällen

Um die Glucoseregulation in Streßzeiten zu verstehen, müssen verschiedene Sachverhalte erklärt werden. Sie wissen bereits, daß Glucose als Glykogen in der Leber und in den Muskeln gespeichert wird, und daß, wenn Sie unter Streß stehen, Glucose freigesetzt wird, um Sie mit Energie zu versorgen. Es könnte sein, daß unter diesen Umständen der Glucoseanteil im Blut nicht ausreicht, so daß gespeicherte Glucose freigesetzt werden muß. Glykogen wird jedoch als komplexe Matrix im Gewebe festgehalten. Adrenalin, das unter Streß freigesetzt wird, wirkt auf das Glykogen ähnlich wie eine Mikrowelle, die gefrorene Nahrung schneller auftaut.

> Adrenalin beschleunigt die Umwandlung von Glykogen in Glucose, was eine katabolische Reaktion ist.

Obwohl also Adrenalin bei der routinemäßigen Kontrolle des Blutzuckerspiegels nicht wichtig ist, ist es in Notfällen von großer Bedeutung, weil es den Blutzuckerspiegel schnell ansteigen läßt. Dies geschieht nicht nur dadurch, daß es die Aufspaltung von Glykogen in Glucose anregt, sondern auch dadurch, daß es die Geschwindigkeit verlangsamt, mit der die Muskelzellen die Glucose aus Ihrem Blut aufnehmen. Muskelzellen, die Glucose benötigen und die etwas Glykogen enthalten, haben kein Problem. Das gleiche gilt für Gehirnzellen, die zur Deckung ihres Glucosebedarfs kein Insulin benötigen. Interessanterweise werden andere Körperzellen, die Glucose enthalten, von Stoffen kontrolliert, die jetzt die Freisetzung von Glucose verhindern. Dadurch wird sichergestellt, daß das Gehirn und die Muskeln die vorhandene Glucose aufnehmen können.

Weil Gehirnzellen keine Glucose speichern und kein Insulin benötigen, um Glucose aufzunehmen, sind sie direkt und ausschließlich von der Glucose abhängig, die im Blut zirkuliert. Diesen Zellen wird Priorität eingeräumt, wie es für so viele Transportwege in Ihrem Körper, die zum Gehirn führen, typisch ist. Das ist für unsere Betrachtungen gleichzeitig gut und schlecht. Es ist hervorragend, daß Glucose für Ihr Gehirn sofort verfügbar ist. Wenn jedoch Ihr Blutzuckerspiegel niedrig ist, dann erleben Sie alle emotionalen Symptome von Unterzuckerung (Hypoglykämie; Verminderung des Blutzuckeranteils): Panik, Angstzustände, Unfähigkeit, mit einer Situation fertig zu werden und so weiter.

Forschungsergebnisse aus den Jahren 1968 und 1975 zeigen die Reaktion des Blutzuckerspiegels in der Erholungsphase nach Streß. Sobald der Streßfaktor entfernt worden ist, gehen die Werte als Teil einer anabolischen Reaktion auf normale Werte oder vielleicht unter diese zurück. Das bedeutet nicht nur, daß die Aufspaltung gestoppt worden ist, sondern das Absinken des Blutzuckerspiegels beinhaltet auch einen aktiven anabolischen (Aufbau-)Prozeß.

> Bei dem Versuch, die Glucose zu ersetzen, die Ihre Leber und Ihre Muskeln verlieren, wenn Sie Streß erleben, fällt Ihr Blutzuckerspiegel ab.

Anhaltender Streß und Streß, der auf Ärger zurückzuführen ist

Zur weiteren Komplikation der Sache trägt bei, daß der Blutzuckerspiegel durch anhaltenden Streß gesenkt wird. Das bezieht sich auf die Art von Streß, die eher so etwas wie anhaltender Ärger ist – Irritationen wie ständiger Lärm oder ein nörgelndes Kind, Erlebnisse, die eine andere Reaktion hervorrufen als bei einer bedrohlichen Situation. Das anfängliche Ansteigen des Blutzuckerspiegels führt dazu, daß die Bauchspeicheldrüse überreagiert, und durch die großen Insulinmengen wird Ihr Blutzuckerspiegel gesenkt.

> Einer der häufigsten Verursacher von Hypoglykämie ist ständiger Lärm.

Wenn die Belastung anhält, dann wird die Wirksamkeit des Adrenalins beeinträchtigt, und so wird die Dauer der Hypoglykämie verlängert. In der Erholungsphase geht der Blutzuckerspiegel jedoch in der Regel in den Normalzustand zurück.

Blutzucker und depressive Verstimmungen

Sie haben gesehen, wie Streß Ihren Blutzuckerspiegel beeinflußt. Kann Blutzucker Ihr Streßniveau beeinflussen? Kann es sein, daß Sie sich einfach nur deshalb gestreßt fühlen, weil Ihr Blutzuckerspiegel niedrig ist? Die Antwort lautet definitiv *ja*!

Da Insulin an der Regulation des Blutzuckerspiegels beteiligt ist, kommt es zu Hochs und Tiefs, die dazu führen, daß Sie sich müde und gereizt oder aber lebendig und voller Energie fühlen. Sie wissen, daß Sie sich »hoch« fühlen, wenn das Insulin Glucose in Ihre Zellen »hineinpumpt«, denn Glucose brauchen Sie, um Energie zu haben. Wenn der Blutzuckerspiegel niedrig ist, ist die Energie reduziert, was zu Gefühlen von Lethargie, Trägheit und depressiven Gemütsverfassungen führt. Ein außerordentlich niedriger oder ein chronisch niedriger Blutzuckerspiegel können für schwerwiegendere Symptome, wie Angst, Depression, Reizbarkeit und Schlaflosigkeit, verantwortlich sein.

Ein hoher Blutzuckerspiegel (Hyperglykämie) verursacht Probleme wie Schläfrigkeit, Schwäche und Ermüdungserscheinungen. In beiden Fällen kommt es vermehrt zu Streßsymptomen. (Mehr über Hyperglykämie findet sich im siebten Kapitel.)

Serotonin, Tryptophan und Streß

Mindestens ein Dutzend Studien haben gezeigt, daß Serotoninvorstufen Stimmungsschwankungen ausgleichen. Wie bereits erläutert, handelt es sich bei Serotonin um einen chemischen Boten, durch den Impulse zwischen den Gehirnzellen übermittelt werden. Tryptophan, eine sehr wichtige Aminosäure, ist eine bedeutende Vorstufe zu Serotonin. (Eine Vorstufe geht einer anderen Substanz voraus und ist ihre Quelle.)

Die beruhigende und schläfrig machende Wirkung des Tryptophans ist in der Fachliteratur gut dokumentiert. Auch hier besteht ein Zusammenhang zwischen seiner Rolle in der Streßphysiologie und den Anforderungen für die Herstellung von Serotonin, dem eigentlichen Neurotransmitter, der dazu beiträgt, Schlaf und Entspannung zu fördern. *Tryptophan kann jedoch nicht ohne Insulin in Ihr Gehirn gelangen.*

Indem Chrom die Wirkung von Insulin verbessert, trägt es zur Verbesserung der Tryptophanaufnahme und der Serotoninsynthese bei und fördert so Schlaf und Entspannung.

Komplexe Kohlenhydrate und Tryptophan

Ein weiteres Plus einer Ernährungsweise, die reich an komplexen Kohlenhydraten ist, besteht darin, daß eine proteinreiche Mahlzeit die Aufnahme von Tryptophan in Ihr Gehirn verzögert. Das geschieht deshalb, weil eine solche Mahlzeit die Konzentration anderer Aminosäuren erhöht, die mit dem Tryptophan konkurrieren. Je höher der Proteingehalt einer bestimmten Mahlzeit ist, um so schwieriger ist es für Tryptophan, in Ihr Gehirn zu gelangen. Kohlenhydrate verringern die Konzentration der konkurrierenden Aminosäuren im Blut, indem sie die Insulinausschüttung anregen und so das Verhältnis von Tryptophan zu den anderen Aminosäuren zugunsten des Tryptophans verschieben.

Ihre Reaktion auf Streß ändern

Es ist nicht schwierig, gute Ratschläge zu erhalten, wie man auf emotionaler Ebene anders mit Streß umgehen kann. In Büchern, Kursen, Talkshows, im Radio, in Zeitschriftenartikeln, ja sogar in Ihrem Fitneßstudio können Sie solche Informationen massenweise bekommen. Erheblich schwieriger ist es dagegen, Ihre biophysischen Reaktionen zu verändern.

Obwohl diese Reaktionen beeinflußbar sind und dann auch zu Verhaltensänderungen führen können, ist dieser Aspekt von Streßforschern bisher fast völlig ignoriert worden. Bis zum jetzigen Zeitpunkt sind nur wenige Experimente zu diesem Thema durchgeführt worden.

Ein Bericht im *Journal of International Research Communications* zeigt, daß die Leistungen von Arbeitern sich verbesserten, wenn sie größere Mengen Kohlenhydrate zu sich nahmen, bevor sie geringen Streßfaktoren (in Form von Lärm) ausgesetzt wurden. Eine andere Studie, die in *Proceedings of the Nutrition Society* zitiert wird, hat ergeben, daß hohe Unfallzahlen in einer Eisengießerei in England mit geringer Aufnahme von Kohlenhydraten zusammenhingen und daß dieser Befund umkehrbar war: bei hoher Kohlenhydratzufuhr waren die Unfallraten niedrig. Hohe Kohlenhydratzufuhr produziert einen relativen Anstieg bzw. eine Normalisierung des Blutzuckerspiegels und bietet so einen relativen Schutz vor den Auswirkungen von Streß.

Es ist ebenfalls beobachtet worden, daß der Blutzuckerspiegel bei Opfern von Autounfällen außerordentlich niedrig war.

Niacin

Niacinmangel ist mit Depression und Ängstlichkeit in Verbindung gebracht worden. Einer Theorie zufolge wird bei einem Niacinmangel Tryptophan eingesetzt, um diesen wichtigen Nährstoff aus dem Vitamin-B-Komplex zu erzeugen. Dem Körper steht also weniger Tryptophan für die Produktion von Serotonin zur Verfügung. Niedrige Serotoninwerte sind für Depressionen verantwortlich gemacht worden.

Forschungsergebnisse, die in *Society, Stress, and Disease* veröffentlicht sind, zeigen, daß der Anstieg von freien Fettsäuren im Blut durch vorherige Niacingaben verhindert werden kann.

> Erhöhte Werte für freie Fettsäuren im Blut sind ein Bestandteil des Musters, das physiologischem Streß zugrunde liegt.

GTF-Chrom-Polynicotinat enthält geringe Mengen an Niacin. Es gibt also noch zwei weitere Gründe, um zusätzliches niacingebundenes GTF (*Chrom-Polynicotinat*) zu befürworten. Es hat sich herausgestellt, daß subklinische Pellagra, ein Krankheitsbild, das ähnliche Symptome aufweist wie die Schizophrenie, mit geringen Niacinmengen verbessert werden konnte. Einige Schizophrene reagieren auf zusätzliches Niacin, und bei vielen von ihnen ist die Glucosetoleranz beeinträchtigt. Wie sieht es nun mit den Möglichkeiten einer ähnlichen Therapie bei anderen psychologischen Problemen aus? Gibt es andere Arten von Geistesstörungen, die durch GTF-Chrom-Mangel verursacht werden? Würde zusätzliches Niacin zu einer effektiveren Nutzung des durch die Nahrung zugeführten Chroms führen? Hoffentlich wird uns die Forschung bald Antwort auf diese Fragen geben können.

Chrommangel und Streß

Unter extremen Streßbedingungen kann die Chromausscheidung im Urin fünfzigmal so hoch sein wie normal. Diese kann mehrere Tage lang andauern.

> Die Auswirkungen von Chrommangel sind gravierender, wenn Sie gestreßt sind.

Eine interessante Studie hat gezeigt, daß sich die negativen Auswirkungen des Chrommangels verstärken, wenn sich das betreffende Individuum unter Streß befindet. Eine Reaktion ähnelt derjenigen, die bei Insulinmangel auftritt. Die Tatsache, daß Glykogen aus Ihrer Leber freigesetzt wird, wenn Sie sich unter Streß befinden, hilft, dieses Phänomen zu erklären.

Auch auf die Gefahr hin, daß ich mich wiederhole und Sie langweile:

- Chrom potenziert den Einfluß auf Insulin,
- was wiederum dazu beiträgt, Insulinresistenz zu überwinden,
- was wiederum dazu beiträgt, die Funktion Ihres Hypothalamus zu optimieren.

Die Verwendung von biologisch aktivem niacingebundenem GTF-Chrom als Zusatz zur Nahrung und gegen Streß basiert auf seiner Fähigkeit, die Insulinresistenz zu überwinden und/oder die Wirkungen des Insulins zu verstärken – was wiederum zur Normalisierung der Glucosefunktion führt.

Zusammenfassung

Streß führt zu einem erhöhten Bedarf an Energie und schafft die Notwendigkeit einer erhöhten Aufnahme energiespendender Glucose. Wieder einmal können wir hier die Chrom-Insulin-Abhängigkeit sehen.

Wäre es nicht wundervoll, wenn Gefühle wie Wut, Ängstlichkeit, Depression, Angst, Trauer, Schuld, Eifersucht und Scham – Emotionen, die mit Streß assoziiert werden – einfach nur dadurch gemildert werden könnten, daß der Blutzuckerspiegel kontrolliert wird? GTF-Chrom-Polynicotinat könnte in der Lage sein, genau das unter bestimmten Umständen zu tun.

Leider scheint sich eine ganze Generation von Ärzten und Wissenschaftlern in Europa und Amerika dessen nicht bewußt zu sein, daß Streß und Unruhe dadurch abgebaut werden können, daß man Versuche unternimmt, die Stoffwechselwege zu normalisieren.

> Medikamente einzunehmen, um die schädlichen Auswirkungen von Streß zu reduzieren, ist, wie den Boden zu wischen, wenn das Waschbecken überläuft, anstatt einfach nur den Hahn zuzudrehen.

Fallbeispiel

Dr. Serafina Corsello, die Gründerin und Leiterin der Streßzentren in Huntington im Staate New York und in New York City, erzählt die Geschichte von Sarah, einer siebenundsechzigjährigen Frau.

Dr. Corsello berichtet: »Sarah kam zu mir, weil sie sich vollkommen gestreßt fühlte. Sie berichtete von extremen Stimmungsschwankungen und oft übertriebenen Ängsten vor bedrohlichen Ereignissen. Sarah war Diabetikerin. Sie war nicht von Insulin abhängig, mußte jedoch ihre Ernährung kontrollieren. Wie alle Diabetiker liebte sie Zucker. Wenn ihr schlecht regulierter Blutzuckerspiegel in die Höhe schnellte oder in den Keller rutschte und so einen Insulinstoß und Stimmungsschwankungen erzeugte, die denjenigen eines Adrenalinstoßes ähnelten, erlebte sie Müdigkeit Schweißausbrüche, Schwindel, Kopfschmerzen und Orientierungslosigkeit. Weil Insulin lipogen, das heißt fetterzeugend wirkt, lag ihr Cholesterinspiegel bei 320, und ihre Triglyceridwerte lagen bei 225 Milligramm pro 100 Milliliter.

Ich verschrieb ihr 800 Mikrogramm GTF-Chrom. Diabetiker benötigen mindestens 600 bis 800 Mikrogramm, besonders dann, wenn sie übergewichtig sind. Sarah wog 125 Kilo.

Ich wies Sarah an, statt drei großer Mahlzeiten täglich fünf kleine Mahlzeiten zu sich zu nehmen und hauptsächlich Fisch und Gemüse zu essen. Die Nahrungsumstellung trug dazu bei, daß sich ihr vergrößerter Magen normalisierte und ihre Sucht nach Zucker verschwand. Durch den Verzehr großer Mahlzeiten werden die Rezeptoren aktiviert, die die Insulinproduktion auslösen, so daß es zu extremen Stimmungsschwankungen kommt. Innerhalb von zwei Wochen verlor Sarah an Gewicht und begann, sich wieder ›wie ein Mensch‹ zu fühlen. Heute befinden sich Sarahs Blutzuckerstoffwechsel, ihre Lipidwerte und ihre Stimmung in vollkommener Harmonie miteinander.«

Also: GTF-Chrom für den Abbau von Streß

Vergleich von dreiwertigem Chrom mit GTF-Chrom

Biologische Eigenschaften	Einfache Cr-Verbindungen	GFT-Chrom
Potenzierung der Wirkung von Insulin	+	+++
Auswirkung auf gestörte Glucosetoleranz	+	++
Resorption durch den Darm	0,5 – 3,0%	10–25%
Zugriff auf den physiologischen Chrompool	–	+
Transport durch die Plazenta	–	+
Giftigkeit	>	<

Sechstes Kapitel

Gesundheit des Herzens
Warum Sie sie verlieren, wie Sie sie behalten können

Glossar

Cholesterin: Lipid, das im Körper unaufhörlich produziert und zerstört wird.

HDL-Cholesterin: Anteil des Blutes, der Komplexe aus Fetten und Proteinen enthält; wird mit reduziertem Risiko, an einem Herzleiden zu erkranken, in Verbindung gebracht.

LDL-Cholesterin: Anteil des Blutes, der Komplexe aus Fetten und Proteinen enthält; wird mit erhöhtem Risiko, an einem Herzleiden zu erkranken, in Verbindung gebracht.

kardiovaskulär: sich auf das Herz (kardio-) und die Blutgefäße (vaskulär) beziehend, insbesondere auf die Arterien.

Lipoproteine: Moleküle, die aus Lipiden (Fetten) bestehen, welche mit einem Protein verbunden sind.

Triglyceride: Neutralfette, die im Körper als Ersatzbrennstoff gespeichert werden; einer der Risikofaktoren für Herz-Kreislauf-Erkrankungen; die Werte sind im allgemeinen erhöht, wenn der Blutzuckerspiegel erhöht ist.

Chrom als Helfer, Ihr Herz gesund zu erhalten

Einer von Tausenden macht sich die Mühe, für sich selbst zu sorgen; die anderen lassen sich von der Mühsal niederdrücken.

Was Gesundheit des Herzens bedeutet

Die Killerkrankheit

Vor einigen Jahren starben zwei meiner Schwäger. Beide waren jung und standen in der Blüte ihres Lebens. Sie starben an Herzinfarkt.

Eine Herzkrankheit ist immer noch der Killer Nummer eins. Sie führt zu einer höheren Zahl von Todesfällen als alle anderen Krankheiten zusammengenommen.

Mein Interesse an dem Thema ist nicht nur auf meine Arbeit als Wissenschaftlerin und als Ernährungslehrerin zurückzuführen, sondern geht weit darüber hinaus. Ich leide immer noch unter dem Verlust meiner nahen Verwandten, und erst im vergangenen Jahr habe ich auch noch zwei enge Freunde verloren.

Was ist von einem Herzbypass zu halten?

Wenn Herzkrankheiten durch Arteriosklerose verursacht werden, dann heißt das, daß sich Fett- bzw. Cholesterinablagerungen in Ihren Arterien gebildet haben, die so beträchtlich sind, daß Sie dem Tod ein ganzes Stück näher sind. Schulmediziner sagen Ihnen, Sie sollten sich keine Sorgen machen: denn das Herzbypassverfahren wurde entwickelt, damit Ihr Blutkreislauf die verstopften Gebiete umgehen kann. Sie kennen wahrscheinlich mindestens eine Person, die diese Operation mitgemacht hat.

Obwohl die Operation die in sie gesetzten Hoffnungen nicht ganz erfüllen konnte, wird sie immer noch häufig durchgeführt. Sogar die Tests, die dem chirurgischen Eingriff vorausgehen, sind in höchstem Maße invasiv, und der Eingriff selbst ist schwer. Es werden Katheter eingeführt, Schläuche ragen aus jeder Körperöffnung heraus; Monitore zeichnen jeden Herzschlag auf, es werden Medikamente verabreicht, Venen werden aus Ihrem eigenen Bein entnommen; komplizierte Herz-Lungen-Maschinen stehen bereit und sind mit Drähten aus rostfreiem Stahl ausgestattet, um dabei zu helfen, Hänschen Müller wieder zusammenzuflicken.

Diese Maßnahmen sind allesamt Bestandteile dieses »allgemein üblichen« Verfahrens, um die Gesundheit Ihres Herzens wiederherzustellen.

Niemand wird Ihnen etwas sagen, das Sie nicht zu wissen brauchen. Ein Teil der Wahrheit, die gerne verschwiegen wird, ist nämlich die, *daß die gesamte Technologie nicht unbedingt sicher ist.*

Wenn Sie jedoch männlich und zwischen neununddreißig und fünfzig Jahren alt sind, sind die Chancen erschreckend gut, daß Ihnen ein Arzt empfiehlt, daß Sie sich irgendwann in den nächsten zwanzig Jahren genau dieser Operation unterziehen sollten.

Frauen, obwohl nicht ganz so anfällig hierfür, sind auch nicht ausgenommen. Es ist möglich, daß die Bypassoperation trotz ihres invasiven Charakters das Leben meiner Verwandten verlängert hätte, aber diese Möglichkeit funktionierte bei meinen beiden Freunden nicht.

> Der größte Fortschritt in der Medizin besteht nicht in der Entdeckung neuer Medikamente oder in der Spitzentechnologie in diesem Bereich, sondern in der *Vorbeugung.*

Aber wie schwierig ist eigentlich Vorbeugung? Können wir eine Lebensweise haben, die Krankheiten verhindert, ohne daß wir auf die Vergnügungen, die uns das späte zwanzigste Jahrhundert beschert hat, verzichten müssen? Ich denke schon.

Syndrom X

Anläßlich der Banting-Vortragsreihe, einem wichtigen, jährlich stattfindendem Symposium, wurde einer großen Ärztegruppe eine interessante Konstellation von Ereignissen vorgestellt.

Die von den Experten beschriebene Konstellation wurde *Syndrom X* genannt. Es beginnt mit *Insulinresistenz* und setzt sich folgendermaßen fort: Glucoseintoleranz, zuviel Insulin, erhöhter Triglyceridspiegel, erhöhte Werte bei den schädlichen Lipoproteinen sehr geringer Dichte (VLDL), niedrige Werte bei dem gesundheitsfördernden HDL-Cholesterin und schließlich Bluthochdruck.

Die negative Wechselbeziehung zwischen HDL und Insulin läßt darauf schließen, daß geringe HDL-Werte genau wie hohe Triglyceridwerte ein Ausdruck von Insulinresistenz sind.

> Die etablierte Medizin beginnt, einen Zusammenhang zwischen dem Blutzuckerstoffwechsel und Herzproblemen herzustellen!

Was wissen wir über Herzkrankheiten? Kann diese Art von Wissen zusammen mit anderen aktuellen Informationen dazu beitragen, den Killer Nummer eins abzuwehren? Forscher sagen, das sei möglich. Um zu verstehen, was Gesundheit des Herzens ist, werden wir darlegen, was sie nicht ist.

Chrom und Herzkrankheit

Wir wissen, daß an der Mehrzahl der Faktoren, die für die Entstehung von Herz-Kreislauf-Erkrankungen verantwortlich sind, Chrommangel beteiligt ist. Bei den Menschen, die unter Erkrankungen des Herzens leiden, ist der Chromspiegel erheblich niedriger als bei gesunden Menschen. Wenn Chrommangel ein Hauptrisikofaktor in bezug auf Herzkrankheiten ist, würden sich zusätzliche Chromgaben dann positiv auswirken?

In den vorhergehenden Kapiteln sprachen wir bereits über die Wechselbeziehung zwischen einem Mangel an diesem Spurenelement und einem gestörten Zucker- und Fettstoffwechsel. Die Beziehung zwischen Chrommangel und hohen Werten für im Blut zirkulierendes Insulin ist ebenfalls erläutert worden.

In der Fachliteratur wird darauf hingewiesen, daß durch Chrom ebenfalls die Bildung von Ablagerungen in den Arterien verhindert werden könnte, dadurch, daß es den Spiegel an LDL-Cholesterin senkt. Der Schlüsselfaktor ist hierbei die bemerkenswerte Fähigkeit des Chroms, die Wirksamkeit des Insulins zu erhöhen.

Zuviel Insulin und Herzkrankheiten

Zuviel Insulin im Blut, auch *Hyperinsulinämie* genannt, scheint eine Hauptursache für Herzkrankheiten zu sein. Diejenigen, deren Insulinwerte erhöht sind, haben in der Regel hohe LDL-Werte, niedrige HDL-Werte und hohen Blutdruck. Insulin regt die Produktion eines Enzyms in Ihrem Körper an, das Ihre Leber veranlaßt, Cholesterin zu produzieren. Ein Überangebot an Insulin in Ihrem Blut könnte zu Veränderungen an den Arterienwänden führen, die die Bildung von Fettablagerungen fördern – das ist der erste Schritt auf dem Weg zu einer Herzkrankheit.

Hohe Insulinanteile im Blut könnten ebenfalls als Erklärung dafür dienen, warum der Diabetiker Typ II, der ausreichend Insulin produziert, es aber nicht richtig verwerten kann, ein zwei- bis vierfach höheres Risiko hat, herzkrank zu werden als ein Nichtdiabetiker. (Mehr über hohe Insulinwerte und über Diabetes lesen Sie im siebten Kapitel.)

Zuviel Insulin begünstigt die Einlagerung von Salz und Wasser, und diese beiden Faktoren vergrößern wiederum Ihr Risiko, ein Herzleiden zu bekommen. Hohe Insulinanteile können den Bluthochdruck außerdem dadurch verschlechtern, daß sie die Reaktion der Arterien auf Adrenalin intensivieren.

Leider führen die meisten Ärzte keine Tests durch, um erhöhte Insulinwerte festzustellen, wenn Patienten keine Symptome wie bei Diabetes oder Hyperglykämie aufweisen. Trotzdem sprechen immer mehr Daten dafür, die Insulinresistenz mit Bluthochdruck und Risikofaktoren in bezug auf Krankheiten der Herzkranzgefäße in Zusammenhang zu bringen. Man nimmt an, daß Hyperinsulinämie eine Folge von Insulinresistenz ist – der Unfähigkeit, das Insulin richtig auszunutzen.

Cholesterinspiegel, Chrom und Herzkrankheiten

Studien weisen darauf hin, daß LDL-Cholesterin Arteriosklerose fördert, während HDL-Cholesterin eine Schutzwirkung hat. Diese Ergebnisse stimmen mit Beobachtungen bei primitiven Gesellschaften überein, in denen Krankheiten der Herzkranzgefäße selten und das typische HDL-LDL-Verhältnis hoch ist.

Die Gründe für einen niedrigen Chromspiegel bei Menschen von westlichen Gesellschaften sind bereits besprochen worden. Vertreter von ursprünglicheren Volksgruppen haben einen zwei- bis dreimal höheren Chromspiegel als wir und sind relativ frei von kardiovaskulären Problemen. Können wir auf der Grundlage dieser Fakten davon ausgehen, daß einer der Gründe für Herzkrankheiten Chrommangel ist? Obwohl ein Zusammenhang noch nicht unbedingt auf Kausalität verweisen muß, sind die Beweise überwältigend. Aber wir müssen hier keine Vermutungen anstellen. Es sind genügend wissenschaftliche Beweise vorhanden.

Beweise für den Zusammenhang zwischen Cholesterinspiegel, Chrom und Herzkrankheiten

Wissenschaftlichen Untersuchungen zufolge lassen sich an Informationen festhalten:

- Chrommangel erhöht den Cholesterinwert und die Bildung von Ablagerungen in der Aorta. Chromgaben scheinen sowohl die Bildung solcher Ablagerungen als auch den Anstieg des Cholesterinwerts zu verhindern – besonders den Cholesterinspiegelanstieg, der bei älteren Menschen häufiger auftritt. Diese Informationen erschienen im *American Journal of Physiology*.
- Bei Personen, die zwei Monate lang chromreiche Bierhefe zu sich nahmen, führten zusätzliche Chromgaben allgemein zu einer zehnprozentigen Reduktion des Cholesterinspiegels. Gleichzeitig erhöhten sich die Werte des gesundheitsfördernden HDL-Cholesterins um vierzehn Prozent, wie im Tätigkeitsbericht des *Fünften Internationalen Symposiums für Arteriosklerose* in Houston, Texas, beschrieben wird.
- In einer wissenschaftlichen Untersuchung, die in *Diabetes* zitiert wird, wurde nachgewiesen, daß sich bei den Versuchspersonen, die Bierhefe zu sich nahmen, die Cholesterin- und Insulinproduktion bedeutend verringerte. Eine Kontrollgruppe erhielt Torulahefe, die kein Chrom enthält; hier waren keine Verbesserungen festzustellen.
- Versuchstiere, denen täglich Chrom verabreicht wurde, wiesen einen bedeutenden Rückgang an arteriosklerotischen Ablagerungen auf; Kontrolltiere, denen Wasser gespritzt wurde, zeigten keine Verbesserungen. Über diese Forschungsergebnisse wurde im *American Journal of Clinical Nutrition* berichtet.
- Bei Autopsien hat sich gezeigt, daß die Aorta von Menschen, die an Arteriosklerose starben, normalerweise kein

Chrom aufwies. Dieser Befund gilt nicht für Menschen, die durch einen Unfall ums Leben kamen, wie das *Journal of Chronic Diseases* ausführte.

- Geringe Chromkonzentrationen in den Haaren und im Blut sind einer Studie zufolge, die in *Clinical Chemistry* zitiert wird, häufiger bei Menschen anzutreffen, die unter Herz-Kreislauf-Erkrankungen leiden.
- Als Reaktion auf zusätzliche Chromgaben erhöhen sich die HDL-Werte, während das im Blut zirkulierende Insulin tendenziell abnimmt. Im *American Journal of Clinical Nutrition* wiesen Forscher auf folgende Tatsache hin: »Chrommangel scheint ein ursächlicher Faktor bei der Entstehung von Arteriosklerose zu sein.«
- Das *American Journal of Clinical Nutrition* berichtet, daß sich bei einer Gruppe von Männern, die 200 Mikrogramm Chrom pro Tag einnahmen, die HDL-Cholesterinwerte um elf Prozent erhöhten. Wenn zu Beginn dieser Studie die Insulinwerte zu niedrig waren, so konnten die Werte durch das zusätzliche Chrom normalisiert werden.
- Durch zusätzliche Chromgaben bei Versuchstieren, die ansonsten mit raffiniertem Zucker ernährt wurden, den man mit erhöhtem Cholesterinspiegel in Verbindung bringt, konnten diese Werte drastisch gesenkt werden. Wie in *Circulation* zitiert wird, ist eine umgekehrte Wechselwirkung zwischen HDL und Plasmaglucose in mehreren epidemiologischen Studien festgestellt worden: niedrigere Glucosewerte, höhere HDL-Werte.

Besteht irgendein Zweifel daran, daß durch zusätzliche Chromgaben der Gesamtgehalt an Cholesterin verringert und die HDL-Werte erhöht werden? Besteht irgendein Zweifel am Nutzen von Chrom zur Bekämpfung von Herzkrankheiten?

Weitere Informationen über Niacin

Im Jahre 1983 wurden in der Fachzeitschrift der amerikanischen Ärztevereinigung Forschungsergebnisse bezüglich der anerkannten diätetischen und medikamentösen Therapie bei Herzkrankheiten veröffentlicht. In dem Bericht wurde behauptet, daß hohe Dosen des B-Vitamins Niacin die LDL-Werte senken und die HDL-Werte erhöhen. In wissenschaftlichen Untersuchungen konnten die drastischen Auswirkungen bestätigt werden. Niacin kann den Anteil von LDL-Cholesterin im Blut um bis zu dreißig Prozent senken und den des HDL-Cholesterin um bis zu fünfzehn Prozent erhöhen.

Die Verwendung von Niacin wurde durch Robert E. Kowalskis Buch *Die Acht-Wochen-Cholesterinkur* populär gemacht. Das Problem besteht jedoch darin, daß sehr hohe Dosen an Niacin erforderlich sind, um den gewünschten Effekt zu erzielen.

Es werden Dosierungen von 1500 und 3000 Milligramm empfohlen, was die empfohlene Tagesmenge um das 75- bis 150fache übersteigt. Niacin kann in so großen Mengen ernsthafte Nebenwirkungen haben.

Nebenwirkungen von Niacinüberdosierung:

- Erröten
- Gicht
- Ausschlag oder Kribbeln
- Leberkrankheiten
- Übelkeit
- Blutzuckerprobleme
- Durchfall
- niedriger Blutdruck
- Verschlimmerung von Magengeschwüren
- Herzrhythmusstörungen

Besonders hohe Dosierungen (drei Gramm pro Tag oder mehr) von Niacin in Form eines Retardpräparats sind als außerordentlich giftig und schädlich für die Leber erkannt worden. Einige Forscher sind der Meinung, daß der Wirkungsmechanismus, der das Problem verursacht, die Fähigkeit des Niacins ist, freie Fettsäuren aus den Fettdepots Ihres Körpers freizusetzen. Dr. Mark Mittchell jr., außerordentlicher Professor für Medizin an der John Hopkins University School of Medicine, erklärt, daß nicht vollkommen klar ist, auf welchem Wege Niacin den Cholesterinspiegel senkt. »Dies könnte mit Veränderungen zusammenhängen, durch die die Cholesterinsynthese kontrolliert wird, und wir haben erhöhte Leberenzymwerte bei Patienten festgestellt, die nicht mehr als zwei Gramm (Niacin) täglich einnahmen. Zu den meisten Fällen von Lebervergiftung ist es jedoch bei denjenigen gekommen, die mehr als drei Gramm Niacin in Form eines Retardpräparats pro Tag eingenommen haben«, führt Dr. Mitchell aus. In diesem Zusammenhang sollte darauf hingewiesen werden, daß Niacinamid, eine Niacinform, die nicht zu Erröten führt, keine cholesterinspiegelsenkende Wirkung hat.

> Chrom verringert die Menge an Niacin, die notwendig ist, um den Cholesterinspiegel zu senken.

Dr. Martin Urberg, Wissenschaftler an der Michigan Wayne State University, hat entdeckt, daß die Menge an erforderlichem Niacin entscheidend reduziert werden kann, wenn Niacin und Chrom gleichzeitig eingenommen werden. Urberg hat nachgewiesen, daß eine Kombination von 200 Mikrogramm Chrom und nur 100 Milligramm Niacin zu einer dreißigprozentigen Abnahme des LDL-Cholesterinspiegels führt. Er nimmt an, daß die Wirkung von Niacin und von

Chrom auf den gleichen Mechanismus zurückzuführen ist. *Chrom und Niacin senken den Insulinspiegel, indem sie Ihrem Körper die Materialien liefern, die er braucht, um sein eigenes GTF-Chrom zu produzieren.* Dr. Urberg hat entdeckt, daß der Cholesterinspiegel steigt, wenn Chrom und Niacin nicht mehr verabreicht werden. Wenn sie erneut verabreicht werden, dann sinkt der Cholesterinspiegel wieder. Diese Forschungsergebnisse sind nicht verwunderlich. Erinnern Sie sich daran, daß Dr. Mertz bereits vor zwanzig Jahren den Chrom-Niacin-Komplex als wesentlichen Bestandteil der GTF-Aktivität identifiziert hat. Möglicherweise ist gar kein zusätzliches Niacin notwendig, wenn dem Chrom vorher Niacin zugesetzt worden ist.

Dr. Richard Anderson vom amerikanischen Ministerium für Landwirtschaft hat darauf hingewiesen, daß viele Menschen anorganisches Chrom nicht in die aktive GTF-Form umwandeln können.

Cholesterinspiegelsenkende Medikamente

Hiermit möchte ich eine Warnung an all diejenigen richten, die Lovastatin als cholesterinspiegelsenkendes Mittel verwenden: Zu seinen Nebenwirkungen gehören Beeinträchtigungen der Leberfunktion und möglicherweise auch Veränderungen in der Funktionsweise der Lymphzellen.

Ironischerweise haben einige Studien gezeigt, daß die cholesterinspiegelsenkende Wirkung des Lovastatins zu gering ist, um signifikant zu sein.

Sport und Herzkrankheiten

Im Jahre 1984 wurde nachgewiesen, daß die Zahl der Todesfälle durch Herz-Kreislauf-Erkrankungen bei denjenigen, die regelmäßig leichten Sport trieben, um vierzig Prozent geringer war als bei denjenigen, die keinen Sport trieben. Eine fünfjährige Folgestudie, bei der dreitausend Feuerwehrleute und Polizeibeamte untersucht wurden, zeigte dann, daß bei der Gruppe, die ein niedriges Fitneßniveau aufwies, doppelt so häufig Herzkrankheiten auftraten. Solche Erkenntnisse sind nicht neu. Aber es klafft eine offensichtliche Lücke zwischen dem Vorstoß, den es in der Grundlagenforschung gegeben hat, und dem schleichenden Tempo, mit dem das neue Wissen auf Probleme beim Menschen angewendet wird.

> Das Mindestmaß an körperlicher Betätigung beim Menschen, das dem Schutz des Herzens dient, setzt kein besonderes Bemühen voraus: Dreimal zwanzig Minuten pro Woche reichen aus.

Bei der sportlichen Betätigung muß vermehrt Sauerstoff verbraucht werden, das heißt, die Aktivität sollte Sie außer Atem bringen, sie darf aber nicht zu Schmerz oder Unbehagen führen. Fragen Sie Ihren Arzt, ob zusätzliches GTF-Chrom Ihre Aktivitäten erleichtern und verbessern kann. (Im achten Kapitel wird ein leichtes und effizientes Übungsprogramm beschrieben.)

Liste der Risikofaktoren, die zu Herzanfällen führen können

Die Liste der Risikofaktoren, die zu Herzkrankheiten führen können, ist hinlänglich bekannt. Sie können wahrscheinlich einige von Ihnen im Schlaf herunterbeten: Rauchen, Bewegungsmangel, Alkohol, hoher Cholesterinspiegel und Fettleibigkeit.

Andere Risikofaktoren haben einen eher »medizinischen« Charakter und bleiben in der Regel unbemerkt, wenn Sie nicht von Ihrem Arzt vor ihnen gewarnt werden.

Zu dieser Liste gehören:

- Hoher Insulinspiegel,
- Diabetes,
- orale Verhütungsmittel,
- Arteriosklerose,
- Stabilität der Blutplättchen.

Wir haben bereits über die Auswirkungen, die Chrom auf sportliche Betätigung, Fettleibigkeit, Cholesterin und Insulin hat, gesprochen.

Eine Moralpredigt über die Gefahren des Rauchens brauchen wir nicht hinzuzufügen. Lassen Sie uns kurz zwei andere Gefahrenquellen untersuchen und dann erläutern, welche Rolle Chrom in diesem Zusammenhang spielt.

Gefäßkrankheiten: Arterienwände reagieren sehr empfindlich auf Insulin. Zuviel Insulin führt zur Überproduktion von Cholesterin und Triglyceriden und dadurch auch zur Bildung von Ablagerungen an den Arterienwänden – was wiederum zu Arteriosklerose führt. Es ist auch möglich, daß diese Gewebe durch Chrommangel insulinresistent werden. Das könnte eine Erklärung für die hohe Konzentration von Insulin im Blutkreislauf sein.

Orale Verhütungsmittel: Das Risiko, einen Schlaganfall zu bekommen, ist bei Frauen, die ein orales Verhütungsmittel einnehmen, neunmal höher als bei Frauen, die solche Verhütungsmittel nicht benutzen. Die Häufigkeit von Herzinfarkten steigt ebenfalls beträchtlich.

Beeinträchtigte Glucosetoleranz, hohe Konzentrationen von im Blut zirkulierendem Insulin und Insulinresistenz sind ebenfalls häufig auftretende Probleme bei Frauen, die die Pille nehmen. Da zusätzliche Chromgaben die Glucosetoleranz verbessern und den Insulinspiegel normalisieren, kann Chrom entscheidend dazu beitragen, die schädlichen Auswirkungen oraler Verhütungsmittel zu mildern. *Bei 77 Pro-*

zent aller Frauen, die orale Verhütungsmittel benutzen, ist die Glucosetoleranz gestört.

Mit absichtsvoller Ironie hielt ich kürzlich vor einem großen Publikum in Malaysia eine Rede zu dem Thema *Wie man seinen Ehemann bzw. seine Ehefrau umbringt und ungeschoren davonkommt.* Unter den Vorschlägen war auch die Idee, daß man seinem Ehepartner eine Mahlzeit anbieten sollte, die den Cholesterinspiegel hebt: ein Salamisandwich aus Weißbrot, dazu Coca-Cola, süße Pickles, eine Pie-à-la-mode, die sich gerade großer Beliebtheit erfreut, gefolgt von einer Tasse Kaffee mit zwei bis drei Teelöffeln Zucker. Funktioniert das auch dann, wenn er oder sie zusätzliches Chrom nimmt? *Versuchstiere, die mit viel raffiniertem Zucker ernährt wurden, aber zusätzlich Chrom bekamen, wiesen einen signifikant niedrigeren Cholesterinspiegel auf* – (Das heißt jedoch nicht, daß Fast food nicht andere Probleme verursachte. Dies ist keine Empfehlung, sich an »leeren« Kohlenhydraten zu überfressen!)

Zusammenfassung

Zusätzliches Chrom könnte sich positiv auf Bluthochdruck, Herzrhythmusstörungen und andere Risikofaktoren für Herz-Kreislauf-Erkrankungen, wie zum Beispiel Fettleibigkeit und die Einnahme der Pille, auswirken. Die Wechselbeziehungen sind unbestritten. Wenn der Blutzuckerstoffwechsel und Insulin beteiligt sind, dann spielt Chrom auch eine Rolle. Jeder Versuch, das Risiko einer Herzkrankheit zu reduzieren, setzt eine Beschäftigung mit dem Gleichgewicht dieses Stoffwechsels voraus. Wir befinden uns wieder am Ausgangspunkt: Krankheit beginnt auf der zellulären Ebene. Was immer Sie tun, um die Gesundheit Ihres Herzens zu verbessern, es wird auch Ihr allgemeines Wohlbefinden verbessert werden. Das Gegenteil trifft ebenfalls zu. Alles, was Sie tun, um Ihre Energie, Ihre Fitneß, Ihr Gewicht und Ihr Streßniveau und so weiter zu verbessern, wird auch positive Auswirkungen auf die Gesundheit Ihres Herzens haben.

> Einer von Tausenden macht sich die Mühe, für sich selbst zu sorgen; die anderen lassen sich von der Mühsal niederdrücken.

Fallbeispiel

Auf Anraten ihres Arztes ließ Maria ihr Blut im Labor testen. Der Cholesterinwert betrug 260 Milligramm pro 100 Milliliter und ihr Triglyceridwert lag mit 863 Milligramm enorm hoch. Maria nahm keine Veränderungen in ihrer Lebensweise vor – mit einer Ausnahme: Sie nahm zweieinhalb Monate lang Chrom-Polynicotinat. Dann wiederholte sie den Bluttest. Jetzt lag ihr Cholesterinwert bei 217 und ihr Triglyceridwert bei 154 Milligramm pro 100 Milliliter. Marias HDL-Wert stieg von 31 auf 43 Milligramm an.

Sie erinnern sich gewiß daran, daß Chrom die Auswirkungen von Niacin potenziert und daß Niacin dazu beiträgt, den Cholesterinspiegel zu regulieren. Das hat sich in bezug auf den Stoffwechsel als sehr effektiver Weg herausgestellt, um Cholesterinwerte zu senken.

Es ist nicht leicht, das zu tun, was getan werden muß, um die Lebensqualität zu verbessern. Da die häufigste Todesursache bei Diabetikern Herz-Kreislauf-Erkrankungen sind, ist es schwierig, Diskussionen über Chrom und Diabetes von Diskussionen über Chrom und Herzkrankheit zu trennen. Bei Tieren, die unter Chrommangel leiden, ist die Glucosetoleranz gestört, und sie haben arteriosklerotische Ablagerungen in ihrer Aorta.

> Also: GTF-Chrom für Ihr Herz!

Siebtes Kapitel

Blutzucker
Was er ist, und wie Sie ihn kontrollieren können

Glossar

Bauchspeicheldrüse: große Drüse im Bauchraum, die Insulin und andere Hormone in den Blutkreislauf ausschüttet.

Diabetes mellitus: Krankheit, bei der der Blutzuckerspiegel das normale Maß übersteigt; ist durch die Unfähigkeit, Glucose als Energiequelle voll zu nutzen, charakterisiert; volkstümlich »Diabetes« genannt; ist auf einen gestörten Insulinstoffwechsel zurückzuführen, der zur Folge hat, daß Zucker ins Blut und in den Urin gelangt.

Diabetes Typ I: insulinabhängig; normalerweise durch Verlust der Funktion der meisten oder aller Bauchspeicheldrüsen-B-Zellen verursacht.

Diabetes Typ II: nicht insulinabhängig; die mildere Form des Diabetes; tritt normalerweise erst nach dem vierzigsten Lebensjahr auf; kann durch Gewichtskontrolle, eine bestimmte Diät und körperliche Betätigung behandelt werden.

Unkontrollierter Diabetes Typ II: nicht behandelt; führt zu Nieren- und Augenkrankheiten; zweifach erhöhtes Risiko von Herzkrankheit und Schlaganfall.

Endokrine Drüsen: Drüsen, die Gewebe enthalten, die Hormone direkt in den Blutkreislauf abgeben: Schilddrüse, Bauchspeicheldrüse, Nebenniere, Hirnanhangdrüse und andere.

Glucosetoleranz: Fähigkeit, den Blutzuckerspiegel zu senken, nachdem er durch die Aufnahme von Nahrung angestiegen ist; bei Diabetes gestört.

glykämisch: der Zustand, daß Zucker im Blut vorhanden ist.

Insulin: Hormon, das durch die B-Zellen der Bauchspeicheldrüse ausgeschieden wird; die meisten Gewebe brauchen es, um Glucose verwerten zu können.

Hyperglykämie: hoher Blutzuckeranteil; Erhöhung des Blutzuckerspiegels über das normale Maß hinaus, wenn man Alter und Zeitpunkt der Nahrungsaufnahme in Betracht zieht.

Hyperinsulinämie: exzessive Ausschüttung von Insulin durch die Bauchspeicheldrüse, was zu Hypoglykämie führt; Insulinschock nach einer Überdosis Insulin.

Hypoglykämie: niedriger Blutzuckeranteil; Insulinreaktion; Insulinschock; kann mit auffälligen klinischen Symptomen oder ohne dieselben auftreten.

Langerhanssche Inseln: Zellkomplexe in der Bauchspeicheldrüse, die Insulin ausschütten.

Placebo: Substanz, die keine Wirkung hat; wird zur Vergleichskontrolle verwendet, wenn aktive Substanzen getestet werden.

Chrom als Blutzuckerstabilisator

Gute Medizin ist unmöglich, wenn man nicht auf die Ernährung achtet.

Was ist Blutzucker?

GTF-Chrom und Blutzucker

Eine bestimmte Wüstenratte, die Sandratte, entwickelt Diabetes, wenn sie mit Labornahrung gefüttert wird.

So begann der verstorbene Gründer des Brain Bio Center von Princeton, New Jersey, Dr. Carl Pfeiffer, sein Kapitel über Chrom in seinem Bestseller *Mental and Elemental Nutrients: A Physician's Guide*. Er fährt folgendermaßen fort:

Wenn die Sandratte in die Wüste zurückgebracht wird, verschwinden die Diabetessymptome. Welchen Schlüsselnährstoff findet die Ratte in ihrem natürlichen Futter, der in der Labornahrung für Ratten fehlt? Umfangreiche Laboranalysen lassen darauf schließen, daß es Chrom ist. Chrom (GTF) potenziert die Wirkung, die Insulin auf die Glucoseaufnahme hat, und unterdrückt damit die latente Diabetes der Sandratte. Die Salzmelde, ein Gänsefußgewächs, das die Ratte in ihrem Bau hortet, enthält genug GTF, um Diabetes zu verhindern.

Veröffentlichung von Neuentdeckungen: Zuckerstoffwechsel verbessert

Von Jahrzehnt zu Jahrzehnt nimmt die Zahl derjenigen, die als Erwachsene Diabetes (Typ II) bekommen, zu. Man schätzt, daß nahezu vierzig Prozent der über Sechzigjährigen Diabetiker sind oder Erscheinungen aufweisen, die dem Diabetes nahekommen, und daß achtzig Prozent der über Fünfundsechzigjährigen mehr oder weniger an Glucoseintoleranz leiden. Die amerikanische Vereinigung für Diabetes weist darauf hin, daß es in den Vereinigten Staaten fünf Millionen oder mehr Diabetiker gibt, die nicht diagnostiziert seien. Am 3. April 1990 hat das Büro für Öffentlichkeitsarbeit des Verbandes der amerikanischen Gesellschaften für experimentelle Biologie die von ihr gemachten Neuentdeckungen veröffentlicht. Im folgenden ein Auszug aus dieser Veröffentlichung:

Washington, D. C.: Chrom, ein Spurenelement, das in geringem Maß in Früchten, Gemüsen, Kleie und Innereien vorkommt, verbessert den Zuckerstoffwechsel bei etwa fünfundachtzig Prozent derjenigen, die eine leichte Glucoseintoleranz aufweisen und damit zur Risikogruppe in bezug auf Altersdiabetes gehören. Das berichteten von der Regierung beauftragte Wissenschaftler heute anläßlich der 74. Jahrestagung des Verbandes der Amerikanischen Gesellschaften für Experimentelle Biologie.

Die Versuchspersonen litten unter leichter Glucoseintoleranz – was ihr einziges Anzeichen für Chrommangel war – und daher vielleicht schon unter einem latenten Diabetes, sagte Dr. Richard A. Anderson, Biochemiker im amerikanischen Ministerium für Landwirtschaft in Beltsville, Maryland.

Glucoseintoleranz wird als frühes Warnzeichen für Altersdiabetes angesehen. Sie ist in der Regel nicht auf die Unfähigkeit der Bauchspeicheldrüse, Insulin auszuschütten, zurückzuführen, wie das bei den insulinabhängigen, sich in jungen Jahren entwickelnden Diabetesformen der Fall ist, sondern sie wird durch weniger wirksames Insulin verursacht. Das Insulin der Betroffenen weist eine verminderte Fähigkeit auf, den Blutzuckerspiegel zu kontrollieren, was den Körper veranlaßt, mehr Insulin zu produzieren. Chrom würde die Aktivität des Insulins steigern, sagte Anderson.

Mehr als neunzig Prozent der Amerikaner würden sich auf eine Weise ernähren, bei der sie weniger als die empfohlenen sicheren und angemessenen Chrommengen zu sich nähmen, nämlich 50 bis 200 Mikrogramm pro Tag, fuhr Ander-

son fort. Außerdem brauche Streß, durch zuviel Zucker, seelische Belastungen oder Sport verursacht, die Chromvorräte des Körpers auf. Chrom sei nur bei extrem hoher Dosierung giftig ...

Chrom wirke wie ein Nährstoff, nicht wie ein Medikament; es beeinflusse nur die Menschen, die unter Chrommangel litten, sagte Anderson. Chrom kehre die Glucoseintoleranz um.

Dieses essentielle Spurenelement, das in sehr geringen Mengen für den Zucker- und Fettstoffwechsel benötigt wird, kommt in keinem einzigen Nahrungsmittel in besonders hoher Menge vor. Personen, die nicht genügend Chrom mit der Nahrung aufnähmen oder die eine leichte Glucoseintoleranz aufwiesen, sollten einen ausgewogenen Nährstoffzusatz aufnehmen, der mehrere Vitamine und Mineralien enthalte [fuhr Anderson fort]. Die meisten Amerikaner nähmen verschiedene Spurenelemente in zu geringen Mengen zu sich, besonders Chrom, Kupfer und Zink.

Zusätzliche Informationen zu dieser Studie finden Sie auf Seite 192 in dem Abschnitt *Wissenschaftlicher Beweis: Zusätzliches Chrom für Hypoglykämiker!*

Überblick über den Glucosestoffwechsel

Wenn Sie sich an Ihren Biologieunterricht im Gymnasium erinnern oder wenn Sie in späteren Jahren Grund hatten, sich um Ihren Glucosestoffwechsel zu kümmern (oder wenn Sie sich auf die vorausgehenden Kapitel in diesem Buch besinnen), dann wissen Sie, daß Glucose in Ihr Blut resorbiert wird, nachdem Sie eine Mahlzeit zu sich genommen haben. Das führt dazu, daß Ihre Bauchspeicheldrüse Insulin ausschüttet. Insulin wiederum führt zur schnellen Aufnahme, Speicherung und Verwertung von Glucose durch nahezu alle Gewebe Ihres Körpers, besonders aber durch Ihre Leber und Ihre

Muskeln. Insulin trägt zur Speicherung von Glucose in Ihrer Leber als Glykogen bei. Und wenn Sie zusätzliche Energie benötigen, dann wird das Glykogen aus der Leber erneut in Glucose umgewandelt, in Ihren Blutkreislauf abgegeben und dann in verschiedene Gewebe Ihres Körpers transportiert. Insulin beeinflußt den Fett- und Eiweißstoffwechsel fast genau in demselben Maße wie den Kohlenhydratstoffwechsel.

> Der organische GTF-Chrom-Komplex ist als biologisch aktive Form von Chrom identifiziert worden.

Chrom selbst hat nur geringe Auswirkungen auf Insulin. In seiner biologisch aktiven Form trägt Chrom jedoch dazu bei, Insulin an die Rezeptoren der Zellmembranen zu binden. An diesen Rezeptoren wirkt GTF-aktiviertes Insulin, indem es den Blutzucker und lebenswichtige Aminosäuren für den Eiweiß- und Kohlenhydratstoffwechsel in Ihre Zellen transportiert. Ein Mangel an GTF-Chrom kann diesen Prozeß hemmen, wodurch es zu schweren Störungen in Ihrer körperlichen Entwicklung und Ihrer Leistungsfähigkeit kommen kann.

Wenn Insulin unter normalen Bedingungen in Ihr Blut gelangt, dann bleibt es nicht sehr lange im Blut, wenn es nicht von den jeweiligen Zielorten aufgenommen wird. Denn wenn es nicht an speziellen Orten, die hierfür vorgesehen sind, gebunden wird, dann zerfällt es in wenigen Minuten. Das Problem besteht darin, daß »normale Bedingungen« selten vorkommen.

Mehr über Insulinresistenz

Obwohl die Beziehung zwischen Chrom, Blutzuckerstoffwechsel und Insulinresistenz bereits in früheren Kapiteln erläutert wurde, lohnt sich hier dennoch eine Wiederholung der Informationen, besonders in bezug auf Diabetes. Etwa fünfzehn Prozent der fünfzehn Millionen Amerikaner mit Diabetes mellitus sind, um weiterleben zu können, von Insulin abhängig. Eine große Zahl derer, die unter nichtinsulinabhängigem Diabetes leiden, sind übergewichtig und weisen Insulinresistenz auf. Die Insulinresistenz kann durch das Übergewicht oder die Krankheit selbst verursacht worden sein.

Insulinresistenz kommt nicht nur bei Diabetikern vor, sondern auch bei denjenigen, die unter Fettsucht leiden, die Eierstockzysten oder Lupus haben, oder bei denjenigen, die unter anderen Krankheiten des Immunsystems leiden, welche durch Antikörper auf Insulinrezeptoren gekennzeichnet sind. Mit anderen Worten, Ihr Körper wird gegen sein eigenes Insulin immun und weist es zurück oder neutralisiert es.

> Antikörper können Insulin mit so großer Geschwindigkeit zerstören, daß einige Diabetiker die zehnfache Insulinmenge benötigen.

Insulinresistenz kann durch anomal geformte Insulinmoleküle verursacht werden (eine Folge des Alterns oder der schädlichen Wirkung von freien Radikalen), durch Schwefelmangel, die Blockierung der normalen Insulinfunktion und durch Chrommangel. Insulinunabhängige Diabetiker können Insulin in ausreichender Menge in ihrem Blut haben, aber ohne GTF-Chrom, das seine Wirkung potenziert, ist es nutzlos. Eine Tankstelle, deren Tanks mit Benzin gefüllt sind, kann ein Auto nicht zum Laufen bringen, wenn das Benzin nicht in den Tank des Autos gepumpt wird.

Insulinresistenz führt zu Insulinmangel

Es gibt keine Personengruppe, die für Chrommangel anfälliger ist als Diabetiker. Nach einer einzigen oralen Dosis

Chrom nehmen Diabetiker während der ersten vierundzwanzig Stunden zwei- bis viermal mehr von diesem Spurenelement auf als diejenigen, die einen normalen Zuckerstoffwechsel haben. Wenn Insulin eingenommen wird, dann werden zwanzig Prozent des im Körper gespeicherten Chroms ausgeschieden. So kann die Verabreichung von Insulin zu vermehrter Ausscheidung von Chrom führen und zu einer Neigung zu Chrommangel, was das letzte ist, was ein Diabetiker gebrauchen kann.

Das ist ein weiterer Teufelskreis:

- Ein hoher Blutzuckeranteil verursacht Chromverluste,
- dadurch steigt der Blutzuckerspiegel,
- das führt zu Chromverlust.

Da Diabetiker GTF nicht aus den Bestandteilen zusammensetzen konnen, müssen sie Chrom in bereits komplexer GTF-Form einnehmen.

> Weniger Insulin ist erforderlich, um den Blutzuckerspiegel unter Kontrolle zu halten, wenn GTF in angemessener Menge vorhanden ist.

Die Entdeckung des Insulins

Durch die Entdeckung des Insulins im Jahre 1921 ist die Behandlung von Diabetes revolutioniert worden. Trotz intensiver Bemühungen der Ärzteschaft ist Diabetes jedoch auch weiterhin mit verheerenden Komplikationen verbunden. Eine der fundamentalen Fragen in der Diabetologie ist die, ob diese Nebenwirkungen durch eine intensive Insulintherapie verhindert oder rückgängig gemacht werden können oder nicht.

Jüngsten Studien zufolge ist die Möglichkeit, einen Ersatzstoff für Insulin zu finden, trotz eines tiefergehenderen Verständnisses der Eigenschaften des Insulins immer noch nicht in greifbare Nähe gerückt.

Wissenschaftliche Untersuchungen, die Forscher an der Universität von Texas in Dallas durchführten, haben ergeben, daß Ärzte nicht immer in der Lage sind, einen erhöhten Plasmaglucosespiegel, der durch Insulinmangel oder Insulinresistenz verursacht wurde, zu normalisieren. Ihre Bemühungen haben oft Hyperinsulinämie (zuviel Insulin) zur Folge.

Insulinresistenz kann infolge verschiedener Faktoren auftreten:

- durch eine Abnahme der Anzahl von Rezeptoren auf den Zellmembranen, die Insulin binden,
- Chrommangel, der verhindert, daß die Insulinrezeptoren in der Lage sind, Insulin zu binden,
- Defekte in der Zelle, die die Wirkung des Insulins behindern.

Von den schädlichen Reaktionen ist Hypoglykämie die bei weitem gravierendste und häufigste Antwort auf die Verabreichung von Insulin. Durch Langzeitgebrauch von Insulin werden die natürlichen hormonalen Kontrollmechanismen ineffektiv.

Hypoglykämie und der Glucosetoleranztest

Ich werde nie meine Reaktionen auf meinen Glucosetoleranztest vergessen – eine sechsstündige Untersuchung, um die Auswirkungen einer starken Dosis einfacher Kohlenhydrate festzustellen. Der mit der Untersuchung betraute Endokrinologe sagte mir, daß er in der Lage sei, die Blutzuckerwerte von Patienten schon in dem Moment vorherzusagen, in dem er die Nadeln zum Blutabnehmen einführte. Aus Erfahrung wußte er, was er aus seiner Beobachtung der Blutgefäße zu folgern hatte. In meinem Fall sollte er recht behalten, als er mir voraussagte, daß ich seinen Rekord in bezug auf einen niedrigen Blutzuckerspiegel brechen würde. Ich hatte schwere Hypoglykämie.

In der fünften Teststunde war ich so hungrig und außer Kontrolle geraten, daß ich die Pflanzen im Aquarium des Warteraums verspeisen wollte. Ein anderer Patient hielt mich zurück und wies mich darauf hin, daß die Pflanzen künstlich seien.

Der orale Glucosetoleranztest ist kritisiert worden, weil er Menschen angeblich einer wirklichkeitsfremden Situation aussetzt. Für mich stellte diese Erfahrung keine Übertreibung dar. Ich hatte ähnliche Situationen schon viele Male vorher erlebt. Um genau zu sein, ich hatte die unangenehmen Symptome von zuwenig Blutzucker wahrscheinlich seit zehn Jahren gehabt. Ich hatte nie ganz verstanden, warum ich mich eine Stunde *nach* den Mahlzeiten so schläfrig fühlte (das endogene Insulin ließ den Blutzuckerspiegel auf niedrigere Werte als beabsichtigt sinken). Und vor dem Essen verspürte ich Nervosität – nämlich dann, wenn mein Blutzuckerspiegel einen rapiden Abbau von Glykogen signalisierte, aber mein System diese Informationen nicht weitergab.

Den Blutzuckerspiegel kontrollieren

Bierhefe als Chromlieferant

Die Geschichte von GTF und seiner Wirkung auf Insulin läßt sich mindestens ein Jahrhundert lang zurückverfolgen, obwohl die genauen Zusammenhänge damals nicht bekannt waren. Vor mehr als hundert Jahren wurden Diabetikern mit gutem Erfolg große Mengen Bierhefe gegeben, und so konnte die Krankheit unter Kontrolle gehalten werden. Die gesundheitsfördernde Wirkung von Bierhefe war bekannt, auch wenn man ihre einzelnen Bestandteile noch nicht identifiziert hatte. Im Jahre 1929 bemerkten zwei Wissenschaftler den Einfluß von Hefe auf die blutzuckerspiegelsenkende Wirkung des Insulins. Zu jener Zeit wurden die Vorteile von Bierhefe deren hohem Nährstoffgehalt zugeschrieben.

In den vierziger Jahren dieses Jahrhunderts riet man Frauen, die in der Stadt lebten, davon ab, ihre Kinder zu stillen. Meine Kinder und ich waren Opfer dieser falschen Annahme. Als ich meinen Geburtshelfer wegen des Stillens befragte, lautete seine Antwort: »Sie sind doch keine Kuh.« Meinem Baby wurde damals von einer entsprechenden Firma hergestellte Milch verschrieben, die einen hohen Zuckergehalt hatte.

Es ist daher nicht verwunderlich, daß mein erstes Kind bereits mit vier Monaten ernsthaft krank wurde. Nachdem ich mir aufgrund dieser Krankheit etwas Wissen über Ernährung erworben hatte, begann ich, den Fläschchen einen Eßlöffel Bierhefe hinzuzufügen. Und das war das Ende der Krankheit. Mein Kind wurde wieder gesund und kräftig!

Rückblickend war das von meiner Seite aus ein riskanter Schritt gewesen. Glücklicherweise hatte meine Tochter einen Magen, der eine ganze Menge aushielt und der die Hefe vertragen konnte. Heutzutage würde ich bei einem so kleinen Kind dieses Heilmittel nicht wählen. Kleinkinder produzieren nicht die notwendigen Enzyme, um etwas anderes als Muttermilch vertragen zu können, bis sie mindestens acht oder neun Monate alt sind. (Wenn ihnen vorher feste Nahrung verabreicht wird, führt das zu Nahrungsmittelallergien, die dann im späteren Leben in Erscheinung treten.)

Bierhefe war das beste »natürliche« adaptogene Produkt, das ich damals kannte, und es hat funktioniert. Zweifellos hat das Chrom in der Bierhefe eine Schutzfunktion angesichts des hohen Zuckeranteils in der Milch ausgeübt.

Gewicht und Bewegung

Es ist für Diabetiker schwieriger, Gewicht zu verlieren, da die Freisetzung von Fett aus ihren Zellen gestört ist. Aber Diabetiker müssen Gewicht verlieren, wenn sie ihre Gesundheit verbessern wollen und frei von Krankheit sein möchten. Wenn nur fünf bis zehn Pfund weniger Fett vorhanden sind, dann können die Insulingaben beträchtlich reduziert werden. Muskeln brauchen sehr viel weniger Insulin.

> Durch Bewegung wird Glucose gebunden, ohne daß Insulin dabei gebraucht wird.

Dr. Gary Price Todd aus Waynesville, North Carolina zufolge verbrauchen 30 Gramm Fett etwa fünfmal soviel Insulin wie das entsprechende Muskelgewebe.

Wenn Sie also nur fünf Pfund Übergewicht haben, wird fünfundzwanzigmal soviel Insulin benötigt, wie für ein zusätzliches Pfund Muskeln gebraucht würde. Gewichtverlust trägt dazu bei, den normalen Blutzuckerspiegel wiederherzustellen.

Diabeter, die nicht übergewichtig sind, haben normalerweise idiosynkratisch bedingte Defekte bei der Insulinausschüttung.

Ein Teil der Stoffwechselanpassung, der normalerweise stattfindet, wenn man sich bewegt, funktioniert bei insulinabhängigen Diabetikern nicht. Ein wesentliches Problem besteht darin, *niedrige, aber angemessene* Plasmainsulinwerte zu erzielen, um die normalen glykämischen Reaktionen bei sportlicher Betätigung beizubehalten. (Glykämie bezieht sich auf das Vorkommen von Zucker in Ihrem Blut.)

Bei Personen mit niedrigem Insulinspiegel und ausgeprägter Hyperglykämie kann sportliche Betätigung den Diabetes verschlimmern, anstatt ihn zu verbessern.

Bei Hypoinsulinämikern jedoch können die Blutzuckerwerte als Reaktion auf Sport ansteigen. Sogar Menschen mit normaler Glucosereaktion leiden bei intensiver und anhaltender sportlicher Betätigung unter abnehmender Glucosekonzentration.

Diabeteskontrolle: Methoden, die zu einem Durchbruch führen können

Obwohl zusätzliche Chromgaben für den insulinabhängigen Diabetiker nicht so hilfreich sind wie für den Diabetiker Typ II, dienen sie oft dazu, die hypoglykämische Wirkung zu verändern. Dr. Todd verwendet bei der Behandlung von Diabetes Chrom in großen Mengen. Er konnte die meisten seiner Diabetespatienten (Typ II) von oral anzuwendenden Medikamenten wegbringen und die erforderlichen Insulinmengen bei Typ-I-Patienten senken. Dr. Todd erklärt, daß Diabetiker 600 Mikrogramm Chrom bei jeder Mahlzeit oder wenigstens 600 Mikrogramm zweimal am Tag benötigen, weil Chrom nicht sehr lange im Körper des Diabetikers bleibt, sondern einfach durchläuft. (Bitte beachten Sie: Sie dürfen eine so hohe Chrommenge nur dann einnehmen, wenn Sie sich in ärztlicher Behandlung befinden.)

Dr. Todd ist selbst insulinabhängiger Diabetiker. Er konnte seinen Insulinwert von siebzig Einheiten pro Tag auf etwa fünf reduzieren, indem er bei jeder Mahlzeit 600 Mikrogramm Chrom einnahm. Dr. Todd gibt zu, daß er wahrscheinlich auf Insulin ganz verzichten könnte, wenn seine Ernährung vorbildhafter wäre. Obwohl es schwierig ist, Diabetiker des Typ I ganz von Insulin wegzubringen, hat Dr. Todd einen Patienten, bei dem ihm das gelungen ist. Dieser Patient hatte vorher zwanzig Einheiten Insulin benötigt und er kann jetzt ganz darauf verzichten.

Bei Diabetikern müssen die hohen Chromdosierungen ständig beibehalten werden (natürlich nicht ohne Überwachung.) Die meisten anderen Störungen werden während der Therapiephase mit hohen Chromgaben behandelt und zur weiteren Gesundung mit reduzierten Chromgaben.

Warnung an nahe Verwandte von Diabetikern

Ein gestörter Glucosestoffwechsel tritt häufig bei Blutsverwandten von Personen mit insulinunabhängigem Diabetes auf. Sie weisen oft eine Störung bei der Glykogenbildung auf. Wenn Sie zu dieser Gruppe gehören, dann seien Sie also auf der Hut!

Diabetische Retinopathie (Netzhauterkrankung)

Wenn ein Diabetes nicht genügend überwacht wird, dann kann *Retinopathie* – eine nichtentzündliche Erkrankung der Netzhaut – auftreten. Sie ist auf eine Entartung der Blutgefäße der Netzhaut zurückzuführen, bei der in frühen Phasen Flüssigkeitsverlust auftritt und in spateren Phasen die Neigung zu Blutungen.

Eine unzureichende Überwachung des Blutzuckerspiegels wird als wichtiger Faktor bei der Herausbildung von diabetischer Retinopathie angesehen.

> Studien weisen auf einen Zusammenhang zwischen der Kontrolle von Diabetes und mikrovaskulären Komplikationen (Krankheiten der Mikrogefäße) hin.

Diabetes und Herzerkrankungen

Obwohl bei insulinabhängigen Diabetikern, die regelmäßig kontrolliert werden, der HDL-Spiegel normal bis hoch ist, ist er bei nicht insulinabhängigen Diabetikern oft niedrig – ein Zustand, zu dem Insulinresistenz und mangelhafte Insulinausschüttung erheblich beitragen.

Die Insulinfunktionen können durch Erhöhung der Insulinkonzentration und auch durch Erhöhung biologisch aktiver Chromformen verbessert werden. Den Spiegel des im Blut zirkulierenden Insulins im Normalbereich zu halten, ist besonders aufgrund der mit dem Diabetes verbundenen Komplikationen vorteilhaft. Zu diesen gehören Erkrankungen der Herzkranzgefäße, die mit einem erhöhten Insulinanteil in Verbindung gebracht werden.

Makrovaskuläre Krankheiten kommen bei Diabetikern sehr häufig vor. Heute nimmt man an, daß Insulin eine mögliche Ursache für diese Komplikation ist. Obwohl zusätzliche Chromgaben in keinem direkten Zusammenhang zu den positiven Auswirkungen für insulinabhängige Diabetiker zu stehen scheinen, sind mehrere indirekte Vorteile angeführt worden.

Wie Chrom dem Diabetiker nützt

GTF-Chrom nützt dem Diabetiker auf vielfältige Weise. Es ist verantwortlich für

- eine wesentliche Verringerung der notwendigen Insulingaben bei insulinabhängigen Diabetikern,
- die Verbesserung anomaler Glucosetoleranzkurven,
- die Normalisierung erhöhter Triglyceridwerte bei einigen jungen Erwachsenen,
- eine signifikante Senkung des Cholesterinspiegels,
- eine Korrektur der beeinträchtigten Glucosetoleranz bei älteren Menschen,
- verringertes Insulinangebot, um die normale Glucosetoleranz aufrechtzuerhalten.

Die Ernährung des Diabetikers

Einstellungen zu Ernährung sind oft eher im historischen Zusammenhang zu verstehen und nicht unbedingt wissenschaftlich abgesichert. Falsche Vorstellungen über Zucker und Energie scheinen die Liste der Presseberichte, in denen über neueste wissenschaftliche Erkenntnisse referiert wird, anzuführen. Da wir uns nach Aussagen von Wissenschaftlern an der Universität von Vermont gerichtet haben, haben wir uns bei der Auswahl der diätetischen Behandlung von Hypoglykämie eher auf die Tradition als auf *Tatsachen* gestützt.

Orangensaft, ein Mittel, das normalerweise bei Hypoglykämie verschrieben wird, ist nicht das wirksamste Mittel zur Normalisierung des Blutzuckerspiegels.

Gleiche Mengen anderer kohlenhydratreicher Nahrungsmittel, zum Beispiel Vollkorn (in Form von Getreide oder Reis), führen zu einem langfristigeren Anstieg des Blutzuckerspiegels als Orangensaft.

Genau wie Insulin notwendig ist, um Glucose aus Ihrem Blut in die Zellen zu bringen, ist Glucose ebenfalls für die Mobilisierung von Triglyceriden notwendig. Ein Patient hat berichtet, daß sein Blutzuckerspiegel durch den Verzehr von Gebratenem stärker ansteigt als durch den Verzehr eines süßen Desserts. Ein zu hoher Fettkonsum erhöht die benötigte Menge an Insulin. Das Reduzieren des Fettkonsums (besonders in Form von Gebratenem) trägt dazu bei, die benötigte Menge an Insulin zu senken.

Als man Dr. Todd fragte, ob er chromreiche Nahrung empfehlen würde, antwortete er, daß sogenannte »chromreiche Nahrung« allein nicht ausreichen würde, da nicht genug Chrom in unserer Nahrung vorhanden sei, um therapeutisch wirksam zu sein. Er warnt den Diabetiker (und alle anderen auch) jedoch davor, ein süßes Dessert zum Abendessen oder danach zu verzehren. Die Gründe hierfür sind im dritten Kapitel erläutert. (Erinnern Sie sich daran, daß Wachstumshormone nachts gebildet werden; Zucker wirkt sich störend auf deren nächtliche Ausschüttung aus und beeinträchtigt Ihr Energieniveau, das neben anderen wichtigen Funktionen von diesem Hormon bestimmt wird.)

> Eineinhalb Stunden nach dem Verzehr führt die einmalige Aufnahme von Zucker zu einem bemerkenswerten Anstieg der Chromausscheidung.

Die Verluste durch Ausscheidung dauern an, wenn weiterhin raffinierter Zucker verzehrt wird. (Noch einmal: Sobald Chrom für den Gebrauch mobilisiert worden ist, wird es ausgeschieden und nicht gespeichert.) Es ist überflüssig, darauf hinzuweisen, daß Nahrungsmittel, die einen hohen Gehalt an Einfachzuckern aufweisen, oft nährstoffreiche Nahrungsmittel ersetzen, die vielleicht andere wichtige Vitamine und Mineralien und wenigstens einige Spuren Chrom enthielten. Personen mit Diabetes (und niedrigem Blutzuckerspiegel) reagieren verschieden auf Nahrungsmittel mit gleichem Kohlenhydrat- und Kaloriengehalt. Sie wissen bereits, daß Kohlenhydrate verschiedene Grade an Komplexität haben können und daß die meisten Einfachzucker den Blutzuckerspiegel schnell erhöhen. Aber einige komplexe Kohlenhydrate werden einfach nur dadurch, daß man sie kocht, in Einfachzucker umgewandelt.

> Je länger eine Kartoffel gekocht wird, um so einfachere Zucker enthält sie und um so schneller hebt sie Ihren Blutzuckerwert an.

Die meisten abgepackten Suppen und Suppen, die Sie im Restaurant bekommen, enthalten beträchtliche Mengen an Einfachzuckern oder an Rohrzucker. Selbst Suppen, die zu

Hause aus frischem Gemüse zubereitet werden, können einen hohen Glucosegehalt aufweisen, wenn sie mehrere Stunden gekocht werden.

Die Reaktionen von Blutzucker und Insulin hängen von der Partikelgröße und der Kochzeit ebenso wie von der Art des Kochvorgangs ab. Kleinere Partikel tragen zu unerwünschten stärkeren Reaktionen bei. (Die Verdauungsrate wird intensiviert, und damit verstärken sich auch die nachfolgenden glykämischen Reaktionen.) Aus diesem Grunde ist eine Schüssel mit ganzen Getreidekörnern weitaus besser als Nudeln oder sogar Vollkornbrot und -brötchen. Bei den letztgenannten Nahrungsmitteln ist das ganze Getreide vollkommen zerkleinert und zerstampft worden.

Der Verzehr von Hülsenfrüchten (Erbsen, Bohnen und Linsen) führt bei Diabetikern zu verbesserter Glucosetoleranz und Blutzuckerkontrolle. Hülsenfrüchte sind im Vergleich zu anderen ballaststoffreichen Nahrungsmitteln besonders nützlich, um die Blutzuckerreaktion zu senken.

Blutzucker, Diabetes und Schwangerschaft

Es ist beobachtet worden, daß Schwangerschaft Diabetes auslösen kann, da die meisten schwangeren Frauen im letzten Drittel ihrer Schwangerschaft anomale Glucosetoleranzkurven aufweisen. Normalerweise haben schwangere Frauen während des Tages einen Plasmaglucosespiegel, dessen Schwankungen sich innerhalb eines engen Spielraums bewegen. Es kommt jedoch bei jeder Hauptmahlzeit zu einem auffallenden Anstieg von Insulin und einem langsamer ansteigenden Glucosespiegel, einem Phänomen, das bereits in der frühen Schwangerschaft auftritt.

Die niedrigen Werte werden bis kurz vor der Entbindung beibehalten, was einer verstärkten Verwertung von Glucose durch die Gewebe zugeschrieben wird. Dieser Spiegel ist bei fehl- und unterernährten Frauen signifikant niedriger.

Es ist hinreichend bekannt, daß sich während der Schwangerschaft latenter Diabetes manifestieren kann. Zusätzlich zu den Bedürfnissen des Fötus sind hohe Werte im Blut zirkulierender Hormone für Beeinträchtigungen in der Glucosetoleranz verantwortlich. Es gibt eine Wechselbeziehung zwischen einem niedrigen Geburtsgewicht bei Babys und Wachstumsstörungen einerseits und mangelhafter Glucosetoleranz bei der Mutter andererseits. Wenn der Glucosespiegel auf ein gefährlich niedriges Maß sinkt, dann bleibt das Baby geistig zurück. Störungen im Zuckerstoffwechsel bei schlecht ernährten Kindern können manchmal positiv beeinflußt werden, wenn man ihrer Nahrung Chrom zusetzt.

Die hohen Chromkonzentrationen bei der Geburt lassen auf einen selektiven Mechanismus schließen, um Chrom von der Mutter im sich entwickelnden Embryo anzusammeln. Dr. Carl Pfeiffer hat darauf hingewiesen, daß viele Frauen in westlichen Ländern so wenig Chrom haben, daß der Chromspiegel der weißen Blutzellen mit jeder Schwangerschaft um bis zu fünfzig Prozent absinken kann. Das führt zunächst zu vollkommener Unverträglichkeit von Alkohol und später zu Glucoseunverträglichkeit, die im Erwachsenenalter dann irgendwann Diabetes auslöst.

Schwere Hypoglykämie ist als eine mögliche Ursache für den plötzlichen Kindstod verantwortlich gemacht worden. Diese Informationen, in *Lancet* nachzulesen, sind nicht weiter überraschend, stellen jedoch den ersten wissenschaftlichen Hinweis auf eine solche Wechselbeziehung dar.

Dr. Henry Schroeder, eine international bekannte Autorität im Forschungsbereich über Spurenelemente und ihre Beziehung zum lebenden Organismus, empfiehlt während der Schwangerschaft die Einnahme von 1,5 Milligramm Chrom (1500 Mikrogramm) täglich. Da diese Dosis diejenige, die der Nationale Forschungsrat der Vereinigten Staaten im allgemeinen empfiehlt, um ein Vielfaches übersteigt, sollten schwangere Frauen ihren Gynäkologen (ihre Gynäkologin) fragen, ob es ratsam für sie sei, GTF-Chrom in dieser Menge einzunehmen.

Hypoglykämie – wenn der Blutzuckerspiegel zu niedrig ist

Ich würde mir wünschen, daß ich die genauen Ursachen, Mechanismen und Behandlungsmöglichkeiten für Hypoglykämie detailliert darlegen könnte, denn wie viele andere Menschen leide auch ich darunter. Leider sind die Ursachen, das heißt die Ätiologie, noch nicht ausreichend bekannt. Glucoseunverträglichkeit kommt nicht ausschließlich bei Chrommangel vor, aber wenn ein gravierender Chrommangel besteht, ist auch fast immer Glucoseunverträglichkeit vorhanden.

Ich konnte meine Symptome auf ein Mindestmaß reduzieren, weil ich keine raffinierten Nahrungsmittel zu mir nehme. Ich verzehre nicht einmal natürliche Nahrungsmittel, die einen hohen Gehalt an Einfachzuckern aufweisen, wie zum Beispiel Obst. Ich esse »intakte« Nahrungsmittel, wie zum Beispiel Rohkost mit etwas Gemüse. Ich mache Spaziergänge, bei denen ich vermehrt Sauerstoff verbrauche, und *tue oder unterlasse* das, was für die Erhaltung meiner Gesundheit notwendig ist. Es hat jedoch keine Veränderung in meiner Lebensweise eine so durchschlagende Wirkung gehabt wie die zusätzliche Einnahme von GTF-Chrom-Polynicotinat.

Nachdem ich mehrere Tage Chrom genommen hatte, stellte ich voller Überraschung fest, wie lange ich an meinem Computer gesessen hatte. »Irgend etwas scheint mit meiner Uhr nicht zu stimmen«, dachte ich. »Es kann doch noch nicht halb zwei sein.« Mein Gehirn hört normalerweise lange vor Mittag auf zu funktionieren: Müdigkeit, nagender Hunger, ein Befinden, als sei ich eine schlaffe Stoffpuppe. Das sind so die Gefühle, die ich normalerweise um elf Uhr vormittags habe. An diesem Tag war es jedoch anders und es wurde noch besser. Die nach drei Monaten eintretende Wende kann nur als bemerkenswert bezeichnet werden. Bald war ich in der Lage, um Mitternacht wieder auf volle Touren zu kommen, was ich schon lange nicht mehr getan hatte. Wie es bei den Adaptogenen üblich ist, ging es mir mit der Zeit immer besser.

Ich ließ mich persönlich von Dr. Michael Rosenbaum, Dr. Serafina Corsello und Dr. Gary Todd Price untersuchen und studierte darüber hinaus zahllose Berichte in medizinischen Fachzeitschriften. Meine Informationssuche enthüllte ähnliche Erfahrungen wie bei vielen Patienten. Die Verbesserung der Insulineffizienz könnte der entscheidende Faktor sein, um die Symptomatik des niedrigen Blutzuckerspiegels zu verbessern, wenn zusätzliches Chrom verabreicht wird. (Ein niedriger Blutzuckerspiegel bleibt oft unbemerkt, weil die Tests, die seiner Feststellung dienen, in der Regel zu kurz sind.)

> Wie es den Adaptogenen entspricht, trägt Chrom dazu bei, einen Blutzuckerspiegel, der zu hoch oder zu niedrig ist, zu regulieren.

Wissenschaftlicher Beweis: Zusätzliches Chrom für Hypoglykämiker!

Ein wissenschaftlicher Beweis für den Zusammenhang zwischen Chrom und niedrigem Blutzuckerwert wurde in einer vierzehnwöchigen Studie erbracht, die Dr. Richard Anderson und seine Kollegen im Beltsville Human Nutrition Research Center, Unterabteilung Endokrinologie und Stoffwechsel, Medizinische Abteilung der Universität von Georgetown, durchführten.

Um festzustellen, ob Chrom an einem niedrigen Blutzuckerspiegel beteiligt ist, wurde Patienten mit hypoglykämischen Symptomen in einer Vergleichsstudie mit zwei Testgruppen drei Monate lang täglich je 200 Mikrogramm Chrom verabreicht: Einige der Patienten erhielten Chrom, andere ein Placebo, das wie ein Chromzusatz aussah, und dann wurden die Pillen vertauscht. Keiner der Patienten und auch niemand vom Personal wußte, wer was bekam. Die Ergebnisse zeigten, daß zusätzliches Chrom die Symptome von Hypoglykämie lindern kann.

Die zusätzlichen Chromgaben

- hoben den Mindestglucosespiegel an, verbesserten die Bindung von Insulin an die roten Blutzellen,
- verbesserten die Anzahl von Insulinrezeptoren,
- reduzierten hypoglykämische Symptome.

Diese Ergebnisse zeigten, daß eine Ernährung, die nicht genügend Chrom enthält, und/oder ein gestörter Chromstoffwechsel ein ursächlicher Faktor bei der Herausbildung einer Hypoglykämie sein können. Die adaptogenen Eigenschaften von Chrom konnten in diesen Tests vollständig nachgewiesen werden.

Die Ergebnisse haben gezeigt, daß Chrom die Tendenz hat:

- den Blutzuckerspiegel zu normalisieren, indem es ihn bei denjenigen senkt, die zu hohe Glucosewerte haben,
- keine Wirkung auf den Blutzuckerspiegel zu haben, wenn jemand eine nahezu optimale Glucosetoleranz aufweist,
- den Blutzuckeranteil bei denjenigen zu erhöhen, die einen zu niedrigen Blutzuckerspiegel haben.

Diese Auswirkungen sind höchstwahrscheinlich auf eine verbesserte Ausnutzung von Insulin zurückzuführen. Für mich war der interessanteste Aspekt der Studie derjenige, daß die Testteilnehmer *in ihrer Vermutung genau richtig lagen, wenn sie Chrom statt eines Placebos bekamen.* Ihr gesteigertes Wohlbefinden war der beste Beweis! Patienten mit normalem oder erhöhtem Blutzuckerspiegel konnten nicht zwischen Chrom und Placebo unterscheiden. Aber die Menschen mit niedrigem Blutzuckerspiegel spürten einen Unterschied. Finden Sie das nicht verblüffend? Ja, das finde ich auch! In einer anderen Studie verabreichten Wissenschaftler sechsundsiebzig gesunden Menschen 200 Mikrogramm Chrom pro Tag, und bei jedem von ihnen kam es zu entscheidenden Verbesserungen: Es gab einen tausendprozentigen Unterschied in der Effizienz der Chromresorption. Wo war Chrom, als ich vor Jahren meinen Glucosetoleranztest machen ließ?

Wissenschaftlicher Beweis: Zusätzliches Chrom für Diabetiker!

Folgende Informationen beweisen den Nutzen von GTF-Chrom für Diabetiker:

- In der medizinischen Fachzeitschrift *Diabetes* wurde berichtet, daß die Verabreichung von GTF-Chrom den erhöhten Blutzuckerspiegel sowohl bei akut als auch bei chronisch diabeteskranken Versuchstieren auf ein normales Maß reduziert. Nicht organisch gebundenes Chrom ist dagegen vollkommen unwirksam.
- Dr. Mertz hat nachgewiesen, daß nur geringe Chrommengen benötigt werden, damit die optimale Wirkung von Insulin auf jedes untersuchte insulinabhängige System zum Tragen kommt. Hohe Insulinkonzentrationen werden benötigt, um eine normale Reaktion bei Geweben zu erreichen, die Chrommangel aufweisen.
- Bei Versuchstieren, die chromarme Nahrung erhielten, waren die Glykogenwerte in der Leber signifikant niedriger als bei denjenigen, die dieselbe Nahrung mit zusätzlichem Chrom bekamen, wurde im *Journal of Nutrition* (einer

ernährungswissenschaftlichen Fachzeitschrift) berichtet. Die Versuchstiere, denen kein Chrom verabreicht wurde, wiesen als Folge einer intravenösen Insulininjektion darüber hinaus einen Rückgang der Glykogenbildung in der Leber und im Herzen auf, was bei den Tieren, die zusätzlich Chrom bekamen, nicht der Fall war.

- Es ist nachgewiesen worden, daß die tägliche Einnahme von 200 Mikrogramm Chrom sowohl Hypoglykämie als auch Hyperglykämie normalisieren kann. Das wurde im *Journal of the American Medical Association* (der Fachzeitschrift der amerikanischen Ärztevereinigung) berichtet.
- Chromverluste, die auf die Anwesenheit von ionisiertem Eisen im Blut zurückzuführen sind, könnten eine mögliche Ursache für Altersdiabetes sein. Die weitverbreitete Anreicherung von Nahrungsmitteln mit Eisen sowie die Hinzufügung von Eisen zu vielen Zusatzstoffen tragen zu diesem Problem bei. Chrom und Eisen sind an dasselbe Protein im Blut gebunden, und überschüssiges Eisen verdrängt einen Teil des Chroms, das dann durch die Nieren ausgeschieden wird.

Fallbeispiel

Dr. Rosenbaum hat berichtet, daß zehn bis zwanzig Prozent weniger Insulin benötigt würden, wenn seine insulinabhängigen Diabetespatienten ihre Nahrung mit 600 Mikrogramm Chrom pro Tag anreicherten.

Er erzählte von Mark, dessen Blutzuckerspiegel während einer Fastenkur schnell anstieg und dann in einer Woche um dreißig Prozent sank. Dr. Rosenbaum warnt Ärzte und Patienten vor den erschreckenden Ergebnissen: Manchmal sinkt der Bedarf an Insulin so rapide, daß die Gefahr einer Insulinüberdosis gegeben sein könnte. In der ersten Woche beobachtet er Patienten sehr sorgfältig und gibt ihnen genaue

Anweisungen für das Überwachen des Glucosespiegels, bis sich ihr Zustand stabilisiert hat.

Zusammenfassung

Einige der wesentlichen Punkte in bezug auf den Blutzuckerspiegel, die in diesem Kapitel diskutiert wurden, sind folgende:

- Chrom trägt dazu bei, Glucoseintoleranz umzukehren.
- Insulin kann durch die Erhöhung biologisch aktiver Chromformen aufgewertet werden.
- Insulinunabhängige Diabetiker sind unter Umständen in der Lage, durch die Einnahme von Chrom auf Medikamente zu verzichten.
- Insulinabhängige Diabetiker sind unter Umständen in der Lage, ihre Insulindosis zu reduzieren.
- Sportliche Betätigung hat einen positiven Einfluß auf den Blutzuckerstoffwechsel.
- Die Verbesserung der Insulineffizienz aufgrund der Einnahme von Chrom könnte der entscheidende Faktor sein, um die Symptomatik des niedrigen Blutzuckeranteils zu verbessern.
- Insulinresistenz kommt nicht nur bei Diabetes häufig vor, sondern auch bei anderen Krankheitsbildern.

Es sollte nicht außer acht gelassen werden, daß *es so etwas wie gute Medizin nicht gibt, wenn man sich nicht bewußt ernährt.*

Also: GTF-Chrom für die Blutzuckerkontrolle!

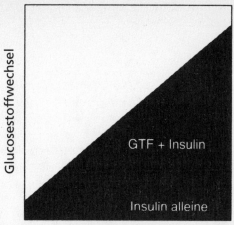

Im nächsten Kapitel werden alle Informationen in einen Zusammenhang gebracht. Es ist das Kapitel, in dem beschrieben wird, »*wie man's macht*«. Es beschreibt die Strategie, die jedem in jeder beliebigen Lebensphase neue Lebensfreude bringen kann.

Achtes Kapitel

Strategie
Was sollen wir essen, welche Zusatzstoffe nehmen, wie Sport treiben?

Glossar

Ernährung: Zufuhr von Nährstoffen, um die Lebensfunktionen aufrechtzuerhalten.

Nahrung: was Sie täglich zu sich nehmen.

Optimale Gesundheit: der bestmögliche Gesundheitszustand.

Polynicotinsäure: Niacinverbindung wie in Chrom-Polynicotinat.

Zusatzstoff: etwas, das hinzugefügt wird, um einen Mangel auszugleichen, um Ihre Ernährung zu vervollständigen.

Strategie

Ernährung, Sport, Zusatzstoffe – das sind einige der wenigen Faktoren in Ihrer Umgebung, die Sie beeinflussen können.

Was sollten wir essen?

Führt Ihre Ernährung zu einem guten Zuckerstoffwechsel?

Könnten Sie sich so ernähren, daß Sie die Menge Chrom zu sich nehmen, die von der Akademie der Wissenschaften der Vereinigten Staaten empfohlen wird? Ja, wenn Sie ein Sumo-Ringer wären! Laut Dr. Anderson vom amerikanischen Ministerium für Landwirtschaft müßten Sie täglich mehr als

3000 Kilokalorien (12 500 Kilojoule) in nahrhafter, ausgewogener Zusammensetzung zu sich nehmen, um das empfohlene *Mindestmaß* an Chrom zu bekommen, und mehr als 12 000 Kilokalorien (50 200 Kilojoule), um die obere Grenze von 200 Mikrogramm Chrom pro Tag zu erreichen. Anderson weist darauf hin, daß es »keine bekannten Nahrungsmittel gibt, die hervorragende Chromquellen sind.« (Sofern Sie als Abendessen nicht eine Salzmelde [*artenreiche Gattung der Gänsefußgewächse, die sich durch Chromreichtum auszeichnet und Salzboden bevorzugt* mit der Sandratte teilen.)

Ein sinnvoller Ernährungsplan sollte

- Nahrungsmittel beinhalten, die dazu beitragen, den Blutzuckerstoffwechsel zu regulieren,
- eine möglichst geringe Menge der wichtigsten allergieproduzierenden Nahrungsmittel enthalten,
- keine Nahrungsmittel enthalten, die in hohem Maße technologischen Prozessen unterworfen worden sind.

Fakten und Vorschläge zur Ernährung, um den Glucosestoffwechsel zu verbessern

Bei der Vorbereitung des Menüs und des Rezeptplans zur Verbesserung des Glucosestoffwechsels sind folgende Informationen berücksichtigt und mehrere Vorschläge einbezogen worden:

- Die niedrigste vorzeitige Sterblichkeitsrate findet man im Mittelmeerraum, wo, durch das Klima begünstigt, hauptsächlich pflanzliche Nahrungsmittel verbreitet sind.
- Reismehl löst eine wesentlich stärkere Reaktion in bezug auf Glucose und Insulin aus als ungeschälter Reis; pürierte Äpfel lösen eine stärkere Reaktion aus als ganze Äpfel; Weizen im Brot löst eine stärkere Reaktion aus als Weizen

in Nudeln; und Nudeln lösen eine stärkere Reaktion aus als eine Schüssel mit Vollkorngetreide. Durch die Veränderung nur eines Faktors beim Kochen oder Verarbeiten verändert sich Ihre Stoffwechselreaktion. Bei diesem Faktor handelt es sich um die *Form des Nahrungsmittels.* Je naturbelassener ein Nahrungsmittel ist, wenn es auf Ihren Teller gelangt, um so gesünder ist Ihre Reaktion darauf.

Die Empfehlung, mehr Ballaststoffe zu sich zu nehmen, können Sie am besten umsetzen, wenn Sie anstelle von Nahrungsmitteln, die aus Weißmehl hergestellt sind, mehr Vollkornprodukte zu sich nehmen – so bekommen Sie die notwendigen Ballaststoffe, und außerdem wirken sich Vollkornprodukte positiv auf Ihren Glucosestoffwechsel aus. Durch den Verzehr von raffiniertem Getreide, das in Brot und Brötchen »umgewandelt« worden ist, geht mehr Energie verloren, als gewonnen wird.

- Eier, die Schwefel enthalten, können den Glucosestoffwechsel unterstützen. Das Insulinmolekül hat vier Doppelbindungen – acht Schwefelatome. (Viele Medikamente gegen Diabetes enthalten Schwefel.) Dr. Todd sieht hier eine Verbindung und hat die Theorie aufgestellt, daß er nach dem Verzehr von Eiern kein zusätzliches Insulin benötigte, wie in Kapitel 1 beschrieben. Eier enthalten Schwefelaminosäuren.
- Insulin ist für den Fettstoffwechsel genauso notwendig wie für den Glucosestoffwechsel. Der hohe Fettanteil bei gebratenen Nahrungsmitteln plus der Möglichkeit, daß diese Nahrungsmittel freie Radikale enthalten, erfordert mehr Insulin für deren Verdauung.
- Eine langsame Verdauung und Resorption sind Faktoren, die empfindliche Menschen vor Diabetes schützen. Hülsenfrüchte sind eine hervorragende Quelle für Kohlenhydrate, die langsam verdaut werden. (Hülsenfrüchte sind Erbsen, Bohnen und Linsen.)

- Eine Ernährung, bei der minimal verarbeitete komplexe Kohlenhydrate eine besondere Rolle spielen, kann als hilfreich für eine gesunde glykämische Reaktion angesehen werden. Ballaststoffe verbessern die Glucosetoleranz.
- Nudeln aus Mungobohnen (auch als Glasnudeln bekannt) rufen ähnliche Reaktionen wie rohe Produkte hervor – bei ihnen zeigen sich geringere glykämische Reaktionen und geringere Insulinreaktionen.
- Wenn Sie Kartoffeln zu Kartoffelchips verarbeiten, dann wandeln Sie 100 Gramm komplexe Kohlenhydrate in ein hauptsächlich fettes Nahrungsmittel mit 500 Kilokalorien (2100 Kilojoule) um. Die Oxidation von Lipiden könnte zu einer verminderten Ausnutzung von Glucose führen.
- Die meisten Nährstoffe in der Kartoffel befinden sich in der Schale und in den Augen, aus denen sich Wurzeln und Sprößlinge bilden. Der Rest der Kartoffel besteht hauptsächlich aus Kohlenhydraten, die die Kartoffel mit Nährstoffen versorgen, bis die Wurzeln ihre Aufgabe übernehmen und die Nährstoffe aus dem Boden herausziehen.
- Alle rohen Nahrungsmittel, die richtig angebaut und reif verzehrt werden, enthalten in ausreichenden Mengen die Mikronährstoffe, die für Ihren Stoffwechsel notwendig sind.
- Anstatt sich mit einigen wenigen chromreichen Nahrungsmitteln vollzustopfen, sollten Sie besser den Chromgehalt in Ihrem Körper dadurch anreichern, daß Sie den Verzehr von Einfachzuckern einschränken, die dazu führen, daß große Mengen an Chrom ausgeschieden werden.
- Besonderer Hinweis für Sportler: Bitte trinken Sie ausreichend! Besonders vor einem Wettkampf sollten Sie ausreichende Mengen Flüssigkeit zu sich genommen haben. Trinken Sie nur nicht *unmittelbar* vor dem Wettkampf.

Menü und Rezeptplan für verbesserte Glucosetoleranz

Allgemeine Regeln
Der einfachste und gesündeste Weg, um den Glucosestoffwechsel zu optimieren, besteht darin, aufwendige Kochrezepte zu vermeiden. Halten Sie die Zubereitung Ihrer Nahrung einfach; verwenden Sie *naturbelassene* Nahrungsmittel.

Zunächst eine Übersicht über diejenigen Lebensmittel, die Sie *vermeiden* sollten ...

Folgendes sollten Sie nicht essen oder trinken
Vollmilch, Magermilch oder teilentrahmte Milch, Sahne, Tee, Kaffee, entkoffeinierten Kaffee, Leitungswasser, Joghurt als Mahlzeit, Käse und andere Milchprodukte, Fruchtsaft, Kopfsalat oder Eisbergsalat, gesalzene Butter, Margarine, Trockenfrüchte, Zitrusfrüchte, Eiskrem, Brezel, Dosensuppen, Kartoffelchips, Weizenkeime, Kleie, Weißbrot, geschälten Reis, Vollkornweizenbrot aus dem Supermarkt, Öl in Flaschen, geschälte Nüsse (es sei denn, sie sind ausgekeimt), Coca-Cola, kohlensäurehaltige Diätgetränke, Kuchen, Plätzchen, Cracker, Dosennahrung oder Tiefkühlkost, Zucker, Salz, Honig, Weißmehl. Was bleibt dann noch übrig?

Sie dürfen essen
- Eier (nur befruchtete; pochierte Eier, gekochte Eier oder Spiegeleier, nur auf einer Seite gebraten, sind am besten),
- Süßrahmbutter (in sehr kleinen Mengen),
- ganze Körner: Hirse, braunen Reis, Buchweizen – mit Zimt, kleinen Mengen Obst und/oder Joghurt, aber ohne Milch,
- Essenerbrot (aus gekeimten Körnern gebacken),
- kleine Mengen Joghurt mit lebenden Kulturen oder Acidophilus zu jeder Mahlzeit (zwei Eßlöffel),
- Meeresfische (essen Sie die Haut mit!).

Sie müssen essen
Gemüse und Salat – Salat und Gemüse – Gemüse und Salat – soviel, wie nur irgend möglich! *Jeden Tag – soviel wie möglich*! Roh, leicht gedämpft, roh. Soviel, wie es Ihr Appetit und Ihre Verdauung erlauben. Sie können gar nicht zuviel Gemüse und Salat essen.

Grüne Blattgemüse: Petersilie, Brunnenkresse, römischer Salat, Arugula, Spinat, Grünkohl und andere Kohlsorten und so weiter.

Sie können ebenfalls essen
- Obst in Maßen,
- Gewürze aller Art; Zwiebeln und Knoblauch sind hervorragend.

Obstformel:

- Ein Stück Obst auf drei Portionen Gemüse (oder zwei auf sechs).
- Essen Sie zunächst drei Portionen Gemüse. Dann dürfen Sie ein Stück Obst essen, am besten einen Apfel oder eine Banane.
- Ideal sind sechs Portionen Gemüse täglich und zwei Stücke Obst.

Sie sollten essen
- Nahrungsmittel, die helfen, Gifte auszuschwemmen (gilt besonders für Städter):
- eine Tasse Erbsen oder Bohnen pro Tag (Stangenbohnen, grüne Erbsen, Linsen usw.),
- 1/2 Tasse Alfalfasprossen pro Tag,
- viel Rohkost.

Lösen Sie eine Kapsel GTF-Chrom in dem Wasser auf, in dem Sie Ihre Körner keimen lassen.

Getränke
Wenn Sie Kräutertees nicht mögen, fügen Sie unbehandelten Apfelsaft hinzu, bis Ihre Geschmacksnerven sich daran gewöhnt haben. Verringern Sie die Apfelsaftmenge so lange, bis Sie den Saft nicht mehr brauchen. Setzen Sie Ihrem Kräutertee Zimt oder eine Zimtstange zu. Trinken Sie viel Wasser, am besten Quellwasser.

Besonders gute Nahrungsmittel
Bananen (wenn Ihr Blutzuckerspiegel nicht zu niedrig ist), Limabohnen, Süßkartoffeln, Avocados, hausgemachte Gemüsebrühe, Hirse, Bierhefe, Leber und andere Innereien, Tofu und Tempeh, hausgemachte Gemüsemischungen, Tiefseefisch, Sonnenblumenkerne (mit Schale, ungesalzen und ungeröstet).

Einige Menschen reagieren sofort auf die Umstellung ihrer Ernährung. Andere brauchen mehrere Monate, bis sie sich besser fühlen. Schließlich gibt es auch noch diejenigen, die sich zunächst schlechter fühlen, bevor sie sich dann besser fühlen. Aber am Ende dieses Regenbogens wartet ein Topf Gold auf Sie.

Besondere Menüs, die hilfreich sein könnten
Außer einem gesunden Glucosestoffwechsel, dem Verzicht auf allergieproduzierende Nahrungsmittel und Nahrungsmittel, die minimal verarbeitet worden sind, sollten folgende Faktoren bei der Zusammenstellung des Speiseplans beachtet werden:

- Vielfalt,
- Qualität der Proteine (nicht unbedingt Quantität),
- Qualität der Ballaststoffe,
- leichte Durchführbarkeit.

Die meisten Menschen haben weder Zeit noch Lust, nach Rezept zu kochen. Das ist in Ordnung. Die folgenden Menüs und Rezepte sind für diejenigen, die genügend Zeit haben oder die auf der Suche nach neuen Ideen sind. (Die Rezepte folgen nach dem 7. Tag.)

1. Tag
Frühstück: Zwei pochierte Eier; Reiswaffeln mit Butter; ein Apfel.
Mittagessen: Linsensuppe[a]; großer Salat[b].
Abendessen: Leberscheibchen[c]; eine große Menge leicht gedämpften Gemüses[d].

2. Tag
Frühstück: Sojapfannkuchen[e]; kleine Banane.
Mittagessen: Taratorsuppe[f]; großer Salat[b].
Abendessen: gedämpftes Huhn aus artgerechter Haltung[g]; eine große Menge leicht gedämpften Gemüses[d].

3. Tag
Frühstück: Hirse mit Zimt und Bananenscheiben[h].
Mittagessen: Hühnchensalat[i]; Essenerbrot
Abendessen: gegrillter Fisch[j]; eine große Menge leicht gedämpften Gemüses[d].

4. Tag
Frühstück: Auf einer Seite gebratene Spiegeleier; geraspelte Karotte[k].
Mittagessen: Stangenbohnenmousse[l]; großer Salat[b].
Abendessen: orientalischer brauner Reis[m]; eine große Menge leicht gedämpften Gemüses[d].

5. Tag
Frühstück: Buchweizenpfannkuchen mit Äpfeln[n].
Mittagessen: Tofuomelett[o]; Salat[b].
Abendessen: Lachsforelle[p]; eine große Menge leicht gedämpften Gemüses[d].

6. Tag
Frühstück: Avocadoomelett[q].
Mittagessen: Fischsalat[r]; großer Salat[b].
Abendessen: die »Suppe«[s].

7. Tag
Frühstück: Knuspermüsli (ohne Weizen und Milch)[t].
Mittagessen: Eier Foo Yung mit Tofu[u].
Abendessen: Curryreis[v]; eine große Menge leicht gedämpften Gemüses[d].

Wichtige Nahrungsmittel für jeden Tag:

- Gekeimte Sonnenblumenkerne (ungeschält und ungesalzen)
- Rohkost zum Knabbern (Karotten, Sellerie, Grünzeug)
- eine kleine Menge Joghurt

Ebenfalls für jeden Tag: Kräutertees, Salat mit Sonnenblumenkernen oder andere nährstoffreiche Gemüse oder Salate

Rezepte

a) Linsensuppe
1/4 Tasse Olivenöl
2 mittelgroße Zwiebeln, gewürfelt
2 Stangen Sellerie, kleingeschnitten
6 Tassen Wasser
1 Tasse Linsen, gewaschen
1/4 l Tomatensauce (am besten selbstgemacht)
2 Knoblauchzehen, gehackt
frischgemahlener Pfeffer nach Geschmack

Gießen Sie das Olivenöl in eine große Pfanne; braten Sie Zwiebeln und Sellerie an, bis sie glasig sind. Fügen Sie Linsen und 6 Tassen Wasser hinzu. Fügen Sie dann die Tomatensauce, den Knoblauch, den Pfeffer, die angebratenen Zwiebeln und den Sellerie hinzu. Rühren Sie das Ganze um, und bringen Sie es zum Kochen. Lassen Sie die Suppe mit Deckel bei niedriger Temperatur $1^{1}/_{4}$ Stunden lang kochen. Diese Suppe kann vorbereitet und sogar am Tag zuvor gekocht werden. Geben Sie nach Wunsch Hähnchen- oder Truthahnscheiben zu der Suppe.

b) Salat
Ein Salat ist eine zufällige Mischung aus verschiedenartigsten Zutaten. Wenn man von dieser treffenden Definition ausgeht, dann sollten keine zwei Salate identisch sein. Salate, mit denen Sie Ihren Zuckerstoffwechsel verbessern wollen, sollten mindestens 6 Zutaten enthalten. Mischen Sie nach Belieben:

Rote und/oder grüne Paprikaschoten, Zwiebeln, grüne Erbsen, grünen Salat, Petersilie, Brunnenkresse, geraspelte Karotte, geraspelte oder in Scheiben geschnittene Zucchini, Kohl, Knoblauch, Sonnenblumenkerne, Avocado, Gurke, Brokkoli, Spargel, Sesamsamen, Endivie, Arugula und Sprossen.

Kein anderes Nahrungsmittel ist so reich an Nährstoffen wie selbstgezogene Sprossen. Lassen Sie Samen von Alfalfa, Rettich, Bulgur, rotem Klee, Mungobohnen, Kichererbsen, Roggen, Sonnenblumen, Linsen und Azukibohnen keimen.

c) Leberscheiben
$^{1}/_{2}$ Pfund Leber
$^{1}/_{2}$ Zwiebel, in dünne Scheiben geschnitten
Butter oder Öl
1 Apfel, in dünne Scheiben geschnitten

Schneiden Sie die Leber in sehr dünne Streifen (ähnlich wie Spaghetti). Dünsten Sie die Zwiebeln in Butter oder in Öl; fügen Sie Leber und Apfelscheiben hinzu. Braten Sie sie kurz an, und rühren Sie das Ganze dann beim Kochen um. Nicht zu lange kochen lassen, dieses Gericht ist schnell fertig. (Ergibt 1 bis 2 Portionen.)

d) Gedünstetes Gemüse
Wenn Sie keinen großen Dampfkochtopf besitzen, dann kaufen Sie sich einen preiswerten Korbeinsatz zum Dämpfen, der aus jedem Topf mit Deckel einen Dampfkochtopf macht. Dämpfen Sie das Gemüse nur so lange, bis es die ideale Farbe hat, aber noch knackig ist. Schneiden Sie die Gemüsesorten, die schnell gar werden, in dickere Stücke (zum Beispiel Zucchini) und diejenigen, die langsamer gar werden, in kleinere Stücke (Kürbis, Süßkartoffeln usw.). Dämpfen Sie: Brokkoli, Kürbis, Kohl, Zucchini, Stangenbohnen, Zwiebeln, Rosenkohl, Süßkartoffeln, Paprika, grüne Erbsen.

e) Sojapfannkuchen
3 Eier
4 Teelöffel Sojamehl
1 Tasse heißes Wasser
Öl für die Pfanne
Zitronensaft und zerdrücktes Obst zum Garnieren

Verrühren Sie Eier und Sojamehl so lange, bis eine glatte, dicke Masse entsteht. Geben Sie sie in eine Schüssel, und rühren Sie so viel heißes Wasser hinein, daß Sie einen dünnen Teig erhalten. Füllen Sie diesen Teig in eine Kanne um. Gießen Sie Öl in die Pfanne, und geben Sie genug Teig hinein, um dünne Pfannkuchen zu backen. Lassen Sie sie auf beiden Seiten goldgelb backen, und klappen Sie sie zusammen. Stellen Sie die gebackenen Pfannkuchen auf einem heißen Teller beiseite, bis sie abgekühlt sind. Servieren Sie sie mit einer Mischung aus Zitronensaft und zerdrücktem süßem Obst. (Ergibt 2 Portionen.)

f) Taratorsuppe
Gut 100 g Walnußkerne
5 geschälte Knoblauchzehen
5 Teelöffel Olivenöl
5 Tassen Joghurt
$1/2$ Tasse kaltes Wasser
1 mittelgroße Gurke, geschält und gewürfelt
frische Petersilie oder Dill

Vermengen Sie Walnüsse und Knoblauch. Fügen Sie tröpfchenweise das Olivenöl hinzu, und rühren Sie ständig um, bis eine glatte Masse entsteht. Schlagen Sie den Joghurt in einer Schüssel schaumig. Geben Sie die Walnuß-Knoblauch-Mischung und $1/2$ Tasse kaltes Wasser hinzu. Mischen Sie die Gurke unter. Kühlen Sie diese Suppe im Kühlschrank. Servieren Sie sie kalt, und garnieren Sie sie mit feingehackter Petersilie oder Dill. Das ist die beste Suppe, die Sie je gegessen haben (6 Portionen).

g) Gedünstetes Huhn
1 kleines Huhn aus artgerechter Haltung
1 Teelöffel Oregano
2 Knoblauchzehen, gehackt
$1/2$ Teelöffel Paprika

Legen Sie das Huhn in einen Dampfkochtopf und bedecken Sie den Boden des Topfes mit 4 bis 5 ml Wasser. Bringen Sie das Wasser zum Kochen. Dämpfen Sie das Huhn ca. eine halbe Stunde lang zugedeckt bei geringer Hitze. Nehmen Sie es dann heraus, und zerlegen Sie es in acht Teile. Bestreuen Sie es mit Oregano, Knoblauch und Paprika. Dann braten Sie es, bis es gebräunt ist. (Ergibt 3 bis 4 Portionen.)

h) Leichte Hirse
1 Tasse Wasser
$1/2$ Tasse Hirse
Zimt
1 Banane in Scheiben

Bringen Sie Wasser zum Kochen, und geben Sie die Hirse hinzu. Kochen Sie sie zugedeckt bei geringer Hitze 15 bis 20 Minuten lang, bis das gesamte Wasser eingezogen ist. Fügen Sie ein wenig Zimt und die in Scheiben geschnittene Banane hinzu. (Ergibt 1 bis 2 Portionen.)

i) Hühnchensalat
Die Reste des Hühnchens von gestern abend; 1 Selleriestange; Gewürze nach Belieben, hausgemachte Mayonnaise. Schneiden Sie das Hühnchen klein; fügen Sie Sellerie, Gewürze und Mayonnaise nach Geschmack hinzu.

j) Gegrillter Fisch
1 grüne Paprika
1 kleine Zwiebel
1 Knoblauchzehe
$1/2$ Teelöffel feingehackter Ingwer
Butter für die Pfanne
frischer Tiefseefisch
$1/2$ Tasse Sesamsamen
Saft von $1/2$ Zitrone
Petersilie zum Garnieren

Köcheln Sie Paprika, Zwiebeln, Knoblauch und Ingwer in Butter oder Öl. Legen Sie den Fisch obendrauf, und lassen Sie das Ganze weitere 10 Minuten lang köcheln. Streuen Sie Sesamsamen obendrauf, und grillen Sie den Fisch, bis das Gericht fertig ist. Träufeln Sie Zitronensaft darüber, und garnieren Sie mit Petersilie. (Ergibt 2 Portionen.)

k) Geraspelte Karotten
2 kleine oder 1 große Karotte, geraspelt
$1/2$ Zwiebel
gekeimte Sonnenblumenkerne

Mischen Sie alle Zutaten (2 Portionen).

l) Stangenbohnenmousse
2 Tassen leicht gedämpfte Stangenbohnen
2 hartgekochte Eier
2 Teelöffel hausgemachte Mayonnaise
Knoblauch
Gewürze nach Belieben

Geben Sie alle Zutaten in eine Küchenmaschine (oder einen Mixer), und schlagen Sie sie, bis die Masse leicht und schaumig ist (ein Schneebesen geht auch). (Ergibt 2 bis 4 Portionen.)

m) Orientalischer brauner Reis
1 Teelöffel Sesamöl
1 Tasse brauner Reis
$2 1/2$ Tassen Wasser
1 Tasse Pilze
2 Tassen Bohnensprossen
1 Tasse grüne Erbsen
1 Tasse feingehackte Schalotten
1 Tasse in Scheiben geschnittene Wasserkastanien
1 Tasse feingehackter Sellerie
1 Tasse rote oder grüne Paprika
4 zerdrückte Knoblauchzehen
3 zusätzliche Teelöffel Sesamöl
1 Teelöffel Tamari
2 Eier

Gießen Sie 1 Teelöffel Öl in eine Bratpfanne, und erhitzen Sie es. Geben Sie langsam den Reis hinzu, und erhitzen Sie ihn; rühren Sie ständig um, bis jedes Korn mit Öl bedeckt ist. Das dauert nur einige Minuten, verhindert aber, daß die Reiskörner aneinanderkleben. Gießen Sie Wasser in einen anderen Topf. Bringen Sie es zum Kochen. Fügen Sie langsam den mit Öl bedeckten Reis hinzu, und decken Sie den Topf zu. Schalten Sie den Herd auf die niedrigste Stufe zurück. Kochen Sie das Gericht 30 Minuten lang. (Den Deckel nicht zwischendrin hochheben; lassen Sie den Dampf nicht entweichen.) Braten Sie die Pilze kurz an, und stellen Sie sie beiseite.

Fügen Sie die restlichen Zutaten mit Ausnahme der Eier und des Tamari hinzu. Kurz anbraten. Geben Sie Tamari und Eier zu, und rühren Sie alles um. Verquirlen Sie zwei Eier, und verrühren Sie sie mit der Mischung. Wahlweise: Fügen Sie 1 oder 2 Tassen Huhn oder Pute (in Scheiben geschnitten) hinzu (nur wenn aus artgerechter Haltung). (Ergibt 4 Portionen.)

n) Buchweizenpfannkuchen
2 Eier
2 $^1/_2$ Tassen Buttermilch
2 Teelöffel Butter
2 Tassen Buchweizenmehl
1 $^1/_2$ Teelöffel Backpulver (aluminiumfrei)
Vollmilchjoghurt

Vermischen Sie Eier und Buttermilch. Fügen Sie Butter hinzu, mischen Sie das Ganze gründlich. Mischen Sie Mehl und Backpulver in einem separaten Gefäß. Achten Sie darauf, daß sich keine Klumpen bilden. Fügen Sie die flüssigen Bestandteile hinzu, und rühren Sie nur so lange, bis sie untergemischt sind. Wenn die Masse zu dick ist, geben Sie Wasser hinzu, ist sie zu dünn, geben Sie, Mehl hinzu. Verteilen Sie etwas Teig in einer erhitzten Pfanne. Backen Sie die Pfannkuchen, bis sie anfangen, trocken zu werden (wenn sich Blasen bilden); dann wenden Sie sie und backen Sie sie auf der anderen Seite. Servieren Sie sie heiß mit Joghurt. (Ergibt 4 bis 6 Portionen.)

o) Tofuomelett
Butter für die Pfanne
1 grüne Paprika, gewürfelt
$1/2$ Packung Tofu
$1/2$ Tasse Pilze, gewürfelt
1 kleine Zwiebel, gewürfelt
5 Eier, verquirlt
Alfalfasprossen

Schmelzen Sie die Butter in einer Pfanne. Dünsten Sie die Paprikaschote, den Tofu, die Pilze und die Zwiebeln in Butter an. Fügen Sie die verquirlten Eier hinzu. Rühren Sie während des Kochens um, bis die Eier fertig sind. Servieren Sie sie mit Alfalfasprossen. (Ergibt 2 bis 3 Portionen.)

p) Lachsforelle
Der Fisch ist gut, so wie er ist, grillen Sie ihn einfach mit einem Stich Butter und zerdrücktem frischem Knoblauch.

q) Avocadoomelett
Butter für die Pfanne
2 Eier, verquirlt
$1/4$ Avocado

Erhitzen Sie die Butter in der Pfanne, und gießen Sie die verquirlten Eier hinein, um ein Omelett herzustellen. Fügen Sie eine gewürfelte Avocado zu einer Hälfte des Omeletts hinzu, und klappen Sie die zweite Hälfte darüber. Servieren Sie das Omelett, wenn es durchgezogen ist (1 Portion).

r) Fischsalat
Reste des Fischgerichts von gestern abend
Gewürze

Mischen Sie den Fisch nach Belieben mit den Gewürzen.

s) Die Suppe
$1^1/_2$ l Wasser
$1/_2$ Tasse Reis (oder Gerste oder Hirse)
je $1/_2$ Tasse: gewürfelte Zwiebel, grüne Paprika, Sellerie, Karotte, Süßkartoffel, Zucchini, Pilze
1 Prise Pfeffer
1 zerquetschte Knoblauchzehe
Oregano, Thymian und Basilikum, getrocknet
1 Eßlöffel Tamari

Bringen Sie das Wasser zum Kochen. Fügen Sie Reis (oder ein anderes Getreide hinzu). Kochen Sie ihn bei niedriger Hitze $1/_2$ Stunde lang. Geben Sie das Gemüse, die Gewürze und das Tamari hinzu. Köcheln Sie die Suppe bei niedrigster Temperatur 1 bis 2 Stunden lang oder so lange, bis sie gar ist.

t) Knuspermüsli (ohne Milch und Weizen)
Reisflocken
geröstete Sojabohnen
Pekannüsse
Reismehlöl
Wasser
Vanille

Mischen Sie sämtliche Zutaten nach Geschmack.

u) Eier Foo Yung mit Tofu
1 Tasse Alfalfasprossen (oder Sprossenmix)
3 Eier, leicht verquirlt

170 g Tofu, in kleine Würfel geschnitten
$1/2$ grüne Paprika, in dünne Scheiben geschnitten
$1/4$ Tasse feingehackte Zwiebel
1 Teelöffel Tamari
4 Teelöffel Öl
Pfeffer

Mischen Sie die ersten sechs Zutaten gut durch. Erhitzen Sie 2 Teelöffel Öl in einer schweren Pfanne. Gießen Sie eine Hälfte der Ei-Tofu-Mischung hinein, um eine dünnes Omelett herzustellen.

Backen Sie das Omelett $2^{1}/2$ Minuten auf jeder Seite, bis es gut gebräunt ist. Wiederholen Sie diesen Prozeß, bis alle Zutaten verbraucht sind. Bestreuen Sie die Omeletts mit Pfeffer (2 bis 4 Portionen).

v) Curryreis
2 Eßlöffel Butter
1 halbe, feingehackte Zwiebel
1 Apfel, entkernt und kleingeschnitten
$1/4$ Tasse Rosinen (eingeweicht)
2 Tassen gekochter brauner Reis
Currypulver nach Geschmack
2 Eßlöffel gehackte Erdnüsse

Erhitzen Sie die Butter in einer Pfanne. Braten Sie die Zwiebel, den Apfel und die Rosinen an, bis sie weich sind.

Geben Sie den Reis hinzu, und rühren Sie um. Wenden Sie die Mischung in Currypulver und garnieren Sie mit Erdnüssen.

Variationen: Verwenden Sie Hirse statt Reis, Mandeln oder Kokosnuß statt Erdnüssen. (Ergibt 4 bis 6 Portionen.)

Für alle Berufstätigen: Einige der Mahlzeiten könnten am Abend vorher zubereitet werden.

Wenn wir unsere Bemühungen nicht in unsere Gesundheit stecken, müssen wir sie sehr oft in Krankheit stecken. Es ist nicht leicht, etwas zu verändern, aber ich hoffe, Sie werden mit mir darin übereinstimmen, daß sich die Mühe lohnt.

Und dann gibt es da noch die Geschichte von dem Mann, der nie einen Krumen Nahrung anrührte, der nicht *natürlich* war. Er führte ein beispielhaftes Leben; er mogelte nicht einmal an seinem Geburtstag. Als er starb und in den Himmel kam, servierte man ihm Sellerie und Karotten, aber er bemerkte, daß dort unten – an jenem *anderen* Ort – sich jeder an den köstlichsten Speisen erfreute. Er beschwerte sich beim heiligen Petrus.

»Wie kommt es, daß ich solche mageren Portionen erhalte – besonders, nachdem ich all die Jahre lang meine Nahrung so sorgfältig ausgewählt habe?« fragte er.

Der heilige Petrus antwortete: »Es lohnt sich nicht, für zwei zu kochen.«

Allgemeine Informationen über Zusatzstoffe

Obwohl es in diesem Buch hauptsächlich um Chrom geht, kann die zusätzliche Aufnahme einer Reihe von Nährstoffen den meisten Menschen helfen, ihr Immunsystem zu stärken. Ich bin immer eine Verfechterin von Zusatzstoffen gewesen, die aus natürlicher Nahrung hergestellt sind, wie zum Beispiel Algen oder anderes Grünzeug (Chlorella, Spirulina, Gerstengrün und dergleichen), Acidophilus, Knoblauch, essentielle Fettsäuren, Bierhefe, von Bienen gesammelter Pollen, Nährstoffe aus Nahrungsmitteln, bestimmte Extrakte aus ganzen Kräutern und so weiter. Ein allgemeiner Multizusatzstoff mit Vitamin C und Bioflavinen, sowie unter Umständen spezifische Nährstoffe für besondere Probleme sollten in Betracht gezogen und mit Ihrem Arzt besprochen werden.

Zusatzstoffe sollten immer einzeln eingeführt werden. Es ist leichter, sich an neue Zusatzstoffe zu gewöhnen, wenn sie in kleinen Dosen zugesetzt werden. Einige »neue« Zusatzstoffe gibt es schon seit einer Million Jahre, aber ihre Verfügbarkeit als Zusatzstoff basiert auf der Spitzentechnologie dieses Jahrhunderts.

Dr. Michael Rosenbaum wird weithin als Pionier im Bereich der Ernährungsmedizin angesehen.

Er hat Zusatzstoffpläne für besondere Bedürfnisse entwickelt.

Eine allgemeine Empfehlung umfaßt 10 000 IE Vitamin A; 25 000 IE Karotin; 50 mg Thiamin; 50 mg Riboflavin; 50 mg Niacin; 50 mg Pyridoxin (= Vitamin B_6); 100 mg Pantothensäure; 400 µg Folsäure; 100 µg Vitamin B_{12}; 400 g Biotin; 500 mg Cholin; 100-250 mg Inositol; 1000-5000 mg Vitamin C; 500 mg Bioflavin; 200-600 IE Vitamin E.

Er fügt 500 mg Kalzium; 200 µg Chrom-Polynicotinat; 250 mg Magnesium; 10 mg Mangan; 100 µg Selen und 30-50 mg Zink hinzu. Das ist ein Programm, das in seinem Bestseller »Super-Zusatzstoffe« ausgeführt wird.

Die Einnahme von Zusatzstoffen sollte als sekundäre Maßnahme für gute Gesundheit angesehen werden. Die primare ist die Nahrung, die Sie verzehren.

Wie man Chrom als Zusatzstoff einnehmen kann

Ein Versprechen für Ihre Gesundheit

Es ist bereits mehr als zwanzig Jahre her, seit Dr. Mertz uns darauf hingewiesen hat, daß Störungen der Glucosetoleranz durch die Zusetzung von Chrom zur Nahrung verhindert werden könnten und daß eine einzige orale Dosis von 20 bis 50 Mikrogramm Chrom ausreichend sei.

Vor fünfzehn Jahren sagte Dr. Carl Pfeiffer:

Wir wissen, daß bestimmte Pflanzen GTF bilden, wenn dem Erdreich Chromionen zugesetzt werden. Vielleicht würde ein weiterer Zusatz von Niacin und Chrom dazu führen, daß noch mehr GTF gebildet wird. Schließlich ist das Rätsel nahezu gelöst, und wir sehen mit Freude der Zeit entgegen, wenn reines GTF zur Behandlung von hypoglykämischen Patienten und Diabetikern zur Verfügung stehen wird.

Es ist sehr schade, daß Dr. Pfeiffer die Verwirklichung seiner Voraussage nicht mehr miterleben kann. Niacingebundenes GTF-Chrom ist heute allerorten verfügbar. Dr. Pfeiffer wußte, daß diese Art von Zusatzstoff als sehr wirksame Ernährungsstrategie zur Verbesserung der Produktion von Insulin und dessen besserer Ausnutzung dienen könnte.

Seit Dr. Pfeiffers Prophezeiungen konnte in gut überprüften Studien mit Versuchspersonen nachgewiesen werden, daß zusätzliches Chrom positive Effekte auf den Glucosefastenspiegel, die Glucosetoleranz, die Blutfette, die Insulinbindung, die hypoglykämischen Blutglucosewerte und -symptome hat. Da Chrom ein Nährstoff und kein therapeutisches Mittel ist, nützt es nur den Personen, deren Symptome auf marginalen oder offenen Chrommangel zurückzuführen sind – das ist der adaptogene Effekt. In den Vereinigten Staaten weist jedoch nahezu jeder wenigstens ein Zeichen von Chrommangel auf. Es wurde bereits erwähnt, daß der Chromgehalt im Gewebe in den Vereinigten Staaten niedriger ist als in anderen Ländern. Während ein überhöhter Chromspiegel im allgemeinen auf Industriegebiete beschränkt ist, ist der Mangel an diätetischem Chrom bei der allgemeinen Bevölkerung weit verbreitet und kann zu gravierenden gesundheitlichen Problemen führen. Es ist jedoch gut zu wisssen, daß die meisten Menschen, die Chrom als Zusatzstoff einnahmen, von positiven Ergebnissen berichten.

Gründe für die Einnahme von Chrom-Polynicotinat

Niacin trägt als Teil des Vitamin-B-Komplexes zur Aufspaltung und Verwertung von Fetten, Proteinen und Kohlenhydraten bei. Als Coenzym trägt Niacin außerdem zur Oxidation von Zucker bei und spielt eine wesentliche Rolle für den richtigen Ablauf des Stoffwechsels im Gehirn. Indem es den Einfluß von Insulin potenziert, trägt es darüber hinaus zur Regulierung des Blutzuckerspiegels bei. Erinnern Sie sich daran, daß Niacin, der gebräuchliche Name für Nicotinsäure, von Dr. Mertz als diejenige Verbindung identifiziert wurde, die mit der biologischen Aktivität von GTF-Chrom in Zusammenhang steht.

Anscheinend ist Niacin unentbehrlich für die Bildung der richtigen GTF-Molekülstruktur, die die Anbindung von Insulin an die Rezeptoren der Zellmembran erleichtert. Mit anderen Worten, niacingebundenes Chrom bzw. *Chrom-Polynicotinat* stellt den passenden Schlüssel bereit, um die mächtigen Wirkungen des Insulins in Ihrem Körper aufzuschließen.

Niacin kann auf zahlreiche Weisen an Chrom gebunden sein, von denen einige biologisch aktiver sind als andere. Die genaue Weise, in der Chrom und Niacin aneinander gebunden sind, ist für ihre biologische Aktivität wesentlich.

Unter Dr. Walter Mertz' Leitung haben Forscher an der Massey Universität in Neuseeland herausgefunden, daß eine Form der Chrom-Polynicotinat achtzehn mal aktiver ist als andere untersuchte Formen von niacingebundenem Chrom. Die Forscher ermittelten, daß die molekulare Anordnung dem Teil der GTF-Struktur ähneln muß, der von den an dem biologischem Vorgang beteiligten Zellrezeptoren bzw. -enzymen erkannt wird. Mit anderen Worten, der viereckige Dübel muß in die viereckige Öffnung passen, und hier hat das GTF-Chrom die richtige Struktur.

Als Ergebnis von Dr. Mertz' Studien und denen anderer führender Wissenschaftler haben wir weitreichende Einsichten in den Mechanismus des Glucosetoleranzfaktors gewinnen können. Diese Forschungsarbeiten haben den Weg für die Entwicklung eines besseren Chromzusatzes (Chrom-Polynicotinat) freigemacht. Obwohl die aktive Substanz in Bierhefe als Chrom-Nicotinsäure – Verbindung identifiziert wurde, ist die genaue Struktur noch nicht bekannt.

Wieviel Chrom sollten Sie einnehmen?

Im folgenden nenne ich die Informationen, die in der zehnten Ausgabe der Ernährungsempfehlungen der Nationalen Akademie der Wissenschaften der Vereinigten Staaten, Abteilung für Ernährungswissenschaften, enthalten sind:

Kinder   1 bis 3 Jahre: 20 bis 80 Mikrogramm
            4 bis 6 Jahre: 30 bis 120 Mikrogramm
            7 bis 10 Jahre: 50 bis 100 Mikrogramm
            11 Jahre und älter: 50 bis 200 Mikrogramm

Erwachsene: 50 bis 200 Mikrogramm

Anmerkung: Zink und Eisen, die zusammen mit Chrom oral eingenommen werden, verringern die Chromresorption.

Welche Form von Chrom-Zusätzen?

Wenn Sie Ihre Wahl treffen, beachten Sie folgende Tatsachen:

- Einige Menschen scheinen ihre Fähigkeit zu verlieren, anorganisches Chrom in eine biologisch aktive Form umzuwandeln. Chrommangel kann durch erhöhte Einnahme

von Chrom, besonders durch biologisch aktives GTF, bekämpft werden. Das weist auf die Tatsache hin, daß die Art des Chromzusatzes von entscheidender Bedeutung ist.
- Es sind viel geringere Mengen GTF-Chrom notwendig, um die normale Glucosetoleranz wieder herzustellen, als es bei Mischungen von Bierhefe mit anorganischem Chrom der Fall ist.
- In natürlichen Quellen finden sich wenig nichtkomplexe Chromverbindungen, nicht einmal im Wasser. Dr. Mertz vertritt die Ansicht, daß natürliche Komplexe in der Nahrung besser resorbiert werden als einfache Chromsalze. Wenn Sie ein einfaches Chromsalz, das heißt Chromchlorid, zu sich nehmen, muß Ihr Körper es in eine Form bringen, die biologisch verfügbar ist. Diejenigen, die es am dringendsten benötigen, haben die größten Schwierigkeiten bei diesem Umwandlungsprozeß. Nur ein halbes bis ein Prozent anorganischen Chroms wird resorbiert.
- Studien, bei denen sich nach Einnahme von Chrom eine unzureichende Wirkung auf den Glucosestoffwechsel gezeigt hat, wurden fast ausnahmslos mit anorganischem Chrom durchgeführt.
- Ein kleiner Unterschied in der Struktur des Chromkomplexes führt zu einem großen Unterschied in seiner biologischen Aktivität und GTF-Wirksamkeit. Die Anordnung muß dem Teil der GTF-Struktur ähneln, die von den beteiligten Zellrezeptoren erkannt wird.
- Es gibt begrenzte Studien, die positive Ergebnisse von Chrom-Polynicotinat bei der Muskelmasse andeuten. Wegen der schlechten Informationslage und aufgrund einer gewissen Skepsis erwartet Dr. Anderson, daß das amerikanische Ministerium für Landwirtschaft seine eigenen Studien durchführen wird.
- Mit Chrom-Polynicotinat sind fünf Jahre lang umfangreiche Tests an Tieren und Menschen durchgeführt worden, bevor sie auf den Markt gebracht wurde. Danach war sie

so lange rezeptpflichtig, bis ihre Unbedenklichkeit und Wirksamkeit ausreichend bewiesen werden konnten.
- Chrom ist in seiner sechswertigen Form toxisch. Vitamin C trägt dazu bei, sechswertiges Chrom in dreiwertiges Chrom umzuwandeln. Das bietet einen gewissen Schutz vor dem toxischen Chrom, das wir aufgrund der Umweltverschmutzung aufnehmen. Aber Ihr Körper muß in der Lage sein, diese Umwandlung zu vollziehen. Sechswertiges Chrom entsteht auch beim Kochen von säurehaltigen Nahrungsmitteln in Töpfen aus rostfreiem Stahl. Tomaten und Zitrusfrüchte nehmen sechswertiges Chrom von Töpfen aus rostfreiem Stahl auf.

Zusatzstoffe für ältere Menschen

Zwei Fünftel der älteren Menschen konnten ihren Glucosetoleranzspiegel nach einer viermonatigen Behandlung mit 150 Mikrogramm Chrom pro Tag normalisieren. Ähnliche Verbesserungen konnten übrigens bei jüngeren Amerikanerinnen und Amerikanern mittleren Alters festgestellt werden, nachdem sie mehrere Monate lang Chrom eingenommen hatten. Da ältere Menschen Schwierigkeiten haben, Nährstoffe zu resorbieren, ist das keine schlechte Bilanz. Vielleicht wäre das Ergebnis sogar noch besser ausgefallen, wenn die Dosis erhöht worden wäre.

Zusammenfassung

Da die meisten von uns viel sitzen und sich nicht optimal ernähren, sind Zusatzstoffe zu unserer Nahrung, die viel Energie liefern, ein wichtiger Faktor für erhöhte Vitalität und Widerstandskraft. Ob Sie sich während der Abendnachrichten nicht mehr schläfrig fühlen möchten, ob Sie den Wunsch haben, bis nach Mitternacht aufzubleiben, um sich eine Spätsendung im Fernsehen anzusehen, oder ob

Sie Ihre Leistung bei Ihrem nächsten Marathon verbessern möchten, Zusatzstoffe könnten Ihnen dazu verhelfen, Ihr Energiepotential zu erhöhen – egal, wie diese zusätzliche Energie dann genutzt wird.

Wie Sie sich Bewegung verschaffen können

Spazierengehen wirkt Wunder

Die folgenden Bemerkungen sind nur für diejenigen gedacht, die keinen Sport treiben – das bedeutet wahrscheinlich, für die meisten von Ihnen. Nur eine Minderheit der Erwachsenen in unserer Wohlstandsgesellschaft übt regelmäßig eine angemessene körperliche Betätigung aus.

Wußten Sie, daß Sie aus dreißig Minuten flotten Gehens denselben Nutzen ziehen können wie aus zwanzig Minuten Dauerlauf? Ja, es ist sogar so, daß lange Phasen kraftvollen Gehens mehr zur Gewichtsreduzierung beitragen als kurze Laufübungen.

Aerobes Gehen, also ein Gehen, bei dem vermehrt Sauerstoff verbraucht wird, ist die bestmögliche Übung. Aerobe Übungen sind Übungen, bei denen Ihr Herz für längere Zeit schneller schlägt, wodurch ein erhöhtes Bedürfnis nach Luft (Sauerstoff) geschaffen wird.

Eine aerobe Übung bedeutet ununterbrochenes Gehen und ist kein Stop-and-go. Es ist wichtig, die Übung über eine gewisse Zeit aufrechtzuerhalten – mindestens zwanzig Minuten lang. Wenn Sie einen optimalen Effekt erzielen möchten, dann sollten Sie mindestens drei- bis viermal pro Woche üben.

Kaufen Sie sich ein Paar bequeme Schuhe. Probieren Sie folgenden Plan aus, um sich zu regelmäßiger Übung zu motivieren:

Verlassen Sie das Haus, und gehen Sie fünf Minuten lang. Drehen Sie nach fünf Minuten um, und gehen Sie zurück. Gehen Sie so schnell, wie Sie es ohne größere Anstrengung können. Sie sollten nicht so schnell gehen, daß Sie keine Unterhaltung mehr führen können, aber Sie sollten sich auch leicht angestrengt fühlen. Machen Sie das eine Woche lang.

Merken Sie sich, wie weit Sie nach fünf Minuten gegangen sind. Die Chancen stehen gut, daß sie nach einer Woche eine größere Strecke zurückgelegt haben als am ersten Tag.

In der zweiten Woche gehen Sie sieben Minuten lang und kehren dann um. Verlängern Sie die Zeit Woche für Woche, bis Sie langsam ein Minimum von zwanzig Minuten pro Tag erreichen. Wenn Sie Ihr Ziel von zwanzig Minuten erreicht haben (zehn Minuten hin und zehn zurück), werden Sie wahrscheinlich längere Zeit gehen wollen. Aerobes Gehen macht süchtig. Sie werden nicht davon loskommen. Es ist wichtig, sich daran zu erinnern, daß die Distanz, die Sie zurücklegen, weitaus wichtiger ist als die Geschwindigkeit, mit der Sie sich fortbewegen.

Wenn Sie bereits ein erfahrener Spaziergänger sind, dann können Sie mit anderen Arten von Bewegungen experimentieren:

1. Stellen Sie sich vor, Sie seien der Eisenmann aus dem Film *Der Zauberer von Oz*. Ihre Muskeln werden beim Gehen angespannter sein, und das wird Ihr Tempo verlangsamen.
2. Sehen Sie sich jetzt als Stoffpuppe. Ihr ganzer Körper ist entspannt, die Arme schwingen frei, und Sie machen größere Schritte. Diese entspannte Haltung beim Gehen ist sehr viel besser.

Wenn Sie schnell gehen, benutzen Sie die alle Ihre Muskeln, und dadurch werden viele Muskelsysteme aktiviert. Arbeiten Sie mit dem Buch »*Gehen ist besser als Fasten. Walking – auf eigenen Füßen zu Schlankheit und Fitneß*« von Les Snowdown und Maggy Humphreys (Ariston Verlag, Genf/München 1993).

Aerobes Gehen

- läßt mehr Sauerstoff in Ihre Muskeln gelangen,
- erlaubt es Ihren Lungen, mehr Kohlendioxid auszuscheiden,
- vergrößert die winzigen Blutgefäße in Ihren gesamten Körperzellen,
- läßt dieselben Blutgefäße flexibler werden,
- verbessert die Verdauungsfunktionen,
- führt zu besseren Schlafgewohnheiten,
- setzt die Müdigkeit herab,
- senkt Ihren Blutdruck,
- stärkt Ihr Herz,
- senkt Ihren Triglyceridspiegel,
- regt Ihr Lymphsystem an,
- *verbessert Ihre Glucosetoleranz und führt so zu einem besseren Zuckerstoffwechsel.*

Regelmäßige körperliche Betätigung kann auch deshalb als vorteilhaft angesehen werden, weil sie die Lebensqualität verbessert.

Ein Gehprogramm unterstützt Ihre Fähigkeit, Nährstoffe in Ihrem Körper zu verteilen. Es garantiert, daß sowohl Ihr Körper als auch Ihre Augen Tageslicht bekommen. Das führt zu einer erhöhten Produktion verschiedener Drüsenabsonderungen.

Fitneß kann durch regelmäßiges kraftvolles Gehen jeden Tag über einen längeren Zeitraum erreicht werden, egal, wie alt Sie sind und wie aktiv bzw. inaktiv Sie waren, bevor Sie angefangen haben.

Die beste Art, um sicherzugehen, daß Sie sich an Ihr Gehprogramm halten und Entschlossenheit zeigen, ist, einen

Freund an der Ecke zu treffen – einen Spaziergefährten. Sie können an einem Tag Ihren Spaziergang auslassen und von sich selbst enttäuscht sein, aber einen Freund werden Sie nicht hängenlassen.

Übungen für diejenigen, die »die besten Jahre hinter sich haben«

Nach Ihrem dreißigsten Lebensjahr vermindert sich über einen Zeitraum von zehn Jahren die physiologische Funktion Ihrer Organe um jeweils fünf Prozent. Das ist eine natürliche Folge des Alterungsprozesses. Diese Rückgänge sind denjenigen ähnlich, die zusätzlich bei Menschen vorkommen, die inaktiv sind. Selbst wenn Sie sich nie irgendwie körperlich betätigt haben, können Sie einige dieser Verluste umkehren. Körperlich trainierte Menschen scheinen die körperlichen Abnutzungserscheinungen, die durch das Altern bedingt sind, zumindest teilweise hinausgeschoben zu haben.

Die Fähigkeit, sich an körperliche Bewegung anzupassen, verringert sich, wenn ein Mensch älter wird, und die Erholungsphase, die einer solchen Anstrengung folgt, kann länger sein. Mein Ratschlag besteht darin, die Zeit, aber nicht die Intensität zu erhöhen und sich längere Erholungsphasen zu gönnen.

Zusammenfassung

Das Verhalten von Menschen zu ändern ist nicht leicht. Solche Veränderungen sind oft kurzlebig und erreichen in der Regel nur diejenigen, die bereits gesundheitsbewußt und gewillt sind, Ratschläge anzunehmen. Um größeren Nutzen zu erzielen, sind neue Verhaltensstrategien vonnöten. Ich bin noch nicht in der Lage gewesen, festzulegen, wie diese Strategien genau aussehen sollten. Aber ich weiß, daß Erziehung am Anfang jeder Veränderung steht.

(Wenn ich es geschafft habe, meine Schwester zum Gehen zu bringen, dann ist *jeder* ein möglicher Kandidat.) Ich hoffe, daß Sie genug gelernt haben, um Anregungen zu bekommen, wie Sie einige Dinge in Ihrem Leben ändern können. Ernährung, körperliche Betätigung, Zusatzstoffe: das sind einige der wenigen Faktoren in Ihrer Umgebung, die Sie beeinflussen können.

> **Also: GTF-Chrom für Ihre Gesundheitsstragegie!**

Und wir haben gelernt, daß Chrom helfen kann, wenn Sie:
- nicht abnehmen können,
- mehr Energie haben möchten,
- irgendeine Art von Sport oder Aerobics ausüben,
- sich unter Streß befinden,
- bei normalen Situationen überreagieren,
- irgendwelche Probleme mit Ihrem Blutzuckerstoffwechsel haben (entweder zuviel oder zuwenig Glucose),
- einen erhöhten Cholesterinspiegel haben,
- an einer Herzkrankheit leiden,
- sich einfach nur guter Gesundheit erfreuen möchten.

Es ist sehr zu empfehlen, daß Sie die zusätzliche Einnahme von Chrom mit Ihrem Arzt besprechen. Es sei denn, Sie ziehen es vor – da wir uns im Zeitalter der Selbsthilfe befinden –, auf die sichere Mindestdosierung von 200 Mikrogramm *Chrom-Polynicotinat* pro Tag zurückzugreifen.

Register

A
Abmagerungskur 104f.
Adaptation 136
Adaptogene 18, 20, 22ff., 192
Adenosintriphosphat s. ATP
Adrenalin 108, 136, 140, 146, 148, 161
aerobe Arbeit 74, 103f.
aerobes Gehen 225ff.
Alterungsprozeß 26, 30
Aminosäure-Chrom-Chelat 50
Aminosäuren 84, 100–103, 117, 121, 149, 177
Anabolika 94
Apfelschalen 45
Appetitzentrum 112, 119f.
Arteriosklerose 32, 34f., 157, 162f., 168, 170
Arthritis, rheumatische 35
ATP 56, 68, 108
Avocadoomelett 215

B
Ballaststoffe 78f., 202f.
Bauchspeicheldrüse 35, 95, 120, 127, 131, 145, 147, 172f., 175f.
Benztraubensäure 56
Bier 45, 49
Bierhefe 18, 28, 40f., 50f., 162, 181f., 219, 222f.
Bioflavin 219
Biologische Aktivität 18
Biotin 219
Bioverfügbarkeit 18, 30, 33
Blei 47
Bluthochdruck 35, 159f, 169
Blutzucker, -spiegel, -stoffwechsel s. Glucose, -spiegel, -stoffwechsel
– hoher s. Hyperglykämie
– niedriger s. Hypoglykämie
Bodybuilder 93–96, 102
Buchweizenpfannkuchen 214f.
Bulgur 44

C
Cadmium 21
Calcium 25
Chelat-Komplexe 50
Cholesterin, -spiegel 26, 34f., 41f., 48, 156f., 160, 162f., 165–170, 186, 229

Cholin 219
Chrom-Niacin-Komplex 18
Chrom-Picolinat 51
Chrom-Polynicotinat (-Polynicotinsäure) 51f., 82, 106, 108, 124, 132, 134, 151, 170, 191, 200, 219, 221–224, 229
Curryreis 217

D
Dehydrierung 93
Diabetes 31, 34f., 95, 118, 127, 161, 168, 172, 1174f., 178f., 183–190, 194, 196, 202, 220
– Typ I 172, 183–186, 195f.
– Typ II 160, 172, 174f., 178, 184f., 195f.
Diät 128f.
DNS 101
Durchhaltevermögen 56

E
Eier 48, 202, 204
Eier Foo Yung mit Tofu 216f.
Eisen 20f., 195, 222
Energie 56–84
Enzym 56, 68
Ernährung 200–218
Erregungsmechanismus 136, 139

F
Fette 61, 65, 75f., 78, 89, 92f., 106, 117, 126–129, 142, 156f., 202, 221
– transformierte 42
Fettgewebe 112, 125, 183
Fettleibigkeit 113–134, 168f., 183
– hyperplastische 114
– hypertrophische 114
Fischsalat 216
Fitneß 86–93, 108f.
Folsäure 219
Fructose 72

G
Gedünstetes Gemüse 210
Gedünstetes Huhn 211
Gegrillter Fisch 212
Geraspelte Karotten 213
Geschlechtshormone 104
Gewichtheben 103f.

Glucose, -spiegel, -stoffwechsel 18, 26–29, 31f., 35, 53, 56, 65–72, 76f., 80–84, 87, 90ff., 95–100, 106ff., 112, 116f, 119f., 126, 130ff., 142–148, 150, 152f., 154, 169, 174–197, 201–204, 206, 221, 226, 228f.
Glucoseintoleranz 159, 174ff., 190f., 196
Glucosetoleranz 23, 35, 168ff., 172, 180f., 186, 188ff., 193f., 203f., 219f., 223f., 227
Glucosetoleranzfaktor (GTF) 27, 82, 220–223
Glukagon 108
Gluten 43f.
Glykämie 183, 203
Glykogen, -speicher 56, 65ff., 69–72, 74f., 81f., 90ff., 97ff., 105, 107, 132, 142, 144ff., 152, 177, 181, 185, 194f.
Glykogensuperkompensation 105
grauer Star 18, 32f., 94
Grundumsatz 105, 127
GTF-Chrom 19, 23f., 28ff., 32, 35, 50–53, 82f., 93, 98, 102, 106, 108, 123, 125f., 130–133, 151f., 154, 166f., 174, 177ff., 181, 186, 191, 194, 196f., 205, 220f., 223, 229

H
HDL-Cholesterin 35, 156, 159–164, 185
Herzbypass 157f.
Herzinfarkt 157
Herzkrankheiten 167–170, 172, 229
Herzrhythmusstörungen 169
Hirnanhangdrüse 99, 140f.
Hoden 30, 94
Hühnchensalat 212
Hülsenfrüchte 189, 202
Hyperglykämie 148, 161, 173, 183, 195
Hyperinsulinämie 160f., 173, 180, 184
Hypoglykämie 34, 70, 72, 105, 119, 147f., 180f., 184, 187, 190–195, 220
Hypothalamus 112, 119, 126, 139, 140ff., 152

I
Inositol 219
Insulin 27, 32, 34f., 53, 56, 80, 82ff., 90, 92, 95–101, 104ff., 108, 112, 116ff., 120f., 123, 125–128, 130–133, 141, 145f., 148f., 152, 154, 159–163, 168f., 172–187, 189, 192–197, 201f., 220f.
Insulinempfindlichkeit 112
Insulinresistenz 97f., 105, 112, 117f., 120, 122, 125ff., 129, 152, 159, 161, 168, 177f., 180, 185, 196
Insulinrezeptoren 19, 35, 120, 180
Insulinschock 98, 173
isometrische Übung 76

K
Kalzium 102, 219
Kampf-oder-Flucht-Verhalten 136, 139, 141
Karotin 219
Kartoffel 188, 203
Käse 46, 49
Kasein 44
Katabolismus 90f., 94, 101, 146
Kindstod, plötzlicher 190
Knuspermüsli 216
Kohlenhydrate 26, 56, 61, 65, 73–77, 82, 89, 92, 95, 97ff., 105f., 117, 121, 126f., 129, 131, 142, 150, 180, 187, 221
– einfache 56f., 144, 169
– komplexe 47, 56f., 74f., 77ff., 81, 83, 96f., 103, 106, 127f., 144, 149, 203
– raffinierte 80, 121
Kupfer 176

L
Lachsforelle 215
Langerhanssche Inseln 173
LDL-Cholesterin 156, 160f., 164f.
Leber 35, 40ff., 56, 65ff., 69, 75, 81, 91, 97, 102, 118, 142, 145, 147, 152, 165f., 176f., 194f.
Leberscheiben 209f.
Leichte Hirse 212
Linsensuppe 208f.
Lipide 19
Lipoproteine 156, 159
Lovastatin 166

M
Magnesium 219
Mangan 219
Mechanismus, autonomer 136
Meeresfische 46f.
Meeresfrüchte 46f.
Melasse 45
Metall-Chelate 50
Milch 44
Mitochondrien 57, 68
Muskelglykogen 67, 69, 71, 74f., 79f., 91, 98, 105

N

Nährstoffe, synergistische 31
Nährstoffoxidation 57, 59ff.
Neurotransmitter 113, 121
Niacin 19, 27, 33, 51, 106, 150, 164ff., 170, 200, 219ff.
Nicotinsäure s. Niacin
Nieren 40f., 43, 82, 102
Noradrenalin 108
Nukleinsäuren 29f.

O

Obst 205
Orientalischer brauner Reis 213f.
Oxalate 33f.
Oxidation 57, 59, 63

P

Pantothensäure 219
Pfeffer, schwarzer 48
Pflaumen 46
Phytate 33f.
Picolinsäure 51
Pilze 47
Placebo 173, 193f.
Plazenta 28f., 32
Proteine 65, 73, 75, 78, 89, 95, 101ff., 117, 126, 128, 142, 149, 156, 221
Pyridoxin 219
Pyruvat-Moleküle 67f., 108

R

Reismehl 201
Retinopathie, diabetische 185
Rezepte 208–217
Riboflavin 219
RNS 101

S

Salat 209
Sandratte 174, 201
Sauerstoff 78, 102
Schilddrüse 105, 112, 122
Schilddrüsenhormone 112f., 122, 127f.
Schlaganfall 168, 172
Schwangerschaft 189f.
Schwefel 202
Selen 219
Serotonin 113, 121f., 126, 148f., 151
Sojapfannkuchen 210
Spaziergehen 225–228

Sport 69, 83, 90–93, 97f., 102, 105–109, 132, 166f., 176, 203
Spurenelemente 19–22, 30, 33, 36f.
Stangenbohnenmousse 213
Steroide 86, 94ff., 98, 107f.
Stillzeit 31
Stoffwechsel 19
Streß 26, 34, 40, 42, 64, 136–154, 176
– Streßreaktionen 138f.
Suppe 216
Syndrom X 159
synergistische Nährstoffe 31

T

Taratorsuppe 211
Testosteron 100
Thiamin 92, 219
Thyroxin 113, 127
Tofuomelett 215
Torulahefe 162
Triglyceride 35, 96, 156, 159, 168, 170, 186f.
Trijodthyronin 105, 113, 127f.
Tryptophan 113, 121f., 126, 149ff.

U

Ultraspurelemente 20

V

Vanadium 50
Verhütungsmittel, orale 168f.
Vitamin A 25, 219
Vitamin B12 219
Vitamin C 33, 92, 218f., 224
Vitamin E 219
VLDL-Cholesterin 159
Vollkornmehl 43f.
Vollkornprodukte 202

W

Wachstumshormon 86f., 99f., 188
Wein 47, 49
Weißmehl 43

Z

Zellmembranrezeptoren 53, 82, 112, 117, 120, 177, 180, 223
Zink 48, 176, 219, 222
Zucker 29, 34, 38f., 65, 72, 80, 87, 117, 134, 176, 188, 221
Zusatzstoffe 200, 218–225